JN001555

WITTGENSTEIN'S
MISTRESS
ウィトゲンシュタインの愛人
デイヴィッド・マークソン
木原善彦〈訳〉
国書刊行会

ジョーン・ゼンメルに捧ぐ

すべては事物がいかに思考されるかに懸かっているという事実が初めて意識にのぼるとき、何と異様な変化が生じることか……そのとき完全に、思考が見かけの現実に取って代わる。

——キルケゴール

私がまだ彼の能力に疑いを持っていたとき、G・E・ムーアに意見を伺ってみたことがある。「実は私は彼のことを高く買っている」とムーアは答えた。その根拠を尋ねると彼は言った。「私の講義を聴いて頭を悩ませた顔をしているのはあのウィトゲンシュタインだけだから」と。

——バートランド・ラッセル

私には子供が砂を愛する理由がよく分かる。

——ウィトゲンシュタイン

ウィトゲンシュタインの愛人

最初の頃、私は時々、道に伝言を残した。

ルーブルに誰かが住んでいる、と伝言は告げていた。あるいはナショナルギャラリーに。

もちろんそんなことを書いたのは、パリかロンドンにいたときだ。まだニューヨークにいたときなら、メトロポリタン美術館に誰かが住んでいると書いただろうから。

もちろん誰も来なかった。結局、伝言を残すのはやめにした。

本当のことを言うと、伝言を残したのは全部で三回か四回だったかもしれない。

そんなことをしたのがどれだけ前のことなのか、私には分からない。どうしても思い出せと言われれば、十年くらい前だったのではないかと思う。

ひょっとすると、でも、それよりもっと前だったかもしれない。

それにもちろん、私は当時しばらくの間、心から離れた（アウト・オブ・マインド）状態だった。

どのくらいの期間かは分からない。でも、しばらくの間。

心から離れた時間（アウト・オブ・マインド）。たまたまこのフレーズを使ったけれど、今までこの言葉をちゃんと理解したことがないような気がする。

心から離れた時間（アウト・オブ・マインド）とは〝正気を失っていた時期〟ということなのか、それとも単に〝記憶から消えた時間〟ということか。

けれどもいずれにせよ、狂気についてはほとんど疑う余地がなかった。例えば、古代トロイア遺跡を訪れるためにトルコの辺鄙な土地まで車で行ったときのこと。

そしてなぜかどうしても、前に本で読んだことのある、要塞の脇を通って海まで流れる川を見下ろしたくなったあのときのこと。

川の名前は忘れた。川というより、流れる泥水だったけれど。

それはともかく、流れる先も海ではなくダーダネルス海峡だ。かつての呼び名はヘレスポント。

もちろんトロイアの名も変わった。ヒッサルリクが新たな名前だ。

多くの点で訪問は期待外れだった。遺跡は驚くほど小さかった。実際、広さは普通の町の一街区（ブロック）ほど、高さも二、三階程度だ。

でも、遺跡からはイダ山が見えた。はるかかなたに。

晩春でも山には残雪があった。

たしか昔話で、誰かがイダ山に死にに行くというものがあったと思う。パリスだったかもしれない。

もちろんヘレネの恋人だったパリスのことだ。あの戦争の終わり頃にけがを負った男。

トロイアにいたとき、いちばん頻繁に頭に思い浮かんだのは実はヘレネだった。ギリシアの船が浜に引き上げられている様子をそれからしばらくは夢に見た、と私は今、言いそうになった。

とはいえ、夢に見てもまったく無害な風景だ。

ヒッサルリクから海までは、歩いて一時間ほど。私の計画では、普通の手漕ぎボートで海峡を渡った後、車に乗り、ユーゴスラビア経由でヨーロッパに入るつもりだった。

ひょっとするとあれはユーゴスラビアだったかもしれない。とにかく、海峡のそちら側には、第一次世界大戦で亡くなった兵士らの記念碑があった。

トロイアのある側には、それよりもっと昔にアキレスが埋葬された場所を示す碑がある。

アキレスが埋葬されたと伝えられている場所ということだ。

でも、若い男たちが大昔、そこで戦死し、その三千年後に同じ場所でまた亡くなったというのはすごい気がする。

でも、それはともかく、ヘレスポントの渡り方について、私は気が変わった。つまり、ダーダネルス海峡のことだが。私は結局、モーターボートを選び、ギリシアの島々とアテネを通ることにした。

まともな海図を持たず、地図帳から破いた一枚のページだけが手掛かりだったが、急がなくてもたった二日でギリシアに着いた。あの古代戦争に関しては、間違いなくかなりの部分が相当に誇張されているのだろう。

とはいえ、心の琴線に触れる部分もある。

例えば、その一日か二日後、夕日の中で見たパルテノン神殿。

それは私がルーブルで暮らした冬だったと思う。換気の悪い部屋で暖を取るために絵の額縁や芸術品を燃やした冬。

でも、最初の春暖の兆しとともに、ガソリンを使い切っては車を乗り換えというのを繰り返しながら中央ロシアを逆戻りし、再び故郷に帰った。

これはすべて、間違いなく真実だ。確かに、遠い昔のことだけれど。そして確かに、私の頭はどうかしていたかもしれないけれど。

とはいえ、それより前にメキシコに行ったとき、頭がおかしかったかどうかは確信が持てない。

たぶんそれより前。そういうすべてのことよりもさらにずっと前に亡くした子供の墓参り。名前はアダムだ。

どうして私は今、名前はアダムだと書いたのだろう。

あの子の本当の名前はサイモンだ。

心から離れた（アウト・オブ・マインド）時間。それはつまり、瞬間的にでも、たった一人のわが子の名前を忘れるという意味なのか。生きていれば今頃は三十歳になるはず。

三十は怪しい。二十六だ、あるいは二十七。

それなら私は五十歳？

浜辺に建てられたこの家には、鏡が一つだけある。ひょっとすると鏡も五十歳と言うかもしれない。

私の手もそう言う。手の甲に年齢が出るようになった。

そうはいっても、まだ生理はある。不規則に。数週間続くこともしばしばだが、次の生理は忘れかけた頃にやって来る。

おそらく私は、せいぜい四十七か四十八だ。以前、とりあえず時間の経過を記録しようとしたことがあるのは間違いない。月の経過だったかもしれないが、少なくとも季節の経過を。でも、時間が分からなくなってからずいぶん経ったと理解したのがいつだったかさえ、もう覚えていない。

でも、こんなふうになる前にはもう、四十歳になりかけていたと思う。

私は白いペンキで伝言を残した。行き来する人が見られるよう、交差点に、大きな活字体で。

当然、メトロポリタン美術館にいたときも、芸術品や他のオブジェを燃やした。

いつも火を焚いていた。冬の間は。

その火はルーブルでの焚き火とは違った。メトロポリタンで火を焚いたのは、人が出入りするグレートホールでだった。

実を言うと、私は背の高いブリキの煙突まで作った。煙が天窓の方へ上っていくように。

煙突が完成すると、天窓に穴を開ける必要があった。

それには拳銃を使った。煙は出るが、雨は入ってこないよう、バルコニーから斜めに、慎重に狙いを付けて。

雨は入った。大した量ではないが、いくらかは。

雨は結局、他の窓からも入ってきた。そちらの窓は勝手に割れた。あるいは雨風のせいで。

今も窓は割れる。この家でも、いくつかが割れている。

でも、今は夏だ。それに、雨は気にならない。

二階からは海が見える。一階からは砂丘が。おかげで眺めが悪い。

実際、私がこの海岸に来てから、ここは二軒目の家だ。最初の家は燃え落ちた。どうしてそうなったのかは、いまだによく分からない。たぶん、調理中のことだ。少しの間、小便をしに砂丘に出掛け、振り向いたら、すべてが火に包まれていた。

海岸にある家はもちろんすべて、木造だ。私は砂丘に座り込み、家が燃えるのを見ることしかできなかった。家は一晩中燃えた。

今でも朝、海岸を歩いていると、その燃えた家を見かけることがある。

家を見かけるというのは間違い。私が見るのは家の残骸（ざんがい）だ。

しかし、仮に家がほとんど残っていなくても、人は家を家と考えてしまう。

改めて考えると、この家は割と住み心地がいい。次の雪がたぶん、ここでの三度目になる。

今まで他にどんな場所で暮らしてきたか、リストを作った方がいいのかもしれない。単に記録のためだとしても。最初はメトロポリタン美術館より前、ソーホーにあった古いロフトだ。そしてその後の旅路。

とはいえ、それももう大半は、間違いなく忘れてしまった。

ある朝、右ハンドルの自動車で目を覚まし、ストラットフォードアポンエイボンに雪が積もるのを見たことは覚えている。あの土地に雪というのはきっと珍しいに違いない。

それと同じ冬、ハムステッドヒースの近くで誰も乗っていない車が坂道を走ってきて、危うくひかれそうになったのも覚えている。

誰も運転していない車が坂道を走ってきた理由が一つ考えられる。

そこが坂だったからというのが理由だ。当然のことながら。

その車も右ハンドルだった。おそらくそれは特に何の意味も持たないだろうけれど。

いずれにせよ、先ほど、ナショナルギャラリーに誰かが住んでいるという伝言を道に残したと言ったとき、私は間違いを犯したかもしれない。

ロンドンで私が住んでいたのは、ジョゼフ・マロード・ウィリアム・ターナーの絵画が多数収蔵されているテートギャラリーだった。

テートギャラリーに住んでいたのはほぼ間違いない。

この確信にも理由がある。そこから川が見えたからというのが理由だ。

人は一人暮らしをしていると、水辺の眺めを好むものだ。

でも、ターナーのことも昔から好きだった。実際、私が決意を固めるに至った理由の一部は、彼の描いた水辺の風景だったのかもしれない。

ターナーはかつて、後で嵐を描くため、猛烈な嵐の中で数時間にわたって船のマストにわが身を縛り付けたことがある。

当然のことながら、ターナーが描きたかったのは嵐そのものではない。彼が描こうとしたのは嵐の絵だ。

そんなふうに、言葉はしばしば正確さを欠くことに私は気付いた。

実際、ターナーがマストにくくりつけられる話は私に何かを思い出させる。それが何かは思い出せないけれど。

テートでどんな火を焚いていたのかも、よく思い出せない。

ついでながら、アムステルダムにあるオランダ国立美術館で暖を取ったときには、レンブラントの『夜警』を額縁から外した。

その頃の私はマドリードに行く心づもりだった。プラド美術館には、私がもう一度見たいと望んでいた、ロヒール・ファン・デル・ウェイデンの『十字架降架』があるからだ。でも、私はなぜかボルドーで、反対方向を向いた車に乗り換えた。

とはいえ、ひょっとすると実際、スペイン国境を越え、パンプローナまで行ったかもしれない。

既に言ったが、私はあの頃、前もって計画していないことをしばしば実行した。一度は、たくさんのテニスボールを積んだフォルクスワーゲンのバンを見つけたというだけの理由で、ローマのスペイン階段のてっぺんから数百個のボールを次々とてんでばらばらに下まで転がした。

ボールが石段の小さな凹凸や摩耗した部分に当たり、方向を変え、その一つ一つが下の広場のどこまで転がるかを眺めた。

中には実際、斜めに跳ね、ジョン・キーツが亡くなった家にぶつかったボールもあった。

その家には、ここでジョン・キーツが亡くなったと記すプレートが取り付けられている。

プレートに書かれているのは当然、イタリア語だ。だから、詩人はジョヴァンニ・キーツと呼ばれている。

今思い出した。ヒッサルリクを流れる川の名はスカマンデル川だ。

ホメロスの『イリアス』では、大いなる川と呼ばれている。

おそらくそうだったのだろう。かつては。三千年の間には多くのものが変化する。

だとしても、ある夕方、穴の開いた壁に腰を下ろし、海峡を見つめたときは、岸辺に並ぶギリシアのかがり火が見えた気がした。

いや、実際は、先ほども言ったように、自分にそんな思考を許さなかったかもしれない。

でも、考えても無害な事柄はある。

例えば翌朝、日が昇るとき、私はそれを〝薔薇色の指をした曙(あけぼの)〟とイメージして満足を味わった［ホメロス『オデュッセイア』にある表現。］。実際の空はどんよりしていたけれど。

他方、私は今、大便を済ませてきた。大便は砂丘ではせず、潮が後片付けをしてくれる海まで出掛ける。

途中、葉っぱを何枚か取りに、家の脇の森に寄った。

そして終わった後は、泉まで行った。それは海岸とは反対向きに百歩ほど歩いた場所にある。

近くには川もある。テムズ川には到底及ばないけれど。

しかし、テートではテムズ川から水を汲んだ。あそこの水は、かなり前からきれいだ。

フィレンツェのウフィツィ美術館に暮らしていたときは、アルノ川の水を飲んだ。ルーブルでは、セーヌ川から水差しを運んだ。

最初の頃は瓶詰めの水しか飲まなかった。当然のことながら。

最初の頃は道具もいろいろあった。例えば、電気湯沸かしを使うための発電機。

水と暖は不可欠だ。もちろん。

どちらが先だったのかは覚えていない。火を保つのが上手になって、その種の道具を捨てたのが先か、どんな水でもその気になればまた飲めることを発見したのが先か。

たぶん、火を使うのがうまくなったのが先だ。この数年で二軒の家を燃やしたけれども。

最近燃やした方の家は、既に言ったように、事故だった。

最初の家を燃やした理由はあまり詳しく話したくない。でも、かなり意図的だったのは確かだ。

あれはメキシコだった。かわいそうなサイモンの墓に参った次の朝のこと。

あれは私たちみんなが暮らした家だった。しばらくは本気で滞在するつもりだった。

私がやったのは、かつてサイモンがいた部屋にガソリンを撒くこと。

その日の午前中は、煙がもうもうと立ち上るのがバックミラー越しにずっと見えた。

ここには大きな暖炉が二つある。私が言っているのは、海のそばにある今の家のことだ。キッチンには古びただるまストーブ。

私はそのストーブがかなり気に入った。

ちなみに、サイモンは七歳だった。

近所にはいろいろなベリーが実る。川を越えてすぐの所にはかつて耕されていた畑があり、今はもちろん雑草だらけだが、さまざまな野菜も育っている。

私は今、窓辺に座っている。外では風が一万の葉を揺らしている。太陽の光が森を抜け、まだらに散る。

花も育つ。あふれかえるほど。

今日は実際、音楽が似合う一日だ。音楽を鳴らす方法は何もないけれど。

この数年、私はどこにいるときも、何とかして音楽を演奏する方法を編み出してきた。しかし、いろいろな道具を捨てるようになってからは、音楽もあきらめざるをえなくなった。

捨てたのは基本的に荷物。要するに、いろいろな物だ。

でも時々、頭の中で音楽が聞こえることがある。

とにかく、何かの曲の断片が。例えば、アントニオ・ヴィヴァルディ。あるいはジョーン・バエズの歌。

割と最近では、ベルリオーズの『トロイアの人々』の一節が聞こえた。

〝聞こえた〟というのは言葉の綾だ。もちろん。

でも、まだ荷物が残っているかもしれない。荷物は捨てたという確信があるにもかかわらず。

荷物みたいなもの。頭の中に残された荷物。つまり、かつて知っていたことの残骸。

例えば、パブロ・ピカソやジャクソン・ポロックのような人々の誕生日。私は今でもその気になれば、間違いなくそらで言える。

あるいは大昔に覚えた電話番号。

実は今、私が座っている場所からわずか三、四歩の所にも電話がある。

でももちろん、先ほど言ったのは、ちゃんと通じる電話の番号のことだ。

実際、二階にはもう一台の電話がある。夕方によく日が沈むのを眺める窓辺のクッション椅子のそばに。

そのクッションはこの家の他の物と同様、かび臭い。猛烈に暑い日でも、湿気が感じられる。本は湿気で傷む。

ちなみに、私が始末した荷物の大半は本だ。この家にはまだたくさんの本があるが、それは私が来る前からここにあったものだ。

この家には部屋が八つあることははっきり述べておいた方がいいかもしれない。私が使っているのはそのうちの二つか三つだが。

実はここ数年、折に触れて本を読んだ。特に頭がおかしくなったときはたくさん読書をした。ある冬は、古代ギリシアの劇をほとんどすべて読んだ。実を言うと、声に出して読み上げた。そして、一つのページを表裏読み終わるたび、それを本から引きちぎり、火にくべた。

私はアイスキュロスとソフォクレスとエウリピデスを煙に変えた。

考え方によっては、そう言えるかもしれない。

別の考え方では、私が煙に変えたのはヘレネとクリュタイムネストラとエレクトラだと言えるかもしれない。

どうして自分がそんなことをしたのか、私にはさっぱり分からない。

どうしてそんなことをしたかが分かっていたのなら、私は間違いなく狂っていなかったことになる。

狂っていなかったのなら、そんなことをやるわけがない。

前の二つの文には特に意味がない気がする。

いずれにせよ、戯曲を読み、ページを焼いたのが正確にどこだったのか、私は覚えていない。

ひょっとするとトロイア遺跡を訪れた後だったかもしれない。そもそもそれがきっかけで劇を読む気になったのかも。

あるいは、戯曲を読んだのがきっかけでトロイア遺跡を訪れる気になったのか。

狂気は長期間にわたった。

しかし、メキシコに行ったときは必ずしも頭がおかしかったわけではない。亡くなった子供の墓を訪れるのに、必ずしも狂っている必要がないのは当たり前のことだ。

でも、アラスカを車で横断し、ノームへ、そしてベーリング海峡をボートで渡ったときの私は、間違いなくおかしくなっていた。

あのときはちゃんと海図を確認したけれども。

それに、ボートの扱いには慣れていたけれど。それでも。

でもその後は、逆説的だが、ほとんど地図を見ないでロシア全土を西向きに横断した。毎朝、太陽に追われるように車で出発し、時間経過とともに前方に太陽が現れるのを待ち、その後は太陽を追う。

運転しながら、フョードル・ドストエフスキーのことを考えた。

私が本当に意識を向けていたのは、ロジオン・ロマーヌイチ・ラスコーリニコフだ。

エルミタージュ美術館には立ち寄ったのだったかしら。そもそもモスクワに寄ったかどうかさえ覚えていないのはなぜだろう。

私はロシア語がまったく話せないから、気付かずにモスクワを通り過ぎてしまったという可能性もある。

〝まったく話せない〟というのは、読むこともまったくできないという意味だ。当たり前のことだが。

それに、どうして私は先ほど、ドストエフスキーに関して知ったかぶりなことを書いたのだろう。かの作家について一瞬たりとも考えたとは思えないのに。

これもまた荷物だ。あの時点とは言わないまでも、少なくとも今こうしてタイプを打っている時点での荷物。

実を言うと、最後の島を出た後、モーターボートを埠頭につなぎ、また新たな自動車探しをしたとき、ナンバープレートにロシアの文字が刻まれているのに気付いた私は、ひょっとすると少し驚いたかもしれない。漠然と、中国に上陸するようなイメージを抱いていたから。

でも今考えてみると、中国関連の荷物も当然、頭の中にある。

いくらかは。それをわざわざ証明する必要はないだろう。

そう言う私が今たまたま、小種(スーチョン)紅茶を飲んでいるとしても。

それに、いずれにせよ、エルミタージュがあるのはレニングラードだったかもしれない。

でも、私がラスコーリニコフを探し求めていたのは絶対に間違いない。

ラスコーリニコフを一つの象徴として、ラスコーリニコフを探していたと言うのは可能だ。

同様に、アンナ・カレーニナを探していたと言うことだって可能だけれど。あるいはドミトリ・ショスタコーヴィチを。

メキシコに行ったときも、私は当然、探していた。

サイモンをではない。サイモンがあの墓に眠っていることは知りすぎるくらい知っていたから。

ひょっとすると、エミリアーノ・サパタを探していたのかもしれない。

こちらもまた象徴的な意味で、サパタを。あるいは、ベニート・フアレスを。あるいは、ダビッド・アルファロ・シケイロスを。

どこであれ、誰かを探して。

狂気も探索だ。というか、他にどんな理由があってあんなふうによその土地をさまよい歩いたというのか。

それ以前にはもちろん、ニューヨークの街の隅々を。私はソーホーから出る前も、ニューヨークの至る所を探し歩いた。

だから、マドリードに暮らしたあの冬もまだ、探している最中だった。

マドリードでは結局、プラドに住み着くことはしなかった。そうしようと思っていたような書き方をしたかもしれないが、あそこは中の明かりがひどすぎた。

今、明かりと言ったのは自然の光の意味だ。その頃には手持ちの道具の大半を捨て始めていたから。

理想的な形でロヒール・ファン・デル・ウェイデンを見ることができたのは、太陽の光が格別に強いときだけだった。

私は絵にいちばん近い窓をきれいに掃除したから、この点は断言できる。

マドリードで私が暮らしたのはホテルだった。ベラスケスにちなんで名付けられたホテルを選んだ。

あの土地ではドン・キホーテを探した。あるいはエル＝グレコを。あるいはフランシスコ・デ・ゴヤを。

スペイン語の名前はどれも、とても詩的に響く。何度も何度も発音したくなる。

ソル・フアナ・イネス・デ・ラ・クルス。マルコ・アントニオ・モンテス・デ・オカ。

この二つの名は、実はメキシコ人の名前かもしれないけれど。

探索。ああ、私はどれほど必死に探したことか。

探索をやめたのがいつか、私は覚えていない。

トロイアからギリシアへ向かう途中、アドリア海で、一艘の帆船が大きな三角の帆をにぎやかにはためかせ、すっとこちらに近づいてきた。

私がどれほど驚いたか想像してほしい。そして、どんな気持ちだったかを。

さっきまで、いつものように孤独に船を進めていたのに、次の瞬間には、帆船が現れたのだ。

しかし、船は漂っているだけだった。おそらくずっと前から。

その時点で四年か五年は経っていただろうか。ニューヨークに少なくともふた冬とどまってから、よそに探索の旅に出たというのはたぶん間違いないと思う。

帆船を見かけたのはレスボス島のそばだ。あるいは、スキロス島か。

スキロスはギリシアの島だったかしら。

人は忘れる。うっかり荷物を置き忘れることもある。

今考えると実は、先ほど、数段落前でアドリア海と言ったとき、エーゲ海と言うべきだった気がする。トロイアとギリシアの間にあるのはエーゲ海だ。間違いない。

この紅茶もたぶん、一種の荷物だ。しかし紅茶の場合は、もう一軒の海辺の家が燃えた後、再び探す努力をした。大して飲みたかったわけではないけれど。

それにたばこも。最近はほとんど吸わないが。

それに他の必需品も。当然のことながら。

たばこは缶に入っているタイプのものだ。紙パックのものはかなり前に味が悪くなった。

紙パックの品物はたいていがそうだ。必ずしも腐るわけではないが、乾燥してしまう。

実は、私の持っているたばこは偶然にもロシア製だ。でも、これは単なる偶然。

ここでは何もかもが湿気る。

同じことを先ほども言った。

とにかく、引き出しから出した服は、いつも冷たく湿っぽい。

今みたいに夏の間は大体、何も身に着けない。

パンティーと半ズボン、デニムの巻きスカートと綿のジャージならいくつか持っている。洗濯は川でして、灌木の上に広げて乾かす。

服はそれ以外にも持っている。冬にはいろいろと必要になるから。

しかし、前もって薪を集める以外、冬のことは冬が来るまで心配しないことにしている。来たときは来たときだ。

木の葉が落ちたら、冬が来るまでしばらくの間、森が裸になり、泉までずっと見通せるようになる。あるいは、その向こうにあるハイウェイまで続く小道が全部見える。

ハイウェイを通って町まで歩くとたぶん四十分はかかる。

店が少しあり、ガソリンスタンドも一軒ある。

後者では今でも灯油が手に入る。

でも、ランプはめったに使わない。夕暮れの最後の光が消えたときでも、眠りに上がる二階の部屋にはまだほの明かりが残っている。

反対側にある別の窓を通して、薔薇色の指をした曙が私を目覚めさせる。

実を言うと、このフレーズがぴったりな朝も時々ある。

ところで、海岸沿いにある家々は果てしなく続くように思える。とにかく、私がどちらかの向きに歩き、夕暮れまでに戻れる範囲より無限に遠く続いている。

どこかに懐中電灯があるはずだ。ピックアップトラックのダッシュボードの中かもしれない。

ピックアップはハイウェイに置いてある。しばらく放ってあるから、今ではバッテリーが上がっているかもしれない。

ガソリンスタンドにはきっと、まだ未使用のバッテリーがある。

シスター・フアナ・イネス・デ・ラ・クルス。実は、この女性が何者か、今の私にはまったく分からない。

正直に言うと、マルコ・アントニオ・モンテス・デ・オカが誰かを思い出すのも同様に難しい。

私が住み着かなかった美術館の一つ、ロンドンのナショナルポートレートギャラリーでは、十のうち八つの顔が誰のものだか分からなかった。あるいは、肖像画に添えられたほぼ同数の名前が。

ウィンストン・チャーチルやブロンテ姉妹、英国女王やディラン・トマスのような人のことを言っているわけではない。当たり前のことだけれども。

しかしそれでも、悲しい気持ちになった。

それに、今ではロワール川、あるいはポー川、あるいはミシシッピ川の水を直接飲めるようになったとディラン・トマスに教えたい気持ちになるのはどうしてだろう。

あるいは、ディラン・トマスが亡くなったのはそんなことができなくなる前だったか。だとしたら彼は、狂人を見るような目で私を見るだろうか。

きっとアキレスはそんな目で見るだろう。あるいはシェイクスピアは。あるいはサパタは。

ディラン・トマスの生没年月日は覚えていない。それにどのみち、汚染の日付は、間違いなく特定不可能だ。

一一八六。たぶん誰かの電話番号の最後の四桁。

私は実は、ミシシッピ川に行ったことがない。でも、メキシコへの行きと帰りで、リオグランデ川の水は実際に飲んだ。

どうして私はこんな話をするのか。明らかに、同じ行程で行きと帰りにミシシッピ川も渡ったはずだからだ。

でも、その記憶はない。あるいは、その当時も頭がおかしかったのか。

当時は変な本ばかり選んで読んだ。ほとんどどの本にも、同じ一つの戦争のことが記されていた。

しかし、しばしば、自分でもオリジナル版の物語を作ることをした。気まぐれな個人的即興。

例えば、ヘレネが胸壁から滑り降り、スカマンデル川のほとりでアキレスと密かに会ったという話。

あるいは、オデュッセウスが留守の間、ペネロペが言い寄る男たちと次々に浮気をしたという話。

ありえないだろうか。あれだけ多くの男に言い寄られたのに、浮気をしなかったと言いきれるか。

戦争が十年続き、さらに夫が帰還するまで十年かかったというのが本当だとしても?

私が昔から大好きな一節は、戦争に行きたくないアキレスが女の子の格好をして隠れる場面だ。

ナショナルギャラリーで機(はた)を織るペネロペの絵を見ることができる。描いたのはピントリッキオという画家だ。

今のはかなり下手な文章だった気がする。

ペネロペはもちろん、ナショナルギャラリーで機を織っているのではない。彼女がそれをしているのはイターキ島だ。当然のことながら。

ちなみに、イターキ島があるのはアドリア海でもエーゲ海でもなく、イオニア海だ。

結局のところ、頭にはいろいろな記憶が残っている。

ナショナルギャラリーとナショナルポートレートギャラリーはどちらもロンドンにあるけれど、同じ美術館ではないというのも言い添えておいた方がよいかもしれない。

実を言うと、二つは同じ建物にあるのに、同じ美術館ではない。

逆に、ピントリッキオのことはほとんど何も知らない。以前は多くの画家についてよく知っていたのだけれど。

アキレスがきっと、例えばヘクトールについてよく知っていたに違いないのと同じ理由で、私は多くの画家についてよく知っていた。

ペネロペの絵について覚えているのは、糸の玉で遊ぶ猫が描かれていたことだけだ。

猫を描いたのは間違いなく、ピントリッキオの独創ではない。しかし、ペットと一緒にペネロペを描くのは好ましい気がする。特に、彼女と求婚者との関係について私の推測が間違っていた場合には。

あの戦争が伝えられるように十年も続いたのかどうかに関して私がかなりの疑念を抱いていることは、もっと早くに言っておくべきだったかもしれない。

あるいは、ヘレネが戦争の原因だったという点に関して。

たかがスパルタの娘一人のために。かつて誰かがそう言った。要はそういうことだ。

でも、私が今基本的に考えているのは、トロイアの遺跡が意外にも、がっかりするほど小さかったことだ。

広さは普通の町の一街区(ブロック)と変わらず、高さも実質、二、三階建て程度。

人は城砦の外の平原に暮らしていたわけだけれど。

それでもなお。

『オデュッセイア』に描かれる大人のヘレネには、輝くような壮麗な威厳が備わっている。オデュッセウスの息子テレマコスが訪ねてくる場面は二度か三度読んだ。

つまり、戯曲を読みながらページを破いて火にくべたなんてありえないということだ。

ところで、私は先ほどまた、砂丘に出掛けてきた。小便をしながら、なぜかアラビアのロレンスを思い浮かべた。

ピントリッキオ同様、アラビアのロレンスもほとんど知らないから、彼のことを考えたとは言いがたい。でも実際、アラビアのロレンスが頭に思い浮かんだ。

小便とアラビアのロレンスの間に何らかの関係があるとは思えない。

外はまだ、気まぐれな風が吹いている。ひょっとすると八月初旬なのかもしれない。

ここへ戻る途中、ふと、ブラームスが聞こえた気がした。『アルト・ラプソディ』と言いたいところだが、『アルト・ラプソディ』をちゃんと記憶している自信はない。

ナショナルポートレートギャラリーには確かに、アラビアのロレンスの肖像がある。

今、頭にT・E・ショーという名が思い浮かんだ。でも、これも一瞬だけ頭をよぎり、はっきりとは思い出せない人名の一つにすぎない。

だからといって、特に思い悩むことはない。

既にはっきり言ったかもしれないし、言わなかったかもしれないが、私が何かで頭を悩ますことはほとんどない。

この状況で頭を悩ますなんて、はっきり言ってばかげている。

いらつくことは時々ある。〝いらつく〟という表現が正しいとすれば。肩の関節炎のことで。左肩だ。おかげでたまに、何もできなくなる。

でも、太陽の光を浴びると楽になる。

他方、歯の状態は五十という歳をまったく感じさせない。自慢ではないが。

母の歯については、思い出そうとしても思い出せない。父の歯も。

それはともかく、私の年齢はせいぜい四十七だ。

トロイアのヘレネが虫歯を抱えている姿は想像できない。あるいは、関節炎を患うクリュタイムネストラも。

もちろんセザンヌは関節炎だった。

いや、セザンヌは間違いで、ルノワールが正しい。

ところで、私の絵の道具がどうなったかはもう分からない。

実は、割と最近に一度、キャンバスを広げたことがある。少なくとも九×五フィートはある巨大なキャンバスだ。実際、下地（ゲッソー）は四度も塗った。

それから、じっと見つめた。

私はたぶん何か月も、キャンバスを見つめた。ひょっとすると、愚かにもパレットに絵の具を出したかもしれない。

実を言うと、それをやったのはメキシコに戻ったときだったと思う。かつてサイモンと、アダムと一緒に暮らした家で。

夫の名がアダムだったというのは、基本的に正しいと思う。

そして数か月見つめた後、ある朝、キャンバスにガソリンで火をつけ、車で旅立った。

大きなミシシッピ川を渡って。

でも、とてもまれではあるけれど、キャンバスの中にもう少しで何かが見えそうになったことがある。

もう少しで。例えば、友人の死後、悲しみに暮れ、灰にまみれるアキレス。あるいは、ギリシアの船のために風を起こそうとして、アガメムノンが娘を生贄（いけにえ）に捧げた後のクリュタイムネストラ。

アキレスが女の子の格好をする場面がどうして昔から好きなのか、私にはまったく分からない。

ついでに言うと、『オデュッセイア』を書いたのは実は女だと、かつて誰かが言った。

私がメキシコに戻っていたとき、冬の間ずっと、毎朝靴を一度ひっくり返す癖が抜けなかった。靴に入っているかもしれないサソリを出すための習慣だ。

そんなふうに、なかなか抜けない癖はいくつもある。同じように、私は何年も、扉に鍵をかけ続けた。

ロンドンでも。しばしば几帳面に左車線を走った。

悲嘆の後、アキレスはヘクトールを殺害して仇を取った。ヘクトールは逃げに逃げたが。仇討ちはかつて男どもがよくやったことだと私は今、言い足しそうになった。しかし、クリュタイムネストラも、悲しみの後、アガメムノンを殺した。

助太刀が必要だったけれど。それでもなお。

話は逸れるが、それもまた私がキャンバスに描こうとしたテーマの一つだった気がする。入浴中のアガメムノンが網で捕らえられ、その上から刺される姿。

しかし、そんな血なまぐさい主題を描こうと思うなんて、いったいどういうつもりか気が知れない。

実を言うと、私が描こうと思った可能性がある人物はヘレネだ。ついに包囲が終わったとき、岸辺に並ぶ焼けた小舟の一つに、虜囚として捕らえられたヘレネ。

しかし、その状態でも、輝くような壮麗な威厳が備わっている。

本当のことを言うと、キャンバスを立てたのは、メトロポリタン美術館の中央階段のすぐ下だった。銃弾の穴がある高い天窓の下。

そのエリアを見下ろすバルコニーには、ベッドが置いてあった。

ベッドそのものは、確か、昔を再現した部屋から取ってきたものだ。たぶん、アメリカンコロニアル様式の部屋だったと思う。

手作りの煙突に関しては、ぐらぐらしないよう、針金を使ってバルコニーに固定した。

当時はまだいろいろな道具を使っていて、だから電気ヒーターも持っていたけれども。明かりも無数にあった。特に、キャンバスのあるところには。照明の当たる、九フィート大のエレクトラ。思い付き次第ではそれを描いていたかも知れない。でも、今この瞬間までその考えは浮かばなかった。

哀れなエレクトラ。実の母を殺したいと思うなんて。

あの人々は皆そうだ。手が血に染まっている。考えてみたら、皆。

しかし、イレーネ・パパスなら見事なエレクトラになっただろう。

実際に、エウリピデス原作の『トロイアの女』で彼女が見事に演じたのはヘレネだった。まだいろいろな道具を持っていた頃に映画を何本か観たという話はまだしていなかったかもしれない。

イレーネ・パパスとキャサリン・ヘップバーンが出ていた『トロイアの女』はその一つだ。マリア・カラスの『メデア』も。

今思い出した。母は入れ歯を持っていた。

ベッド脇のガラスコップの中に。病院で過ごした最後の数週間。

ああ、お母さん。

でも、漠然とした記憶だが、美術館に持ち込んだプロジェクターはたった三度か四度使っただけで動かなくなり、代わりを探す努力はしなかったと思う。

最初の頃、まだロフトに住んでいた時期には、少なくとも三十台の携帯ラジオを持ち込み、すべてのチューニングを違う局に合わせていた。

コンセントに差すタイプではなく、電池で動くタイプ。

明らかにそうだったはずだ。あの時期にはまだ、発電機の動かし方が分かっていなかったと思うから。

エスター叔母さんも癌で死んだ。エスターは父の方の妹だったけれど。

少なくともこの場所では、いつも潮騒が聞こえる。

今この瞬間も、隣の部屋の割れた窓に張ったテープが、風に吹かれて引っ掻くような音を立てている。

朝、葉に露が付くと、曙光に照らされ、宝石のように輝く。

テープの音だと思ったのは、猫が爪を研いでいるのかもしれない。

私があの血なまぐさい物語を声に出して読んだのはどこでだったのだろう。

最後の腕時計をしていた頃はまだヨーロッパには行っていなかったというのはほぼ確かだ。もしもそれが何か関係あるのなら。

前腕の端から端まで、十三か十四の腕時計を着けていたことが特に重要性を持つとは思わない。

そしてある時期は、首に巻いた紐に金の懐中時計をいくつかぶら下げていた。

実は、以前読んだある小説に、目覚まし時計をそんなふうに首からぶら下げた人物が出てきた。

ウィリアム・ギャディスの『認識』だったと思う。でも私はたぶん、ウィリアム・ギャディスの『認識』を読んだことがない。

いずれにせよ、私の頭にあるのはおそらくタッデオ・ガッディだ。タッデオ・ガッディは作家でなく、画家だけれど。

あの時計はどうしたのだったかしら。

身に着けた。

そう。でも、どれもアラームが付いていた。

私は普段、一つ一つが違う時間に鳴るようにアラームをセットしていた。

しばらくそうした。一日中、一時間ごとに違う時計が鳴った。

夜、十四個の時計のアラームを全部、セットし直した。ただし今度は、全部が同時に鳴るように。

それは夜明けを頼りにするようになる前のことだ。間違いなく。

いずれにせよ、めったにそうはならなかった。つまり、同時に鳴ることはなかった。

全部が同時に鳴ったように思えたときも、まだ鳴っていない時計が遅れて鳴る可能性があった。

私は〝鳴る〟と言ったが、〝響く〟という方がより正確だ。

ミシシッピ州の、ミシシッピ川に近くないコリンスという町で小さな橋に車を止め、時計を捨てた。

たぶんコリンス。確かめるには地図帳が必要だ。

実は、この家には地図帳がある。どこかに。おそらく、行かなくなった部屋のどれかに。

一日中、車の中で、全部の時計が順に鳴るのを待った。

そして、一つ鳴るたびに、川へ落とした。それがどんな流れだったにせよ。

一つか二つ、鳴らないものがあった。私は時計をセットし直して車で眠り、朝、鳴ったときに一緒に捨てた。

捨てたときはまだ、他のと同じように鳴っていた。

本当のことを言うと、それをしたのはペンシルヴェニアのどこかの町だ。町の名はリティッツ。

ところで、こうした出来事は、ローマのスペイン階段でテニスボールを転がしたのより少し前の話だ。

時計を捨てたこととスペイン階段でテニスボールを転がしたことを結び付けたのは、時計を捨てたのがローマで猫を見たのより前だった気がするからだ。

猫を見たというのは、猫を見たと思ったという意味だ。当然のことながら。

それがローマでの出来事だったと思う理由は、たまたま場所がコロッセオだったからだ。コロッセオがローマにあることは間違いない。

猫を見かけたと思ったのは、コロッセオの上の方にあるアーチのそばだった。

私はそのときどう思ったか。見ている最中。

私は慌てて缶詰のキャットフードを探しにスーパーマーケットに行った。

しかし、同じくらい慌てて戻って気付いたのは、猫が見つけられないということだった。

そして一週間にわたり毎朝、箱単位で缶詰を開け、石の座席に一つずつ並べた。

実質、キリスト教徒を眺めたローマ人と同じ数だけ。

しかし次に、猫はおびえたせいで、夜だけしか出て来ないのかもしれないと思い、発電機を備え付け、投光照明まで用意した。

しかしもちろん、猫がこっそりキャットフードを口にしていても、私には知りようがなかった。

缶の大半は最初から満杯ではないみたいだったから。

でも、チェックするだけの値打ちは間違いなくあると思った。一日に何度も。

私が猫に与えた名はネロだ。

ほら、ネロ、と私は呼び掛けた。

ユリウス・カエサルとヘロドトスとポンテオ・ピラトという名もいろいろなタイミングに試したかもしれない。

今考えると、ローマの猫にヘロドトスを試したのは時間の無駄だったかもしれない。

いずれにせよ、缶は今でも座席に並んでいるに違いない。

今ではきっと、雨で中身が完全に空になっているだろう。

間違いなく、コロッセオに猫はいなかった。

しかし、しばらくすると私は完璧を期することを考え、猫をカルプルニアとも呼んだ。

間違いなく、カモメもいなかった。

今言っているのは、私がこの海岸へ来たのはカモメがきっかけだったという話だ。

雲を背景に高く、高く飛び、ただの点にしか見えないが、そこから海の方へすっと消えていく。

正しい言い方をしよう。ローマで猫を見たと思ったとき、私は間違いなく頭がどうかしていた。

だから猫を見たと思った。

ここでカモメを見たと思ったとき、私の頭はおかしくなかった。だからカモメを見たのではないことが分かった。

時々、物が燃える。私が自分で火をつけたときというだけの意味でなく、自然に火がつくことがある。だから、切れ切れの残骸が時に遠くまで飛んだり、驚くほど高く舞い上がったりする。

いつしかそれにも慣れた。

でも、できることならぜひ、カモメを見たというのを信じたい。

実を言うと、私がこの海岸に来た大きな理由はたぶん、夕日が見たいと思ったからだ。

あるいは潮騒を聞くため。

それは、ついに探索をやめる気になった後の話だ。

シリアのダマスカスでも探索を続けたという話はもうしただろうか。あるいはベスレヘムで。あるいはニューヨーク州トロイで。

以前、コモ湖の近くの、どことなくスペイン階段を思い起こさせる石の階段のところで、ジープの中に散らばっていた硬貨を集めて公衆電話に入れた。ジョヴァンニ・キーツを呼び出してもらうために。

本当は、キーツがコモ湖を訪れたことがあるかどうかまったく知らなかったが。

メキシコでも数週間、ジープに乗った。だから、墓参りのたびに、道を使わなくても、山の斜面を直接登ることができた。

今、ふと思ったのだが、今のような状態になってから私は車を何台乗り継いだだろうか。

クエルナバカまで往復するだけでも、到底覚えていられないほどの数になるはずだ。ガソリン切れは当然としても、たくさんある障害物に出会うたびに乗り換えなければならないから。

障害物と呼んだのは、当然のことながら、大体が他の車のことだ。厄介な場所に放置された車。その上、当時の私は愚かにも、わざわざ荷物を必ず全部載せ替えていた。

もちろん、次の車に乗り継ぐまで長い距離を歩かざるをえない場合は別だ。

でもそのときも、またすぐに同じように荷物を増やした。

今は、デニムの巻きスカートを三枚と綿のジャージを数枚。

その大半は今、灌木の上に広げて乾燥中だ。

最近は車に乗ることも少ない。

実を言うと、泉のそばの洗濯物は何日か前からもう乾いている。

秋に木の葉が落ちると、私が今座っている場所からそれが見えるかもしれない。

ところで、コロッセオの猫は朽葉（ラセット）だった。

カモメは普通のカモメだった。

本当は灰色。驚くほど高く舞い、風に揺られていた。

スカートもジャージも全部色があせてしまった。ほとんどいつも、こんなふうにしまい忘れているせいで。

パンティーは穿いている。でもその理由は、この椅子にクッションがないからだ。

私は先ほど台所からブルーベリーを運んできた。

探索を続けていたとき、私は別の人間を見つけようとしていたのか、それとも、孤独に耐えられなかっただけか。

果てしない無の中をさまよいながら。たまに、頭が正常なとき、私は詩的になることがあった。物事を自然と詩的に考える時期が本当にあった。

限りない空間の永遠の沈黙が私をおびえさせる。例えば物事をそんなふうにも考えた。

ある意味、私は物事をそんなふうに考えた。

実はさっきの言葉は、私が大学生のときに『パンセ』という本で下線を引いた文だ。

果てしない無の中をさまよいながらという文も、間違いなく別の誰かの本で私が下線を引いた文だ。

機（はた）を織るペネロペの絵にピントリッキオが描き加えた猫は灰色だったかもしれないという気がする。

私は以前、有名になるという夢を持っていた。

その頃もほぼずっと孤独だった。

今日はこの後、自慰をするかもしれない。

今日というのは間違い。なぜならもう明日だから。

もう明日だというのは、この文章をタイプし始めてから、日が暮れるのを見て、一晩眠ったからだ。タイプし始めたのは昨日のこと。

そのことは言っておいた方がよかったかもしれない。

影が森を埋め始め、この場所が暗くなったとき、私は台所へ行き、ブルーベリーをさらに食べ、二階に上がった。

昨日の夕日は抽象表現主義的な夕日だった。最後にターナー的な夕日を見たのはおよそ一週間前だ。

自慰は頻繁にはしない。でも実は時々、ほとんど無意識にする。砂丘で。座ったまま。波音を聞きながら。

気分はすぐに収まる。

でも、運転中にもしたことがあると思う。

一度ラ・マンチャの路上で自慰をしたのはほぼ間違いない。何度も何度も見えていながら、まったく近づく様子が感じられなかった城の近くで。

その理由は、城が丘の上に建っていて、道はその麓を丸く平らに巡っていたということだ。

永遠にその周りを走り続け、決して城にはたどり着かないままになる可能性がかなりあった。

実物を見るまでは、スペインの城というのは単なる決まり文句だと思っていた。

城は本当にある。

サボーナと呼ばれる場所の近く。スペインではなくイタリアの町。私は車を置いて歩いた。

堤防の一部が崩れていた。私が言っているのは海岸の話だ。だから堤防の向こうは海。

私は間違いなく、城を見る代わりに海を見ていた。

実を言うと、車は転覆していた。

肩だけが痛んだ。少し時間が経ってから。

考えてみたら、今関節炎の痛みがある方の肩だ。以前はその結び付きを考えたことがなかった。

結び付きはないかもしれないけれど。

いずれにせよ、車には水も入り始めた。

興味深いことに、恐怖心はまったくなかった。あるいは、大したけがをしなかったことでほっとしていたのかもしれない。

とはいえ、その状況では、ドアを開けて外に出るのが良識ある判断だということは分かった。

ドアは開けられなかった。

ところで、私はその間ずっと、車の天井に乗っていた。

天井の内側という意味だ。当然のことながら。床に敷いてあったゴムのマットが頭の上から降ってきた。

あのときどんな車を運転していたか、私は覚えていない。

いずれにせよ、もはや運転しているという状況ではなかった。

私は反対のドアまで這って行こうとしていた。

水はサンダルの紐の上あたりまでしか来ていなかった。

それでも、状況全体が私をおびえさせた。

つい先ほど、恐怖心はまったくなかったと言ったのはまだ覚えている。

実を言うと、すべてが終わるまで恐怖心はまったくなかった。

堤防に上り、転覆した車を見たとき初めて、かなりの恐怖を覚えた。

堤防が崩れているのに気付き損なったのが自慰の最中だったと、確信を持って言うことはできない。

あるいは、それがサボーナへ向かう途中だったか、サボーナを通り過ぎた後だったかも。

ほぼ確かなのは、イタリアから出るときでなく、イタリアへ入ってきたところだったということだ。なぜなら、海岸沿いにイタリアへ入るとき、右手に海が見えるはずで、私は道路の右側から海に突っ込んだから。

今言っている方向からイタリアに入った記憶はまったくないけれども。

記憶の細部が不鮮明なのは、一つには間違いなく年のせいだ。

よく考えてみると、実は私は五十をゆうに越えているかもしれない。

鏡はここでも、実質的には役に立たない。何らかの尺度、あるいは比較の対象が必要だ。

母のベッド脇の同じテーブルの上には小さな手鏡が置いてあった。最後の数週間。

ケイト、娘が芸術家であることが私にとってどれほど大きな意味を持っているか、あなたには決して分からないでしょうねと、ある夜、母は言った。

この家には絵を描く道具が何もない。

実は、ここに来たときは壁に一枚キャンバスが掛かっていた。このタイプライターの横の壁、すぐ上のところに。

他でもないこの家の絵だった。それに気付くには何日かかかったけれども。

絵があまり似ていなかったからではなく、まだ同じ角度から家を見たことがなかったせいで。

それに気付いたときには、既に絵は別の部屋に移していた。

とはいえ、あれはこの家の絵だったと私は信じる。

この家の絵だ、あるいはそう見える、と結論を下した後、もう一つの部屋に行って真偽を確かめることはしなかった。

別の部屋にはめったに行かないので、扉を閉めてしまった。

扉を閉めたという事実に特別なことは何もない。掃除をするのが面倒で扉を閉めただけだったかもしれない。

落ち葉が吹き込む。そしてハコヤナギのふわふわした種子も。

この部屋はかなり大きい。家の二辺に沿って外に作られたデッキは、それぞれ砂丘と森に面している。

五つの閉じた扉のうち二つは二階にある。

バスルームは数に入れていない。鏡はそこにあるのだけれど。

実際、他の部屋に別の絵があってもおかしくない。調べることは可能だ。

閉じてある部屋に絵画はない。あるいは、少なくとも、一階にある三つの閉じられた部屋には。

この家の絵は移し替えたのだけれども。

身の回りに芸術作品を置くのは気分がいいものだ。

母が暮らしたニュージャージー州ベイヨーンのリビングルームには、私が描いた絵が何枚かあった。そのうちの二枚は肖像画だった。母と父の。

鏡を片付けてほしいかと母に尋ねる勇気が私にはなかった。

しかし、ある日の午後、もう鏡はそこになかった。

実を言うと、私はめったに肖像画は描かなかった。

母と父の肖像画は今、メトロポリタン美術館にある。二階のメイン展示室の一つに。

今、私の絵画はすべて、メトロポリタン美術館のギャラリーにある。

私がやったのは、常設展示のいろいろなキャンバスの間で充分なスペースのあるところを見つけて、隙間に私の絵を立てかけることだ。

他の絵と重なる部分も少しあったが、大体は重なっても下の隅だけだった。

でも、あれ以来きっと、私の絵はいくらか反っているだろう。

つまり、壁に掛けるのでなく、長年、壁にもたれかかる形で置かれていたせいで。

その上、一部の絵は額縁にさえ入れていない。

とはいえ、私の絵画のすべてというのは、売らなかった分という意味だ。当然のことながら。

さらに、共同展覧会に出したものや、貸し出したものもあったけれど。

実を言うと、そんな自分の絵を、まったく偶然にローマで見かけた。

本当はその絵のことは忘れかけていた。ところが、ビットリオベネト通りの近くにある公共美術館の窓に貼られたポスターに私の名前があった。

実を言うと、最初に目に入ったのはルイーズ・ネヴェルソンの名前だった。それでもなお。

その翌日、私はイギリスのナンバープレートをつけた右ハンドルの車の中で、ナボーナ広場に雪が積もるのを見た。あの土地に雪というのはきっと珍しいに違いない。

ルネサンス初期、やはりローマで、ブルネレスキとドナテロは異常に几帳面に遺跡の測量をしたため、人々は二人の頭がおかしくなったと思った。

しかしその後、ブルネレスキはフィレンツェに帰郷し、古代以来最大のドームを建てた。

あの時代が復興期（ルネサンス）と名付けられている理由の一つはこれだ。明らかに。

その大聖堂の隣に美しい鐘楼を建てたのはジョットだった。

かつてジョットは、自分の作品のサンプルを提出するように言われ、円を描いて提出した。

それが完璧な円だったというのがポイントだ。

しかも、道具を使わず、フリーハンドで描いたという点。

母の死後、一年も経たないうちに父が亡くなったとき、私は例の小さな鏡を、古いスナップ写真がたくさんしまわれた引き出しで見つけた。

実を言うと、ローマで本格的な雪が降るのはおよそ七十年に一度しかない出来事だ。

それはフィレンツェでアルノ川が氾濫するのとほぼ同じ頻度だ。おそらく両者には何の関係もないけれども。

しかし、レオナルド・ダ・ヴィンチやアンドレア・デル・サルトやタッデオ・ガッディのような人々が一度も子供の雪合戦を目にすることなく生涯を終えた可能性はある。

彼らが生まれるのがもう少し遅ければ、少なくとも、子供の雪合戦を描くブリューゲルの絵を見ることがあったかもしれない。

ところで、私はジョットと円に関する逸話を信じている。物語の中には、信じることで満足感が得られるものがある。

私は自分が一度、ウィリアム・ギャディスに会ったことがあるということも信じている。彼はイタリア人に見えなかった。

私は逆に、自分が数行前に書いた内容はまったく信じていない。レオナルド・ダ・ヴィンチやアンドレア・デル・サルトやタッデオ・ガッディのような人々が一度も雪を見たことがなかったという話。これはばかげている。

自分の名前の載ったポスターを見つけたのがコロッセオで猫を見たのより前だったか、後だったか、もはや私には思い出せない。

まだ言っていなかったかもしれないが、コロッセオの猫はオレンジ色だった。そして片目がなかった。

実際、とても魅力的とは言えないタイプの猫だった。もう一度見たいと本気で思ったのは事実だけれど。

サイモンは以前、猫を飼っていた。どうしても名前が決まらなかった猫。

結局、私たちは皆、それを〝猫〟と呼んだ。

ここでは雪が降ると、真っ白な空間に木々が奇妙な装飾文字（カリグラフィー）を記す。空自体がしばしば白く、砂丘は隠され、浜辺も水際まで真っ白。

だから考えようによっては、私に見ることができるのは例の四層の下地(ゲッソー)を塗った九フィートのキャンバスみたいな空間だけ。

でも、私は時々、海岸で火を焚く。

秋、あるいは早春にそうすることが多い。

一度、そうして火を焚いたとき、本のページを破り取り、火をつけ、そのまま風に乗せて、飛ぶかどうかを試したことがある。

大半はすぐそばに落ちた。

本はブラームスの伝記だった。この家の棚に斜めに倒れかかった状態で置かれ、湿気で変形していた。とはいえ、最初から格別安物の紙に印刷されていたけれども。

ところで、頭の中で時々音楽が聞こえると私が言うとき、それが声楽曲なら誰の声か分かる場合がよくある。

とはいえ、昨日の『アルト・ラプソディ』が誰だったかは思い出せない。

ブラームスの伝記は読まなかった。しかし、ここに来てから、家にあった本を一冊読んだと思う。

細かいことを言うと、二冊と言ってもいいかもしれない。それは古代ギリシアの戯曲集で、二巻ものだったから。

ただし、実際にその本を読んだのは浜辺の先にあるもう一軒の、焼け落ちた方の家でだったけれども。この家で私が目を通した本は、サボーナの場所を思い出そうとして開いた地図帳だけだ。

実を言うと、それをしてからまだ十分も経っていない。つい先ほど、家の絵をここに持ってこようと思ったついでに地図を見た。

私は今、その絵がこの家、あるいはこの家によく似た家を描いているということにあまり自信が持てなくなってきた。

地図帳は、絵がもたせかけてあった後ろの棚にあった。

そして、格別安物の紙に印刷され、斜めに置かれたせいで元に戻せないほど変形してしまったブラームスの伝記のすぐ横に。

おそらく、カモメのシミュレーションをしようとしてページを破り、火にくべたのは別の本だったのだろう。

ただし、安物の紙に印刷され、湿気で傷んだブラームスの伝記がこの家に二冊あった可能性はもちろんある。

『アルト・ラプソディ』を歌っていたのはキャスリーン・フェリアだ。

頭に浮かぶ音楽のバージョンがかつて最もよく親しんだものだということは改めて説明する必要がないと思う。

ソーホーで私が聞いた『アルト・ラプソディ』の録音は、キャスリーン・フェリアが歌うものだった。

隣の部屋の窓でまたテープが引っ掻くような音を立てている。またしても、猫みたいに。

人は普通、カモメには名前を付けない。

以前、自分がギリシアの戯曲を声に出して読むのを聞いていたとき、台詞の一部がまるでウィリアム・シェイクスピアの影響下で書かれているように感じられた。

アイスキュロスやエウリピデスがシェイクスピアをどうやって読んだのか、とても考えられなかったが。

そのとき、別のギリシアの作家に関する逸話を思い出した。もしも死後の生が本当にあると確信が持てたら、喜んで首を吊り、エウリピデスに会いに行きたいと言ったという作家の話だ。でも、この話は基本的には今のことと関係がない。

翻訳者はシェイクスピアを読んだことがあるはずだと、最後にようやく思い付いた。

普段の私にとってそれはことさら記憶すべき洞察ではないが、戯曲を読んでいた当時の私はそれ以外の点で、間違いなく頭がおかしくなっていた。

実を言うと、もう一軒の家で火事を出したのは、よく考えると調理中ではなく、『トロイアの女』を一ページ表裏読み終わるごとに火にくべているときだったかもしれないという気がしてきた。

逆に、絵の後ろの地図帳の隣にブラームスの伝記があるのを十分足らず前に確認していながら、なぜ海岸で火をつけたのがブラームスの伝記だったと言ったのかはさっぱり分からない。

ある種の問題は答えるのが不可能に思える。

例えば、それ以外にも、古いスナップ写真を見ている途中で、母の枕元にあった鏡を見つけたときに父が何を考えたかという問題。

あるいは、同じ道をずっとたどり続けた場合、最終的に城に行けたかどうかという問題。

あの場合は、間違いなく限界があった。

城はこちら。そう書いた標識があったに違いない。

乗っているのがジープなら、道をたどらなくても、斜面をそのまま登れただろう。ところで、ラ・マンチャで城を見たら、誰もがすぐにドン・キホーテを思い出す。当然のことながら。

トレドに行ったら誰もがエル゠グレコを思い出すのと同様に。エル゠グレコはスペイン人ではなかったけれども。

しかし、彼はまるでスペイン人みたいに言われることがあまりにも多い。

ベラスケスやスルバランやエル゠グレコをはじめとする有名なスペインの画家。そんなフレーズをよく耳にする。

他方、彼がギリシア人として語られることはめったにない。

フィディアスやフェオファン・グレクやエル゠グレコを初めとする有名なギリシアの芸術家。そんなフレーズはほとんど耳にしない。

しかし、よく考えてみると、エル゠グレコが有名なギリシア人の直接の子孫という可能性だってある。

長い年月の中で足跡を見失いやすいのは間違いない。しかし、彼の血筋がそれよりもっと昔にまでたどれないとは誰にも言えない。例えば、アキレスのような人にまでたどれるかもしれない。

いずれにせよ、ヘレネに少なくとも子供が一人いたことはほぼ間違いない。

絵はやはり、この家を描いたものに見える。

実を言うと、二階の、私が夕日を見る窓の所に誰かがいるように見える。

今まで、その女に気が付いたことは一度もなかった。

もしもそれが女だとしたら、の話だ。その点、筆遣いはかなり抽象的だから、実際には誰かがいるという程度しか分からない。

けれども、私が階下でタイプを打っている間に寝室の窓辺に誰かが潜んでいるかもしれないと、ふと考えてみるのは面白い。

しかも、私の横の壁、すぐ上のところで。

これはもちろん、単に考えようによってはの話。

それだけでなく私が今、目をつぶれば、その人物は二階にいて、しかも壁に掛かっているだけでなく、私の頭の中にもいると言うこともできる。

もしも外に出て、窓を見られる場所に行って同じことをすれば、話はさらにもっと複雑になる。

ついでに言うと今、絵の中で別のことに気付いた。

普段、正面のデッキから出入りするときに使う扉が開いている。

先ほどたまたまその扉を閉めてから、まだ二分と経っていない。

当然のことながら、現実におけるそんな私の行動が絵の中の何かを変えることはない。

にもかかわらず、私はまた目を閉じ、デッキに出る扉が閉まっている絵を想像できるかどうか試してみた。

頭の中の絵では、デッキへの扉を閉めることができなかった。

絵の具さえあれば、絵そのものの扉を閉じた状態に描き変えることができる。もしもこの問題が深刻に私を悩ませ始めた場合には。

この家には絵を描く道具が何もない。

しかし、以前はここにそんな道具がいろいろと揃っていたに違いない。

一部は彼女が砂丘に持ち出しただろうけれど。この家以外のどこに画家が道具を置いておくというのか。

私は今また、画家を女性だと仮定した。これも、窓辺の人影が女性だという印象の余韻に違いない。

しかし、いずれにせよ、絵に描かれた家の中にはきっと他にも絵画用具があるはずだ。絵そのものにそれを見ることはできないけれども。

実際、窓辺の女性の奥、家の中に別の人がいる可能性もある。

とはいえ、他の人たちは海岸に出掛けている可能性が高い。というのも、キャンバスの中は夏の午後の遅い時間だからだ。四時より遅くはないけれども。

だから次には、窓辺の女性はどうして浜に出掛けなかったのかと疑問を抱かざるをえない。

しかし、よく考えてみると、その女性は子供なのかもしれない。

だからひょっとすると、悪いことをした罰に居残りを命じられたのかもしれない。

あるいは具合が悪かったのかも。

ひょっとすると、絵の中の窓辺には誰もいないのかも。

四時になったら砂丘に行き、画家が視点に定めた位置を確かめ、影の落ち方を見てみるつもりだ。

この家には置き時計も腕時計もないから、いつが四時なのかは推測するしかないのだけれど。

でも、必要なのは、家に映る本当の影と絵の中に描かれた影とを比較することだ。

しかしひょっとすると、窓辺の本物の影を外から見ても、絵に関する問題は解けないかもしれない。

ひょっとしたら外には出ないかもしれない。

ついでに言うと、一度、本当の窓の所に誰かの人影が見えた気がしたことがある。

それはアテネでのこと。まだ探索を続けていた頃の話だ。だから、大事件だった。

そう。コロッセオの猫よりもはるかに。

実を言うと、問題の窓の脇からはアクロポリスも見えた。

酒場の並ぶ通りにある建物でのこと。

それでも、フィディアスが視点を取った角度に太陽が傾いたとき、パルテノンはほとんど輝くように見えた。

実際、神殿を眺めるのに最適な時刻もおよそ四時頃だ。

同じ通りに建っていても、パルテノンが見える酒場は、見えない酒場よりも繁盛したに違いない。

しかしもちろん、アテネに長く暮らして神殿を見飽きた人を得意客にしている場合は話が別だ。

そういうこともありえる。毎日昼食をエッフェル塔でとっていたギ・ド・モーパッサンのように。

そこがパリで唯一、それを見ないで済む場所だから、というのがポイントだ。

どうして自分がそんなことを知っているのか、私にはさっぱり分からない。ギ・ド・モーパッサンはボートを漕ぐのが趣味だったことも、なぜ私が知っているのかまったく分からない。ギ・ド・モーパッサンが毎日昼食をエッフェル塔でとっていたのはそれを見ないで済むようにするためだったと言ったとき、彼が見たくなかったのはエッフェル塔であり、昼食ではない。当然のことながら。

そんなふうに、言葉はしばしば正確さを欠くことに私は気付いた。

たまたまだが、私は自分の手漕ぎボートを持っている。

時々、ボートで遠出をしてみる。

白波の立つ所より沖に行くと、潮の流れが船を運んでくれる。

しかし、あまり沖に出すぎると、漕いで戻るのが大変なこともある。

実は、ボートは二艘目だ。

一艘目は消えてなくなった。

しっかりと岸に上げなかったのが原因に違いない。ある朝、あるいはある日の午後、消えてなくなっていた。

数日後、いつになく遠くまで海岸沿いを歩いたが、岸に打ち上げられてはいなかった。

もちろん、それは海を漂っている唯一の船ではないだろう。もし今も漂流しているとしても。

例えば、エーゲ海のあの帆船のように。

でも、私は時々、船は大西洋の向こうまで運ばれていったのではないかと思いたくなる。例えばカナリア諸島まで、あるいはスペインの港町カディスまで。

あるいは、スキロス島まで行っていないと誰が言えるだろう。

酒場の並ぶ通りの名前が思い出せない。

いずれにせよ、アテネの通りの名前はもともと一つも知らないのかもしれない。ギリシア語は一言もしゃべれないから。

一言もしゃべれないというのは、一言も読めないという意味だ。明らかに。

しかしながら、ギリシア人は街路の名に関して想像力豊かだったと思いたい。

例えば、ペネロペ通りというのは悪くない名前だ。あるいはカッサンドラ通り。

少なくとも、アリストテレス通りはきっとあっただろう。あるいはヘロドトス広場。

パルテノン神殿を建てたのは本当はイクティノスという人物なのに、どうして先ほどは、フィディアスが建設したような言い方をしたのだろう。

課題でもない本を読み、やたらあちこちに下線を引いたにもかかわらず、実は、私は大学で成績がよかった。

だから学期末試験では、そんな建築物の図面を大体、見分けることができた。

しかし、それなら今、私の頭にあるのは何という詩だろう。甘くさえずる鳥たちが、食用に、店で売られているという詩。

その街路の名前は愚か者通り、と続くのだったか。

考えてみたら、ここまでのページでカッサンドラのことには一度も触れていない気がする。酒場の並ぶ通りはカッサンドラ通りという名前にしておこう。

いずれにせよカッサンドラは、窓辺に人影を見たと思った場所の名にふさわしい。

特に、身を潜めた人影という点で。

あるいは、絵の中で誰かが窓際に身を潜めていると思ったせいで、そんな結び付きを思い付いたのだろうか。

ともあれ、アガメムノンが戦利品の一つとしてトロイアから連れ帰ったカッサンドラは実際、イメージ的にはまさに窓辺に身を潜めているというのがぴったりだ。

クリュタイムネストラがアガメムノンを出迎え、風呂を勧めているときも、カッサンドラはやはりそのイメージだ。

しかし当然ながら、カッサンドラは常に千里眼を持っている。だから、窓からこっそり覗き見なくても、湯船のそばに潜む剣のことはすぐに分かったはずだ。

しかしながら、カッサンドラが仮に何かを言ったとしても、誰も注意を払わなかっただろうが。

狂気のトランス状態で語る予言。

やはり、アテネに彼女にちなんだ名前の通りがあったはずはない。明らかに。ヘクトールにちなんだ名前の通りがあるはずがないのと同じで。あるいは、パリスにちなんだ名前の通りも。

とはいえ、人の気持ちは長年経てば変わらないとも限らない。

カッサンドラ通りとエル＝グレコ通りの交わる場所で、午後四時に、誰かが窓辺に潜んでいるのを私は見た。

窓には誰もいなかった。そこは芸術家向けの品々を売る店の窓だった。

通りすがりに私の姿をくっきりと映したのは、下地（ゲッソー）を塗り、画架に張った小さなキャンバスだった。

ただし、実を言うと、私が自分の影を見たのは書店の窓だったかもしれない。

いずれにせよ、二つの店は隣り合っていた。私が入ることを選んだのは本屋の方だった。

店に並んでいる本はすべてギリシア語で書かれていた。当然のことながら。

ひょっとすると、中には私が英語で読んだことのある本も混じっていたかもしれない。当然、どれがそうかを確かめる手段はなかったが。

ひょっとすると、ウィリアム・シェイクスピアの戯曲のギリシア語版もあったかもしれない。エウリピデスの影響を受けた人物による翻訳が。

下地（ゲッソー）という単語は、タイプしてみると、とても間抜けな感じがする。

もしも天窓に穴を開けていなければ、おそらくキャンバスは反りにくかっただろう。明らかに。

しかし、煙が逆流したら、メトロポリタンでの冬は厳しかっただろう。

たくさんの本が並ぶ店に入ったのに、そのうち一冊も何の本か分からないというのは実際、悲しいものだ。

アクロポリスの麓にある書店は私を悲しい気分にさせた。

私は今、絵がこの家を描いたものではないと明確な結論を下したけれども。

それは間違いなく、海岸の先にある、焼け落ちたもう一軒の家を描いた絵だ。

正直に言うと、私はもはや、もう一軒の家をまったく思い出せない。

たぶん、あちらの家とこの家は瓜二つだったけれども。あるいは、いずれにせよ、よく似ていた。海岸沿いの家は大体よく似ている。基本的に同じ趣味の人が建てたせいで。

実を言うと、絵がまだ横の壁に掛けてあるかどうか、私には確信がない。なぜなら今、そちらを見ていないからだ。

もう、地図帳とブラームスの伝記がある部屋に戻したかもしれない。そうしようという考えが頭に浮かんだことははっきりしている。

絵は今、壁に掛かっている。

そして、海岸でページを燃やしたのがブラームスの伝記でないことは、少なくとも確認した。

既に言ったように、もしもこの家に住んでいた誰かが、ともに安物の紙に印刷され、ともに湿気で傷んだブラームスの伝記を二冊持っていたのでなければ。

あるいは、よりありそうな可能性として、二人の人が同じ伝記を持っていたのでなければ。

ひょっとすると二人は、互いにあまり親しくなかったのかもしれない。二人ともブラームスに興味を持っていたわけだけれども。

ひょっとすると一人が画家だったのかも。そしてもう一人が窓辺の人物。可能性はある。

ひょっとするとその人物は風景画家で、実はもう一人を描く気はなかったのかもしれない。でも、画家が仕事をしている間に、もう一人が勝手に窓から顔を出したのかも。

そもそもそれが原因で二人が仲違いをしたというのはかなりありそうなことだ。

画家が目を閉じたら、あるいは単に見ることを拒んだら、それでもなお、もう一人は窓辺に存在していただろうか。

家そのものがそこに存在したかどうかを尋ねてみてもいいかもしれない。

そして、私はなぜまた、わざわざ目を閉じたのだろう。

タイプライターの感触はまだある。当然のことながら。そして打鍵(キー)の音も聞こえる。

加えて、下着越しに、椅子の座面の感触もある。

画家が同じことを砂丘で試したら、風を感じただろう。日差しの感触も。

それに、波音も聞こえただろう。

昨日、キルステン・フラグスタートが『アルト・ラプソディ』を歌うのを耳にしたとき、厳密には私は何を聞いていたのか。

冬、雪がすべてを覆い、尖った木々の記す奇妙な装飾文字(カリグラフィー)だけが残されると、その風景は少し、目を閉じたときに似ている。

間違いなく、現実が変容する。

ある朝、目を覚ますと、あらゆる色が存在しなくなっている。

目に見えるものはすべて、例の漆喰と糊(のり)を白く四層に塗った、九フィートある私のキャンバスみたいになる。

その話はもうした。

それでもなお、まるで世界が好きに描かれるのを待っているかのようだ。

窓辺を描く筆遣いが抽象的であろうとなかろうと。

とはいえ、そもそも私が四十五平方フィートの画面に描こうと思ったのは、おそらくエレクトラでなく、カッサンドラだった。

オレステスがようやく久しぶりの帰還を果たしたのに、それが自分の弟だとエレクトラが気付かない場面が、昔から私の好きな一節だとしても。

見知らぬお方、何の用事ですか。確かこれが、エレクトラがオレステスに掛ける言葉だ。

私が今思い浮かべているのはたぶんオペラ版。

リヒャルト・シュトラウス通りとヨハネス・ブラームス通りの交わる場所で、午後四時に、誰かが私の名前を呼んだ。

あなたなの？　まさか、本当にあなた？

何てこと！　よりによって、こんな場所で！

心の琴線に触れたのは間違いなく、午後の日差しに美しく映えるパルテノンだった。

ギリシアで。まさにあらゆる芸術と物語の起源たる土地。

でも、しばらくの間、泣きたい気持ちになった。

実際、あの日の午後は泣いたかもしれない。

おそらく疲れもあったと思う。普段は私を疲れから守ってくれる狂気のベールが、あの日はなぜか剝（は）ぎ取られたから。

ある午後、パルテノンを目にし、その一瞥によって狂気が瞬間的に消え去った。

名前も知らない通りを泣きながら歩いていると、誰かが後ろから呼び掛ける。

細い街路に駆け込むと、そこは袋小路だ。

間違いない。あなただ！

私は武器も持っていた。天窓に穴を開けた、あの拳銃。

探索をしていた頃はほとんどずっと持ち歩いていた。

既に言ったように、絶望的な探索。

でも、どんな人物に出会うかはまったく分からない。

私は日が暮れてから、ようやく袋小路を出た。

そして、芸術家向けの品々を売る店の奥にある小さなキャンバスに映る自分の姿を見た。

実を言うと、その隣の店には一冊、英語で書かれた本があった。

コネチカット州南部とロングアイランド海峡に棲む鳥の図鑑だった。

私は当時使っていた車の中で眠った。楽器をたくさん積んだフォルクスワーゲンのバンだ。

キャスリーン・フェリアはひょっとすると、私があの古い録音を買ったのより前に亡くなっていたのではないか。今ふと、そんな気がする。

しかし、何のために今そんなことを言ったのか、忘れてしまった。

〝狂気のベール〟というのは、私にしてはひどく気取った言い回しだ。

翌朝、私は山の周囲を反時計回りに走ってスパルタに向かった。ギリシアを出る前にぜひ訪れておきたい場所だったから。

鳥類図鑑を開いて、カモメについて何が書いてあるかを調べる気にはならなかった。

スパルタへ向かう途中で、生理が始まった。

昔から、私の生理はいつも思いがけないタイミングでやって来る。

大体、数日前から体調がおかしくなるのだけれど、私はいつもその変調を他のことのせいにする。

だから、結局のところ、私が泣いた原因はパルテノンではなかった。

あるいは、狂気が一時的に収まったということでもなかったのかもしれない。

明らかに、もう一つの変調が訪れようとしていたのだから。

そして、そのせいで、誰かが私の名を呼んだのかも。

ところで、私は今でも生理がある。仮に不規則だとしても。

あるいは、下り物がある。数週間続けて。

でもその後、数か月ないこともある。

『イリアス』にも、他の劇にも当然、誰かの生理に触れる場面はない。

あるいは『オデュッセイア』にも。だから、やはり作者が女性ということはありえない。

私が結婚する前、母は私がテリーと寝ていることを知った。

テリー以前にも誰かと寝たことがある？　これがそのとき母が尋ねた最初の質問だ。

私はあると答えた。

テリーはそれを知ってる？

私はそれにもイエスと答えた。

ばかねえ、と母は言った。

年月が経つにつれ、私は母が送った人生の大半について大きな悲しみを覚えることが多くなった。

でも本当のところ、私たちに何が分かるというのか。

なぜかは分からないが、この話をしたら、生理のせいでメトロポリタン美術館の中央階段から転げ落ち、足首を折ったのを思い出した。

実際には、折ったのではなく、くじいただけだったかもしれない。

とにかく、翌朝になると、いつもの二倍に腫れ上がっていた。

階段の途中まで上った次の瞬間、私はイカロスになりきっていた。

私はそのとき、例の巨大なキャンバスを運んでいた。ひどく扱いにくい品物を。

ああいう巨大なものを運ぶときは木枠の背面の横木をつかむから、前がまったく見えない。

途中まではうまく行っていると思っていたが、急に全体が浮き上がる感触があった。

ひょっとするとその原因は風だったのかもしれない。その頃には、私が故意に割った以外にも、美術館の多くの窓が割れていたから。

原因はおそらく下からの風だ。キャンバスが目の前で浮き上がるように感じられたから。絵はさらに高く浮こうとした。

しかし絵は、驚くほどあっという間に、私の下に移動していた。

痛みは激しかった。

しかし、最初に思ったのは、生理が始まったということだった。しかも、巻きスカートの下にはパンティーを穿いていない。

本当のことを言うと、そう思ったのはその二秒ほど前だった。

だから、当然のことながら、立ったまま太ももを閉じようとした。

同時に、木枠にはめた四十五平方フィートのキャンバスを手に石の階段を上っている途中であることを忘れた。

今考えると、まったく風が吹いていなかった可能性もなくはない。

それに、当然のことながら、すべては何の前兆もなく起こったことだ。

ただしもちろん、いつものように他の原因に帰した変調は数日前から起きていたのだけれども。

美術館にはもちろん、このような緊急時に備えて松葉杖があった。車椅子も。

まさに今回のような緊急時に備えて。

いずれにせよ、それらはすべて、他の救急用具と一緒にメインフロアに置かれていた。

そこからだと、階段のてっぺんまで這い上がる方が、下まで降りるよりもはるかに容易だった。

しかし、服はほとんど階下に置いてあった。当時はまだいろいろな服を持っていたという話は既にしたと思う。

私は結局、あっという間に、驚くほど巧みに車椅子を乗りこなすようになった。

気分次第で、メインフロアの端から端まで快走することもあった。

ギリシア・ローマの古美術品から、エジプトの古美術まで、あるいは、デンダーの寺院巡り。

しばしばベルリオーズ、あるいはイーゴル・ストラビンスキーの曲を伴奏にして。

今でも時々、同じ足音が痛む。

大体、天気次第で。

他方、どうしてあのキャンバスを二階まで持って上がろうとしていたのかはまったく思い出せない。

当然考えられるのは、そこに絵を描くためという可能性だ。

しかし、何か月も絵を描かなかった後なのだから、まだ何も描いていないことをいつまでも思い起こさせる白いキャンバスを別の場所に移そうと思ったのかもしれない。

高さ九フィート、幅五フィートのキャンバスは、決して容易に無視できるものではない。

いずれにせよ、私が何かを考えていたのは間違いない。

考えてみたら、あのピックアップトラックにはテープデッキがある。

しかし、テープはなさそうだ。

以前、フランスのバイヨンヌにあるテニスコートの脇で車を乗り換えるとき、イグニションキーを回したら、ブラームスの『四つの厳粛な歌』が聞こえてきた。

ひょっとすると私の頭にあるのは、リヒャルト・シュトラウスの『四つの最後の歌』かもしれない。

いずれにせよ、歌っているのはキャスリーン・フェリアではなかった。

実を言うと、見つかる車にはテープデッキが付いていることが多く、その大半はオンの状態のままになっている。

しかし、私がこの点に注意を向けたことはほとんどない。

当然のことながら、そんなときは大体、バッテリーが使い物になるかどうかに主な関心を向けるからだ。

あくまでも、車に鍵とガソリンが残っているかどうかの確認が終わってからの話だが。

バイヨンヌではキルステン・フラグスタートが歌っていた。本当はボルドーで。

本当のことを言うと、車が動いた場合はそれだけでうれしくて、テープデッキが動いているのに気付くのはかなりの距離を走ってからだ。

あるいは、少なくとも、そもそも車を乗り換えなければならない状況を生んだ障害物を取り除いた後だ。

しばしば、橋が乗り換えのきっかけになった。車が一台乗り捨てられているだけで、普通の橋は渡れなくなる。

私は数年間、車を乗り換えるたびにわざわざ荷物も積み替えた。時には、手押し車を使おうと思ったこともある。

メトロポリタンに暮らしていたときは、障害物を取り除き、通り道をいくつか作った。

あるいは、時にランドローバーを使って、セントラルパークの芝生を真っ直ぐに突っ切った。

ところで、夫の名前については、もう何の問題もない。サイモンの死後に別れてから、二度と会うことはなかったけれども。

実は、この家の地下には手押し車がある。

私のものではない。最近ではもう、そんな道具を使うことはめったにないから。手押し車は私がここに来る前からあった。

地下室はこの家の他の部屋よりもさらに湿気が多い。だから扉は閉じたままにしてある。

地下室への入り口は家の裏手の、盛り土に囲まれた下にある。だから絵の中にそれを見ることはできない。

まだはっきり言っていなかったかもしれないが、絵の視点は正面側に取られているから。

地下室には、棚の上に野球のボールがいくつか置かれている。

芝刈り機もある。以前芝刈りをした可能性がある場所は、家の横のとても小さな草むらしかないけれども。

ちなみに、その草むらは絵の中ではほとんど見分けられない。

実は、画家が描いたときには芝が刈ってあったのだと、今気が付いた。

頭の回転が遅くて、なかなか気付かない事柄もある。

それで思い出したが、昨日、あるいは一昨日、頭に思い浮かんだ、〝果てしない無の中をさまよいながら〟という文を書いたのは間違いなくフリードリッヒ・ニーチェだ。

私がフリードリッヒ・ニーチェの書いた文章をまったく読んだことがないというのも同様に間違いないけれども。

しかし、『嵐が丘』は読んだことがあると思う。なぜそんな話をしたかというと、あの小説で私の記憶にあるのは、誰かがいつも窓から中を覗いたり、外を見たりしているという印象だけだからだ。

　ところで、『パンセ』という本を書いたのはパスカルだ。

　今日も一日ずっとタイプを打っているというのは、まだ言っていなかった気がする。タイプしていたからこそ、フリードリッヒ・ニーチェの引用が昨日のことだったか一昨日だったかに関してためらいがあった。

　私はタイプをやめた時点で何も印をつけたりせず、紙は機械に挟んだままにする。

　ひょっとすると、地下室にある野球ボールのところでタイプをやめたかもしれない。野球の話はいつも私を退屈させるから。

　その後、海岸沿いに散歩に出掛け、焼け落ちたもう一軒の家まで行った。

　昨日の夕日は、そこはかとなく不安をたたえたフィンセント・ファン・ゴッホの夕日だった。

　ひょっとすると、私の頭にあるのは筋状の雲だけかもしれない。

　実は、地下室の本がどうして他の本と一緒に置いてないのか、私は一度ならず不思議に思ったことがある。

　スペースなら充分にある。多くの棚が半分は空いている。

　半分は空いていると言うとき、本当なら、半分は埋まっていると言うべきだけれども。なぜなら、誰かが半分埋めるまではおそらく完全に空だったのだから。

　とはいえ、本棚がかつて完全に埋まっていた可能性だってなくはない。後から誰かが来て、本の半分を地下に移し、半分空になったのかも。

二番目の方が一番目よりも可能性が低そうだ。まったく考えられないとまでは言わないけれども。

いずれにせよ、この家にある本の多くが傾き、斜めになっているのはそんな本棚の現状が原因だ。

だから本が完全に変形する。

『芝生が本物だった頃の野球』。変形した本の一冊は確か、そんなタイトルだった。

それが本当なら、少なくとも、タイトルの意味がやや気になることを認めざるをえない。

野球は野球なので、格別気になるとまでは言わないが、少なくとも、やや気になる。

実を言うと、うちの芝を後で刈ろうと思う。うちの芝はたとえ伸び放題になっていようとも、紛れもなく本物だ。

芝は刈れない。芝刈り機が、手押し車や自転車と同様に完全に錆び付いているから。

実は私は、他にも自転車を持っている。

一台はピックアップトラックの脇。もう一台はたぶん、町のガソリンスタンドにある。

考えてみたら、アクロポリスの麓の袋小路には自転車があった。

ひょっとすると、地下室には重複した本が置いてあるのかもしれない。

つまり、二冊あるブラームスの伝記みたいに。それはどちらも一階にあったようだけれども。

私が人物だと思ったのは単なる影だったと今、結論が出た。

影でないとしたら、カーテンだ。

実を言うと、部屋の中に奥行きを出そうとしただけの色遣いなのかもしれない。

考えようによっては、実際に窓辺にあるのはただの、赤褐色（バーントシエンナ）の顔料だ。それと、少しの黄土色（イエローオーカー）。

実際、同じように考え方次第では、窓だって存在しない。形があるだけだ。

だから、窓辺の人物に関して私が巡らせた思索は意味がない。明らかに。

もちろん、後でまた窓辺に誰かがいるという確信が湧いてきた場合は別だ。

今のは言い方がまずかった。

私が言おうとしたのは、窓辺の人物が今はいないけれどもまた現れたら、というのではなく、窓辺に誰かがいるという確信がまた湧いてきたら、ということだ。

いずれにせよ、このようなケースで私の物の見方が変わっても、絵の中の何かが変わることはありえないというのは事実だが。

だから結局、ここまでの私の思索はやはり無意味ではないのかもしれない。

今の言葉の意味は私にはほとんど分からない。

考える対象となる人物がいない場合、誰かについて考えるのはほとんど不可能だ。

しかし、そんな思索をしたという事実は否定しようがない。

二日前、キャスリーン・フェリアの声を耳にしたとき、厳密には私は何を聞いていたのだろう。

昨日、絵の中で窓辺にいる人のことを考えていたとき、厳密には何について考えていたのだろう。

私は今、地図帳とブラームスの伝記が置いてある部屋に絵を戻してきた。

実を言うと、私は今、一晩眠って起きてきたところだ。

今回、そんなことを言った理由は、考えようによっては今、急に明後日になったと言えるからだ。

しかし、ある種の問題は相変わらず答えるのが不可能に思える。

例えば、絵の中には形しかないと私が結論した場合、この紙の上には文字しかないと結論していることになるのか。

もしもギリシア文字しか読めない場合、このページにあるのは何だということになるのか。

私はロシアでサンクトペテルブルクを、そこがサンクトペテルブルクだと気付かないまま通り過ぎたに違いない。

実際、アンナ・カレーニナでも、そこがサンクトペテルブルクだと気付かずに通り過ぎたかもしれない。

標識にはスターリングラードと書かれているのだから、アンナ・カレーニナに分かるはずがない。

標識に書かれているのはどちらかと言うと、レニングラードだということを考えればなおさらだ。

私は今、明らかに頭がこんがらがった。

ロバート・ラウシェンバーグはウィレム・デ・クーニングが描いたスケッチの大半を消し、『消去されたデ・クーニングのドローイング』というタイトルをつけた。

この話が今、何の関係を持つかはまったく分からないが、以前思っていたよりもいろいろなことに関係があるのではないかという気がする。

実は、ロバート・ラウシェンバーグがある日の午後、ソーホーの私のロフトに来たことがある。

彼がそこで何かを消去した覚えはない。

私の自転車が一台ガソリンスタンドに置いてある理由は、どこかに自転車で出掛けた後、歩いて帰るという決断をすることがあるからだ。

私があの日決断したのは、灯油を持って帰ることだった。自転車で灯油を運ぶのは難しかった。私は〝難しい〟ではなく、〝難しかった〟と言った。なぜなら、もう灯油を運ぶことがないからだ。もうランプは使わないから。

ランプを使わなくなったのは、ランプをひっくり返し、もう一軒の家を火事にした後のことだ。既にこの話はしたと思うけれども。

芯を調節していたら、次の瞬間には寝室全体に火が回っていた。

この辺りの海岸にある家はどれも木造だ。当然のことながら。私は砂丘に座り込み、家が燃えるのを見ることしかできなかった。

夜はずっと、空全体がホメロス的な色彩に染まった。

私のボートがなくなったのは偶然にも同じ夜のことだった。おそらく何の関係もないけれども。

自分の家が火事で燃え落ちているときに、行方不明のボートに目を向ける人はほとんどいないだろう。

しかし、ボートはもはや海岸からなくなっていた。

本当のことを言うと、私は時々、船は大西洋の向こうまで運ばれていったのではないかと思いたくなる。

例えばレスボス島まで。あるいはイターキ島まで。

実を言うと、大西洋を逆の向きに運ばれてきたと思われる物が時折、海岸に流れ着く。

例えば、私が歩くときにたまに使う棒切れ。

その棒はかつて、単に散歩に持っていくだけでなく、別の用途にも使われたに違いない。しかし、今ではすっかり波で摩耗してしまい、それがどんな用途だったのか、もはや推測できない。

私は時々、その棒で砂に文字を書いたことがある。

実際、ギリシア文字でも書いた。

あるいはギリシア文字みたいな文字で。実際には、私が勝手に発明した文字だったけれども。

本当のことを言うと、私がよく書いたのは伝言だった。道端に昔、書き残していたのと同じような。

この海岸に誰かが住んでいる、と伝言は告げていた。

その頃にはもう、伝言が誰にも読めないでっち上げ文字で書かれていても、何の意味もなかった。

実際、いずれにせよ、また同じ場所に戻ったときには、私が書いたものはすべて波に洗われ、消えていた。

しかし、絵の中には形しかないと私が結論した場合、でっち上げの文字さえ存在せず、棒で刻んだ溝しかないと結論していることになるのか。

棒はきっと元々、カーペット掃除機の柄(え)にすぎなかった。

一度、海岸で流木を引き上げようとして棒を脇に置いたとき、ひょっとしたらなくしたのではないかと心配したことがある。

しかし、後ろを振り向くと、棒は真っ直ぐに立っていた。特に注意を払うことなく、しかし先見の明を持って突き立てた場所にそのまま。

よく考えると、後ろを振り向く体勢に入って初めて、喪失の問題が頭をよぎったのかもしれない。だとしたら、なくした心配をする以前にはなくなっていなかったことになる。

本当のことを言うと、自分で言っていて意味の分からないことを言うというこの新しい習慣は、私にとって特に楽しいものではない。

鳥たちが食用に店で売られているという詩を書いたのは、ラルフ・ホジソンという人物だ。ラルフ・ホジソンの他の詩を読んだ記憶はまったくない。

しかし、レオナルド・ダ・ヴィンチがフィレンツェでそんな鳥を買い、かごから解き放っていたという話は覚えている。

そして、トロイアのヘレネにはヘルミオネという名の娘が少なくとも一人いたことも。

そして、レオナルドがアルノ川の氾濫を防ぐ方法を考案したことも。その方法はどうやら誰にも注目されなかったけれども。

ついでに言うと、レオナルドは少なくとも一度、雪を絵に描いてもいる。アンドレア・デル・サルトやタッデオ・ガッディが雪を描いたかどうかは思い出せないが。

それに加え、レンブラントの弟子たちはアトリエの床に金貨の絵を本物そっくりに描き、レンブラントはよくだまされてそれを拾おうとしたらしい。どうして私がこの話でまたロバート・ラウシェンバーグを思い出すのか、よく分からないけれども。

ところで、ヘレネが戦争の原因だったという点に関して、私は昔からかなりの疑念を抱いている。たかがスパルタの娘一人のために。

実際には、すべては明白に欲得ずくの問題だった。十年にわたるすべての出来事は、誰が海上輸送ルートを握り、結果として誰が誰に関税を払うのかをはっきりさせるということに尽きる。ルパート・ブルックという別の詩人は第一次世界大戦のとき、ダーダネルス海峡で亡くなった。私はダーダネルスを訪れたとき、それを思い出さなかったけれども。ダーダネルスと言ったのはヘレスポントのことだ。

でも、若い男たちが大昔、そこで戦死し、三千年後に同じ場所でまた戦死したというのはすごい気がする。

でも、よく考えると、レンブラントの弟子たちがアトリエの床に描いた金貨は、私がロバート・ラウシェンバーグの話をしたときに言っていたのとまったく同じことだ。

あるいはむしろ、この家を描いた絵の中で窓辺にいない人物の話をしたときに、私が言っていたのと同じこと。

レンブラントが拾おうとするまで、金貨はただの金貨だったのだから。

しかし、だからといって、私はコロッセオに発電機を備え付け、投光照明を用意するのをやめなかった。

あるいは、ネロとカリグラという名前で反応が得られなかった後、狡猾にも、猫をカルプルニアと呼ぶのもやめなかった。

しかし、もしレンブラントが猫を飼っていたら、猫はきっと金貨に一瞥もくれずに通り過ぎただろう。

それはレンブラントの猫の方がレンブラントよりも賢いことを意味しない。

ちなみにレンブラントは、弟子に何度だまされても、やはり金貨を拾おうとし続けたけれども。

もちろん世間には、弟子が師匠にいたずらを仕掛ける話が無数にある。

レオナルドはベロッキオが描いていた絵の一部に勝手に手を加えるいたずらをした。それがあまりにも美しくできていたために、ベロッキオは絵画から足を洗う決断をした。

他方で、プラトンにいたずらを仕掛けるアリストテレスというのは想像しにくい。

あるいは、アリストテレスが勉強している姿も。

しかし、ヘレネが勉強している姿は簡単に思い描ける。鉛筆をかじっている姿さえ目に浮かぶ。

これはギリシア人が鉛筆を持っていたと仮定した場合の話だ。

実を言うと、アルキメデスも時折、砂に描いて幾何を考えた。棒切れで。

私はそれが絶対に私のと同じ棒でないという事実を受け入れる。

仮に棒が何年も海を漂った可能性があるとしても。実際、何度も大西洋を行き来したかもしれないが。

ヘレネはメネラオスを捨て、パリスと駆け落ちしたとき、娘のヘルミオネを家に残した。私としては、それだけはヘレネにしてほしくなかった。

ただし、古代の作家たちはその種の話題に関して完全に信頼が置けるわけではない。大半は男だったから。

私が本当に願うのは、サッポーがいくつか芝居を書いていたらよかったのにということ。

とはいえ、実際、それと違うバージョンの話もある。

例えば、ティエポロの絵では、強引に連れ去られるヘレネの姿が描かれている。

事実、ティエポロはその絵を『ヘレネの略奪（レイプ）』と名付けた。

メディアが鉛筆を嚙む姿は、ヘレネより少し想像しにくい。

おそらく七歳か八歳。それ以後はジャーメイン・グリアみたいになりそうだ。

ジャーメイン・グリアのことを最後に考えたのはいつか、私にはまったく思い出せない。しかし、この家には彼女が書いた本が何冊かあるかもしれない。

しかし、私はまだ、あのもう一つの題名の意味がよく分からない。芝生がもはや本物ではないという話。

ひょっとすると、私の棒は以前、野球のバットだったのかもしれない。

ひょっとすると、レンブラントの弟子たちはかつて、野球をプレーしたかもしれない。

カッサンドラも当然、トロイアが陥落した後、略奪された。

しかし、エル＝グレコが三千年を隔てたヘルミオネの子孫だと確かめる手段は実質的に存在しない。

ティティアンは晩年、筆ばかりでなく指先を使って絵の具を塗った。それは明らかに、ジョヴァンニ・ベッリーニに教えられたやり方とは異なる。

もちろん、コロッセオの猫がこっそりキャットフードを口にしていても、私には知りようがなかった。缶の大半は最初から満杯ではないみたいだったから。

ブラームスもかつては弟子だった。間違いなく。

たとえ、わずか十二歳のとき、既にダンスホールでピアノを演奏していたとしても。ダンスホールというのはおそらく売春宿のことだが。

実際、ブラームスは生涯、売春宿に通った。

にもかかわらず、ブラームスが音階練習をしている姿を思い描くのは不可能ではない。

そして、彼がまだ十二歳だった頃の売春婦たちは結局のところ、踊り子だった。

例えば、ジャンヌ・アヴリル。

ジャンヌ・アヴリルが踊っていた頃にブラームスがパリを訪れたかどうか、私は知らない。

にもかかわらず、なぜか、ブラームスがジャンヌ・アヴリルと関係を持っていたと想像するのは悪くない気がする。

あるいはクレオパトラか、ガゼルか、エグランティーヌ嬢のような、当時パリにいた他の踊り子と。

どうしてある種のことをよく覚えているのか、私には分からない。

ひょっとすると、ブラームスがパリを訪れたとき、ギ・ド・モーパッサンは船を漕いでいたかもしれない。

バートランド・ラッセルは弟子のルートヴィヒ・ウィトゲンシュタインをケンブリッジに連れて行き、アルフレッド・ノース・ホワイトヘッドがボートを漕ぐ姿を見せた。ウィトゲンシュタインは一日を無駄にしたと言って、バートランド・ラッセルに腹を立てた。

どうして覚えているか分からないことを覚えているのに加え、そもそもどうして知ったのか分からないことを覚えている場合もある。

しかし、アルキメデスが使わなかったとしても、トゥルーズ＝ロートレックがかつて私の棒を用いた可能性はある。彼は歩くとき、杖を使ったから。

他方で、教皇の一人は、サッポーが書いたものの大半を焚書にした。

私の足首はくじいただけだったに違いない。いつもの二倍にまで腫れ上がったけれども。

T・E・ショーという人物は、ひょっとして野球選手だったかしら。

今またアキレスを思い出したのは、何の話をしたのが原因だろうか。

いずれにせよ、〝今〟というのはたぶん、正しい表現ではない。

つまり、文章を書き始めた瞬間には間違いなくアキレスを思い浮かべていたが、書き終えるときにはもう彼のことは考えていなかったから。

もちろん、そのような文は許容範囲内だ。たとえ、あることを今考えていると書き終えたときには既に、別のことを考え始めているとしても。

実は、私はアキレスについて書き始めた後、文の途中で、アキレスでなく猫のことを考え始めていた。

アキレスの代わりに考えた猫というのは、隣の部屋の割れた窓の外にいる猫のことだ。風が吹くたびにしばしばテープが引っ掻くような音を立てる窓。

つまり、私が考えていたのは実は、猫のことではない。引っ掻くような音が猫を思い起こさせるというだけで、実際に猫がいるわけではないのだから。

レンブラントのアトリエの床にはレンブラントに金貨を思い起こさせる絵の具の模様があっただけで、金貨はなかったのと同じことだ。

この家を描いた絵の窓辺に誰もいなかった、あるいはいないのと同じこと。

ついでながら、そこまで言うのなら、この家を描いた絵の中には、家さえない。

残念ながら、〝そこまで言う〟気があろうとなかろうと、論理が物事を断じることがある。

考えてみたら、それがあのもう一冊の本の主題かもしれない。私が野球の本だと思っていたのは実は、皆が芝が生えていると思って野球をしていた場所に本当は芝がなかったという問題に関する学術的な思索である可能性がある。

『嵐が丘』も、読み始めたときはまさか窓に関する本だとは思わなかった。

この家の脇ではかつて、とても本物らしい芝生が刈られていたという事実は変わらないけれども。

同じ絵を一瞥するだけで容易に確かめられるように。

ただし、私は今、とても矛盾したことを言っている可能性が高い。

いずれにせよ、テープは今、引っ掻くような音を立てるのをやめた。

それに私も、もう猫のことは考えていない。

一方で、その文章をタイプしている間、猫のことを考えていないはずはない。たとえ文の内容がその逆だとしても。

考えていないという対象のことを考えずに、何かについて考えていないという文章をタイプすることは絶対にできない。

このことに気付いたのは今回が初めてだと思う。あるいは、これによく似たことに気付いたのは。

この話はこれくらいにしておいた方がいいかもしれない。

実は、アキレスに関して私が考えていたのは、踵（かかと）のことだ。

ひょっとして間違った印象を与えたかもしれないが、私は足が不自由なわけではない。

そして他方で、私はテープのことも気になる。なぜなら、テープを貼った覚えがまったくないからだ。

しかし、きっと私が貼ったのだろう。窓が割れたときのことははっきり覚えているから。

あら。風のせいで一階の部屋の窓が割れたわ。そう思ったのを覚えている。

それは当然、ガラスの音を聞いた直後だったはずだ。

しかも風の強い夜。

でも、窓を修理した記憶はまったくない。

実際、この家にテープがなかったという点ではほぼ確信に近いものがある。

テープを最後に見たのは、救急セットをたくさん積んだフォルクスワーゲンのバンで地中海に突っ込んだ午後のことだった。

そのバンにもテープデッキが搭載されていた。もちろんそれは、今話に出ているテープとは何の関係もないけれども。

バンのテープデッキはヴィヴァルディの『四季』を流していた。

私が堤防に上った後も、テープデッキは演奏を続けた。海の水が満ちてくる、転覆した車の中で。実を言うと、流れていたのはベルリオーズの『トロイアの人々』だった。私はしばらく堤防の上で音楽に耳を傾けた。

ヒッサルリクを訪れたばかりだった私にとって、それは特に興味深い曲だった。

正直に言うと、私はヒッサルリクの後に、ローマを訪れていたけれども。そしてリミニ、ペルージャ、ベネチアを。

だから、ひょっとするとテープデッキが流していたのはまったく別の曲だったかもしれない。

どうしてあの巨大なキャンバスを二階まで持って上がろうとしていたのか、どうしても思い出せない。

結局、持って上がれなかったことを考えると、この問題は何の意味も持たなくなったわけだけれども。

今ブラームスの母親を思い出したのは、何の話をしたのが原因だろうか。

今回は知識に支えられた推測が可能だ。というのも、彼女は足が不自由だったから。

私がこの家で読んだのがブラームスの伝記だったとはどうしても信じられない。

しかしながら、すべての質問が答えられない質問という範疇に入るわけでないのは明らかだ。

あれほどひどく傷み、あれほど安物の紙に印刷された本をわざわざ読んだということには驚かざるをえないけれども。

この家には、それよりずっとましな状態の本がたくさんある。たとえどれもが湿気で多少傷んでいるとしても。

例えば地図帳。たとえ、地図帳は斜めに立てられるのでなく、平らに置かれるという利点をずっと享受してきたのだとしても。

実際、ペンシルヴェニア州リティッツとニューヨーク州イサカの場所を調べた後、地図帳を同じ状態に戻してからまだ二日と経っていない。

ところで、野球に関する例の本は表紙が緑だ。ぴったりの色だと言えるかもしれない。

逆に、この家には美術に関するものが一冊もないみたいだ。

私がこの点に注目する理由は個人的なものではない。ここにも一人画家がいたらしいということを考えると、何かおかしい気がするのだ。

とはいえ、その画家は単なる客だったのかもしれない。だとしたら、家の絵は訪問のお礼として描かれた可能性がある。

しかし、今の可能性を口にしたとき、私は自分が入らず、扉も閉じたままの部屋にある別の絵画のことを忘れていた。

ひょっとすると、そうした他の絵も同じ画家が描いたものかもしれない。

実は、私にはその確信がある。しばらく前に扉を閉じてからは一度もそれらの絵を見たことがないけれども。

閉じた扉のうちでただ一つ私が開けることがあるのは、地図帳とブラームスの伝記が置いてある部屋につながる扉で、そこを開くようになったのもつい最近のことだ。

しかし、同じ家の壁に掛かった三枚の絵がすべて同じ画家の手で描かれたものかどうかを見極めるのは、大した手間ではない。

特に、三枚すべてが海岸に建つ家か、海岸近くに建つ家を描いたものである場合は。他の二枚に何が描かれていたかは今、思い出したのだが。

ただし、いざとなれば、鑑定に必要なちゃんとした道具は当然持っているのだけれど。

いずれにせよ今、私にひらめいたのは、画家はこの家の住人でも客でもなく、おそらく近所の住人だったのではないかということだ。そうだとすると、たくさんの本がありながら美術に関するものが一冊もない家に彼女が描いた絵が三枚あることの説明が容易につく。

画家の描いている題材に親しみを覚えたこの家の住人は、おそらく喜んでそうした絵を飾っただろう。

審美眼の問題はそこに一切関与しなかったに違いない。

ついでに言うと、この海岸沿いにある家のすべて、あるいはその多くが同じ画家の他の作品を置いているかもしれない。

ひょっとすると、私が焼いた家にもそんな絵が置いてあったかもしれない。明らかにもう、置いてないけれども。もはやそこは家ではないから。

いや、いまだに家だ。

ほとんど何も残っていないとしても、散歩の途中、横を通れば、私はまだそれを家だと思うことがあるから。

これは私のせいで焼け落ちた家だ、と私は思う。あるいは、私のせいで焼け落ちた家に今から行こう、と。

ところで、この家にある三枚の絵画には、どれも署名がない。

実は、調べた記憶はないけれども、調べたはずだという確信はある。

私は美術館でも、しばしば署名を確認する。

何年も見慣れた絵の署名を確認したことさえある。

絵を描いたのが作者とされている人と違うと疑っているから確認するというわけではない。

実は自分でも、なぜそうするのか分からない。

モディリアニはしばしば、他の画家の作品に署名をした。そうすることで、売れなかったかもしれない絵が売れることになったからだ。

私は今、〝しばしば〟と言うべきではなかった。モディリアニがそんなことをしたのはほんの数回だから。

それにしても、モディリアニの行動は親切だ。友人の中には食うや食わずの者もいたのだから。

実際、モディリアニ自身、あまりきちんと食べられない状態になることが頻繁にあった。ただし彼の場合は、その代わりに酒を飲んでいたのだけれども。

私は以前、ローマのボルゲーゼ美術館で鏡に署名をした。

女性用トイレで、口紅を使って。

私が署名を添えたのは、私の鏡像だ。当然のことながら。

しかし、誰か別の人が鏡を覗いたら、私の署名は別人の鏡像の下に添えられることになる。

誰か別の人が覗いていたなら、私は絶対に署名を添えることはしなかったはずだ。

実は、私が記した名前はジョットだったけれども。

ところで、この家には鏡が一枚しかない。

もちろん、その鏡に映るのも私の像だ。

実は時々、母の鏡像もそこに映し出されるけれども。

私が鏡を覗くと、一瞬、母がこちらを見つめ返すのが見えることがある。

当然のことながら、同じ瞬間、自分の姿も見える。

要するに、私が本当に見ているのは、自分の鏡像の中にある母の姿にすぎない。

そのような幻覚は極めて普通のことで、年齢とともに起きるものだと私は思っている。

つまり、それは幻覚でさえない。単なる遺伝なのだから。

そうは言っても、少しはっとさせる出来事だ。

私がもう、当時の母と同じくらいに年を取ったのだと自覚したとしても。

母はまだ五十八歳だった。

私が肖像を描いたときにはちょうど五十歳だったけれども。

その誕生日祝いに私は肖像画を描いた。

めったに肖像画は描かないのだが。

しかし、サイモンの肖像を一度も描かなかったのを後悔するときがある。

逆に、息子を思い出させる絵を持ちたいと思ったことはないと思う。ひょっとすると、母と父の肖像を描いたのは結婚記念日のためだったかもしれない。実際、結婚三十年のお祝いだった。

二人の肖像は、スライドを元に描いた。プレゼントして驚かせるために。

おかげでアトリエに大きな布を吊さなければならなかった。プロジェクターを使える暗いスペースを作り出すために。

全般に、実際に絵を描いている時間よりも、暗がりに出入りするのに時間がかかった気がする。

本当のことを言うと、私がいつも絵を描くとき何をする時間がいちばん長いかと言えば、それは座っている時間だ。

時には、立ち上がってキャンバスに一筆加える前に、果てしなくじっと座っていることもある。

レオナルドは『最後の晩餐』を描く際、他の誰もが既に仕上げが終わったと思っている段階でも、ミラノの町をしばらく散歩してから一筆加えることがあったと言われている。

しかし、そのこだわりをもってしても、漆喰の上にテンペラという愚かな実験的技法のせいで、『最後の晩餐』はレオナルドの存命中から劣化が始まるのを防ぐことはできなかった。

考えようによっては、『最後の晩餐』は既に描かれている最中から劣化が始まっていたとも言える。

そう考えるとなぜか、いつも私は悲しい気持ちになる。

『最後の晩餐』が過越(すぎこし)の食事を描いたものであるのを多くの人が知らないことに私は何度も驚か

された。

いずれにせよ、私はベネチアからサボーナへ向かう途中、ミラノには立ち寄らなかった。

ついでに言うなら、サボーナに立ち寄るつもりもほとんどなかった。

堤防が崩れた。私が行くどれだけ前から堤防の劣化が進んでいたのか私には分からない。

レオナルドは自分のノートに逆向きに文字を書いた。右から左に。だからそれを読み取るには鏡をかざさなければならなかった。

考えようによっては、レオナルドのノートの鏡像は、ノート自体よりも現実味がある。

レオナルドは左利きでもあった。そしてベジタリアン。そして非嫡出子。

私が撮影した母と父のスライドは今でも存在している。たぶん。

たぶん、サイモンの古いスライドもまだ存在している。

レオナルドのことをこうしてあれこれ知っていながら、私が撮影した母と父のスライドや息子のスライドがいまだに存在するかどうかが分からないというのは、何だか皮肉な気がする。

あるいは、存在するなら、どこにあるかが。

心から離れた(アウト・オブ・マインド)時間。

サイモンのスナップ写真なら、もちろん持っている。ベッド脇のテーブルの上に、しばらくは枠に入れて飾っていた。

でも突然だが、この件に関しては今これ以上、タイプを打ちたくなくなった。

今おそらく三時間ほど、私はタイプを打たなかった。

実は、水を汲みに泉まで行くだけのつもりだった。しかし、水差しを満たした後、町まで歩こうと思い立った。

水差しというのは実は広口瓶だ。家に戻る途中、それを置き忘れてきたので、また取りに行かなければならない。

簡単な用事だ。気まぐれな風も吹いている。

町では、船溜まりで船を見た。

そこにいるとき、『最後の晩餐』が過越(すぎこし)の食事を描いたものであるのを多くの人が知らないのには理由があると気付いた。

皆が本当に忘れてしまっているのは絵の中の人物が全員ユダヤ人だという事実だ、というのがその説明だ。

私はボルゲーゼ美術館で長い間、破風(ペディメント)に施されたカッサンドラ略奪の彫刻の前に立っていた。彼女の髪は気高く乱れていた。ただの名もなき石だけれども。

カッサンドラとヘレネは二人とも、木馬の中にギリシア兵がいるとトロイアの人々に警告した。誰も二人の言うことに注意を払わなかった。当然のことながら。

今まで船溜まりのことは何も言っていなかったと思う。実は近くにいくつかある。

海に出られそうなボートは、もうほとんどないようだ。

もう、海に出たいと思うことはめったにないけれども。

しかし私はかつて、ビザンティウムへと帆走した。ビザンティウムというのはイスタンブールのことだ。

ベーリング海峡を渡った後、実際にどう行ったかというと、いろいろな車を乗り継いでシベリアを横断し、次にボルガ川沿いに南へ走り、最後にトロイアへ向かった。

だから、どうしてもコンスタンチノープルを通ることになった。

他方、あのままモスクワとレニングラードまで足を伸ばさなかったことを、たまに後悔する。特にエルミタージュ美術館を訪れなかったことを。

そして、本当のことを言うと、私は厳密には、帆走というものをしたことがない。

私が利用した船はすべてエンジンが付いていた。

手漕ぎのボートは話が別だ。当然のことながら。

いずれにせよ、どんな船でも、漕いだりしたわけではなく、ほとんど漂流しただけなのだけれども。

ただし家が燃え落ちた夜は、炎がどこまで見えているかを確認したくなって、白波の沖まで船を漕いで出ることを真剣に考えた。

たとえ実際に漕ぎ出ていたとしても、水平線の向こうまで行かなければならないのだから、充分に遠くまでは到底行けなかっただろう。

ついでに言えば、炎は完全に見えないけれども雲に映る炎の明かりは見えるという場所まで行くことができたかもしれない。

その場合、見えている炎はいわば逆さまということになっただろう。

そして、それは火でさえなく、雲に映った火の鏡像だ。

しかし、雲はなかったかもしれない。

いずれにせよ、ボートはもう持っていなかった。

今では海岸に出掛けるたびに、新しい手漕ぎボートがなくなっていないのを確認するようにしている。

実際、ついさっきも、町から戻るときに確認したばかりだ。

ひょっとしたら、町に行くときには道路を使ったけれども、戻るときには海岸を通ったということをまだ言っていなかったかもしれない。

泉のそばに置いてきた水差しを持ち帰り忘れたのはそういうわけだ。

ひょっとすると、水差しを忘れたもう一つの原因は、少し疲れているせいかもしれない。

疲れている感じがするというのは本当ではない。どちらかと言うと、自分が自分でない感じがする。

私が感じているのは、より正確には鬱(うつ)みたいなものだ。今は何もかもが抽象的に思える。

いずれにせよ、タイプを打つ手を止める前から、既にこんなふうに感じ始めていた。

こんなふうに感じ始めた段階で何をタイプしていたか、もう忘れてしまった。

当然ながら、前に戻って調べることはできる。今タイプしている行からそれほどさかのぼらなくても見つかるはずだ。

やはり、戻って調べるのはよそう。タイプしていた内容のせいでこんな気分になったのなら、きつとまた同じ気分になってしまうだろうから。

こんな気分になるのは、実を言うと、頻繁なことではない。

普段は大体、気分がいい。

でも、そうでないこともある。

しばらくすると収まる。それまで、自分ではどうしようもない。

不安は存在の根本的様態だと、かつて誰かが言った。あるいは、間違いなく言うべきだった。

しかし、本当のことを言うと、他の荷物の大半を捨てたのと同じ大昔に、私はそんな感情の大半を捨てた。

冬なんて、来たら来たときだ。

とはいっても、頭の中の荷物は決して捨てることができないように思われる。

例えば、パブロ・ピカソやディラン・トマスのような人の誕生日。私は今でもその気になれば、間違いなくそらで言える自信がある。

あるいはソル・フアナ・イネス・デ・ラ・クルスという名前。仮にそれがどんな人物かまったく分からないとしても。

マリーナ・ツヴェターエワが誰なのかも、私は知らない。ただし、こちらの名前は少なくとも、私が船溜まりにいた一時間前まで頭に浮かばなかったけれども。

明らかに、私の頭にあったのは別のマリーナだ。

ビットリオベネト通りの近くで私の目に留まったのは、本当は、ヘレン・フランケンサーラーの名だった。私はジョージア・オキーフと同じ展覧会に参加した記憶はない。でも実は、不安が存在の根本的様態だと言ったのはキルケゴールだったかもしれない。キルケゴールでないとしたら、マルティン・ハイデッガーだ。

いずれにせよ、キルケゴールやマルティン・ハイデッガーの書いた文章をまったく読んだことがないのに、ある言葉を言ったのがキルケゴールかマルティン・ハイデッガーだと分かるというのは何となく皮肉に思える。

既にどこかで言ったかもしれないが、荷物の大部分は自分のものでないような気がする。読んだことがないと言えば、アンナ・アフマートヴァもそうだ。マリーナ・ツヴェターエワと関係する人物であることは間違いないけれども。

とはいっても、そうした人々の著作がこの家にある可能性はある。

国立公園のガイドブックはこの家で見かけたことがある。エーゲ海南部とキクラデス諸島の鳥類ガイドも。

ところで、地図帳が一般に、斜めに立てられるのでなく、平らに置かれるのには理由がある。その理由は単に、地図帳は背が高くて本棚に収まらないからということだ。

いずれにせよ、ブラームスの伝記を読んだのがどこだったか、今、はっきりした結論が出た。ブラームスの伝記を読んだのはロンドンだ。ハムステッドヒースの書店で。車にひかれそうになった朝に。

坂を下ってきた車にひかれそうになった話はもうしたと思う。

車にひかれそうになったというのは言いすぎかもしれない。でも、ブラームスの伝記を読んでいたら、次の瞬間、ビューン。恐ろしい物体が目の前を通り過ぎた。

どれだけびっくりしたか、想像してみてほしい。そして、どんな気分を味わったか。

その前日には、右ハンドルの車内で、コヴェントガーデン近くのメイデンレーンという通りに雪が積もるのを見た。あの土地に雪というのはきっと珍しいに違いない。

当然、坂を下りてきた車も右ハンドルだった。あれはまだロンドンだったから。

なぜそのことを強調するかというと、車の右が私に近い側だったからだ。だから私は当然、まず、いったい誰が運転しているのかを確認した。

もちろん、誰も運転していなかった。

しかし、びっくりした状態はしばらく続いた。

その車は次に、私が運転していた車に衝突するだろうと気付いたときも、まだ間違いなくその状態は続いていた。私は車を、坂のずっと下の方に止めていたから。

しかし、車はまったく別のものに衝突した。

実を言うと、車は見える範囲で何にも衝突せず、坂を真っ直ぐに下り続け、見えなくなった。

車はまったく別のものに衝突したと言ったのは、遅かれ早かれ途中に何らかの障害物が現れたに違いないと思うからだ。

車はきっと道路標識にぶつかっただろう。あるいはイギリスの家屋に。もしも別の車にぶつかっていなければだが。

他方、よく考えてみたら、私には衝突の音も聞こえなかった。

とはいえ、驚いた状態が長く続いていたのだから、ちゃんと聞いていなかった可能性も高い。

私が本当にしていたのは、じっと本屋の前に立ち尽くすことだった。その隣にはメキシコ料理レストランがあった。

レストランの窓にはダビッド・アルファロ・シケイロスの絵画の複製が飾られていた。

ところで、問題の車はロンドンのタクシーだった。

たまたま私がそこへ行った日の朝に車が坂を下りてきた原因は何なのか、いまだに見当がつかない。

きっと、ずっとブレーキの役割を果たしていた何かが、ついに腐食してしまったのだろう。

実際、きっとこの何年もの間、いくつもの車がいくつもの坂を下っていたのだろう。

今この瞬間もどこかで、何台かの車が同じことをしているかもしれない。

数は見当がつかないけれども、きっと何台かが。

とはいえ、多くの車はタイヤの空気が抜けている。間違いなくそれが要因の一つだ。

しかし、それはともかく私は、タクシーがぶつかった可能性のある障害物を確かめるため、自分の車をかなり通り過ぎた場所まで歩いてみた。

タクシーの姿はどこにもなかった。

坂はカーブになっていた。

でも、追究する気になれば、最後にはきっと発見できただろう。

もちろん、別の潰れたタクシーを探しているタクシーだと勘違いしなければの話だ。

しかし、その瞬間、私の興味を惹いたのは、少し前に目に入ったメキシコ料理レストランだった。私がレストランに入った目的は、実はテキーラだったけれども。

言っていなかったかもしれないが、そんなことがあったのは、まだ私が探索を続けている時期だった。だから、まだ酒はオーケーだった。

その上、私はイダ山の見える場所で同じように帆船に驚かされたのを思い出していた。

実際、今考えて驚きなのは、三角帆が何年も前にぼろぼろになっていなかったことだ。

ひょっとすると、あの帆船はどこかにずっとしまわれていて、最近になってから漂流を始めたのかもしれないけれども。

私が書店に立ち寄り、ブラームスの伝記を読んだ朝まであのタクシーが走り出さなかったのと同じように。

ところで、書店に入ったときはブラームスの伝記みたいなものはまったく頭になかった。カウンターの上にあったせいで最初に目に留まった本を手に取っただけのことだ。

しかも、その本は本当はブラームスの伝記ではなく、音楽史の本だった。子供向けの。

しかし、ちょうどブラームスの章が開いたままになっていた。

本は異常に大きな活字で印刷されていた。加えて、ブラームスの章はせいぜい六ページほどしかなかった。

踊り子の話もそこには書かれていなかったはずだ。

しかし、もしもその章を読もうという気になっていなければ、タクシーが坂を下りてきた頃には私は別の場所にいただろう。

実際には私はそこにいて、〝あ、車が来た〟と考え、次の瞬間には、〝ああ、車じゃなかった〟と考えた。

〝ああ、車じゃなかった〟というのは、人が運転している車ではなかったという意味だ。明らかに。

当然のことだが、必要なときには絶対にタクシーは見つからないものだ。

とはいえ、こうしたことがあったのは、まだ探索をしていた頃だ。

例の不安については言うまでもなく。

しかし、実は今日、船溜まりでタクシーを見かけた。

しかし、そのタクシーは私がこの海岸に来たときからずっと同じ場所にある。

タイヤは全部空気が抜けているから、どこかに行ってしまうことはない。

実際、タイヤは砂に深く埋もれてもいる。

ピックアップトラックのタイヤは大丈夫だ。当然、チェックはしているけれども。

いずれにせよ、座席の下に空気ポンプが備え付けてある。

とはいえ、ここしばらくバッテリーを動かしていない気がする。

今、ピックアップトラックまで歩いてきた。

歩いたのは、実は泉までだ。トラックはその隣にある。私は水差しを取りに行った。それだけ大事にしているということだ。

持ち帰る前にいったん空にして、もう一度満たした。日が当たって、中の水がぬるくなっていたからだ。

しかし、泉の水は常に冷たい。

ライラックも持って帰った。

ロワール川、あるいはポー川、あるいはミシシッピ川の水を直接飲めるようになったと私が今教えたい相手は、ジョーン・バエズだ。

雪が降り、真っ白な空間に木々が奇妙な装飾文字を記す冬になると、泉まで続く小道しか見えなくなることがある。

そしてそれとは反対向きに、砂丘から海岸まで私がたどる小道と。

ただし、私は砂丘のすぐ裏にある第三の小道をすっかり忘れている。あの道も見えるはずだ。

第三の小道は、私が解体している家へと続いている。

解体中の家の話をするのはこれが初めてだったかもしれない。

それは退屈だが、欠かせない仕事だ。

他方で、それを特に大きなプロジェクトと考えているわけではない。基本的には、流木の扱いと同じことだ。

ひょっとすると、流木の扱いの話をするのはこれが初めてだったかもしれない。

基本的には、時々その家のそばを通り、板が目に入ったら、それを剝がしてここに持ち帰るというだけのことだ。

ただし、既に手に流木を持っていなければの話だ。明らかに。

実は、最初の冬、ここには充分な薪があった。

ここにはほとんど充分な薪があった。後の方では、家具の一部を燃やした。

そのすべては、今ではもう使っていない部屋から持ってきた。その扉も今では閉じられている。

考えてみたら、扉を閉じるようになったのはそれが原因だったかもしれない。今までそれを結び付けて考えなかった理由はよく分からないけれども。

いずれにせよ、今解体している家にはほとんど家具がない。実際、建て方もずいぶんいい加減だ。

作業に必要なのは、ピックアップトラックの座席から持ち出したバールだけ。

ちなみにのこぎりもある。その家の中で見つけたものだ。

とはいえ、そののこぎりを解体の道具と思ったことはない。どちらかと言うと、解体した材木を薪に変える道具だ。

解体の後で。

ひょっとしたら、今のは単なる意味論上の区別にすぎないかもしれないが。

いずれにせよ、家があれほどぞんざいに建てられた理由はまったく分からない。

ひょっとすると、海岸沿いの家ではよくあることだが、住むための家というより、人に貸すために建てられたのかもしれない。

世界はそこで起きることのすべてだ。

ちなみに、今タイプした文章の意味は、私にはまったく分からない。

しかし、どこから来た考えなのかはさっぱり分からないけれど、なぜか一日中、頭にあった気がする。

こういうことはたまにある。割と最近のある朝、ブリコラージュという言葉が頭から離れなかった。おそらくフランス語だ。私はフランス語をまったく話せないけれども。

ひょっとすると、その言葉について考えたとは言えないかもしれない。普通の意味では。でも、海岸沿いに散歩したとき、あるいは時々やるみたいに貝殻を拾っていたとき、百回くらいブリコラージュという単語をつぶやいたに違いない。

最後には、言うのをやめた。だから今日は代わりにずっと、〝世界はそこで起きることのすべてだ〟というのをつぶやいている。

やれやれ。

それと同時に、子供向けに書かれ、異常に大きな活字で印刷された音楽史の本を六ページ読むことが、本当にブラームスの伝記を読んだと見なせるかどうかをずっと考えている。

あるいは、踊り子のことが書いてあるようなもっとちゃんとしたブラームスの伝記を他にも読んだのだろうか。カモメのシミュレーションをしようとしてページを火にくべながら。

この家にまだ、同じ本の二冊目がページを破られないままに存在することを知らずに。

こんなのは些細な問題だ。しかし、些細な問題は時に存在の根本的様態になることが知られている。

世界はそこで起きることのすべてだ。

うむ。

しかし、これまでに考えたことのなかった結び付きを、今また発見した。

今解体中の家は、この海岸で私が完全に燃やした二軒目の家ということになるのか。

完全に燃えたと言える状態にまで解体するにはまだしばらく時間がかかるし、家の板を一枚一枚燃やしているだけだとしても、やはり、私が今やっているのはまさしくそういうことだというのは議論の余地がない気がする。

いつかあの家も、まるでロバート・ラウシェンバーグの手に掛かったみたいになる。

あれは私が板を一枚一枚剝がし、消去した家だ。私は横を通り過ぎながらそう考えるだろう。

その頃には、別の家の消去がまた始まっているはずだ。

ちなみに当然、私がもはや家でなくなった家も家だという話をしているときには、石造りの煙突は例外と見なしている。

水道管も。

実を言うと、灯油のランプをひっくり返した家では、二階のパイプにつながるトイレが今でも見えている。

もはや二階は存在しないけれども。

あれは私が燃やした家の二階のトイレだ。私が横を通り過ぎながら、むしろそう考えるだろう。

あるいは、この先に、私が燃やした家の二階のトイレがある、と。

最初の頃、ソーホーでは、瓶入りの水をタンクにあけて、トイレを流していた。

そんなふうに、なかなか抜けない癖はいくつもある。同様に、しばらくは運転免許証や他の身分証明書を携帯し続けた。

他方で、雪が本当に深くなったら、当然、海岸への道を使うことはなくなるだろう。

それはつまり、私は今でもやはり、時々トイレを使うということだ。この場合、トイレの床板を剝がして使っているという意味だけれども。

ひょっとすると、トイレの床板を剝がしたという話をしたのはこれが初めてだったかもしれない。

私はトイレの床板を剝がした。

考えようによっては、私は今、この家も解体していると言える。

ただし、その板は燃やしていない。普段は元の場所にはめてあるから。

必要に応じて、外の盛り土をシャベルで削った。

私は、手漕ぎボートが消えた晩に燃やしたあの家でも、同じような衛生的工夫を凝らしていた。

手漕ぎボートが消えたのは、家を燃やした晩ではなかった。

手漕ぎボートがなくなっているのに気付いたのがあの晩だっただけだ。この二つは話がまったく異なる。

ボートは何日も前からなくなっていたかもしれない。今みたいに、繰り返しチェックする習慣はなかったから。

そんなふうに言葉がしばしば正確さを欠くということを、ここでまた繰り返すことはしない。

考えてみたら、同じようにある朝、十七個あった腕時計が全部なくなっているのに気付いたことがある。

パリで、ポンヌフの脇に止めた車で目を覚ましたとき、アラームが聞こえなかった気がしたのだ。同時に鳴る十七個のアラームでなく、フロントガラスから差す太陽の光で目が覚めたのはどうしてだろう、と私は思った。

それから少しして、しばらく前に確かペンシルヴェニア州ベスレヘムで、別の橋の上から時計を捨てたのを思い出した。

よく考えたら、頭がおかしかった時期とそうでない時期を大体いつも区別できるのは興味深い事実だと思う。

例えば、ある種の本を声に出して読む時期。ルーブルにいた頃、アイスキュロスやエウリピデスを読んだみたいに。あれはいつでも決定的な兆候だ。

ところで、ルーブルはポンヌフのすぐ隣にある。

この陳述の逆もまた真だ。明らかに。

いずれにせよ、そのすぐ脇に止めた車で目を覚ました朝に、私がルーブルに暮らしていなかったのは間違いない。

美術館の美術品や絵の額縁を燃やすようになっていたなら、車で寝る理由は何もないはずだから。

結局は、そうなったのだけれど。

例えば、レオナルド・ダ・ヴィンチ作の『ラ・ジョコンダ』。その額縁を燃やしたときは古いワニスのせいで煙のにおいが鼻をついた。

本当のことを言うと、車の中で、太陽の光で目を覚ましたことはそのとき以外に何度もあったけれども。

日が沈むのを車から眺めたことも何度もある。

ロシアではもちろん、後者をよく経験した。来る日も来る日も西に向かって走り続けたから。

考えてみたら、古代トロイアに関して私が読んだ本はほとんどすべて声に出して読んだものだ。

私が昔から大好きな一節は、オデュッセウスが戦争に駆り出されないよう、頭がおかしくなったふりをする場面だ。

地面を耕しながら、そこに塩を植えるというのがそのやり方だ。

しかし、抜け目のない男がオデュッセウスの幼い息子を畝に寝かせた。当然、彼は息子に鋤(すき)を向けることはしなかった。

ティエポロも確かその場面を描いているはずだ。タイトルは『ユリシーズの狂気』。

実際、私にはその絵が『ヘレネの略奪(レイプ)』と同じ美術館にあるという確信がある。それがどこの美術館かは思い出せないとしても。

ひょっとすると、オデュッセウスとユリシーズとは同じ人物だと言っておいた方がいいかもしれない。

きっとスペイン人がエル＝グレコの名前を変えたのと同じ理由だ。オデュッセウスという名は、ローマ人はなぜか、彼の名前を変えた。

ドメニコス・テオトコプーロスほど発音が難しいとは思えないけれども。

『ラ・ジョコンダ』というのは『モナリザ』の別名だ。当然のことながら。

『オデュッセイア』では、ユリシーズの帰還を待つ間、先ほどの幼い子供がヘレネとメネラオスをスパルタに訪ね、ヘレネは輝くような壮麗な威厳を見せる。

とはいえ、幼い子供はその頃にはもはや幼くはない。戦争に十年、それからさらにオデュッセウスが旅して戻るのに十年が経っていたから。

それはもちろん、ペネロペが機（はた）を織って過ごしたと言われているのと同じ二十年だ。その話を信じたければ、だけれども。

私自身は一言も信じていない。

ところで、ペネロペとヘレネは従姉妹（いとこ）だった。

人はいろいろなことを知っているものだ。

ということは、もちろん、彼女はクリュタイムネストラの従姉妹でもある。ヘレネとクリュタイムネストラは姉妹だから。

ただし今、私の頭にあるのは、オデュッセウスがセイレンの歌を聞いても身動きできないよう船のマストに自らを縛り付けさせる場面だ。

この話はなぜか私に何かを思い起こさせるが、それが何なのかは思い出せない。

ちなみに、少年の名前はテレマコスだ。かなり前のページでその話はしたと思うけれども。

アキレスがその死を悼む友人の名はパトロクロスだ。こちらの名前はまだ出していなかった自信がある。

私の最後の恋人はルシアンという名だった。ここまでのページに恋人の名前を一つも記さなかったというのは私にとって興味深い事実だ。

ひょっとすると、先ほど挙げたティエポロの絵はエルミタージュにあるかもしれない。私はエルミタージュで何日か過ごしてから、反対向きにロシアを横断した。実を言うと、絵はどちらもミラノにある。『最後の晩餐』を見て悲しい気分になったのと同じ日にそれらを見た。

帰りの旅で日没を見たのは、バックミラーの中だったことが多い。当然のことながら。

その場合、考えてみたら、私が見ていたのは日没ではなく、日没の鏡像ということになる。そして左が右、右が左だ。太陽に関してはあまりそんなことを気にする人はいないけれども。ミケランジェロのノートの場合とは違って。

いずれにせよ、私が注意を向けていたのはアンナ・カレーニナだ。その頃は当然、まだ探索を続けていたから。

ニューヨーク州アムステルダム、あるいはシラキュース、あるいはオハイオ州トレドでも探索をしたという話はしたかしら。

他方で、どうしてバックミラーと言ったときに、昨日感じた鬱を思い出すのか、私にはまったく分からない。

ひょっとしたら、あれが昨日のことだったというのを言い忘れていたかもしれない。

昨日の夕暮れにはある種の静けさがあった。まるでピエロ・デラ・フランチェスカが色を塗ったかのように。

今朝目覚めたときに気付いたのは、ライラックのにおいだった。家中ににおいが漂っていた。

その後、泉から持ってきた水で体を洗った。

でも、パンティーは昨日のものをまだ穿いている。

泉には二度行ったけれども、二回とも、灌木の上に広げた洗濯物の脇を通り過ぎたからだ。

本当のことを言うと、昨日の鬱がまだ少し残っている。

ひょっとすると、昨日考えたのは、母の病床に置かれていた小さな手鏡のことだったかもしれない。昨日それを考えた記憶はないけれども。

ところで、この種の鬱と、まだ探索を続けていた頃にずっと感じた鬱との間には違いがある。後者ははっきり言って、一種の不安感だったから。

そのことは既に話したと思うけれども。

いずれにせよ結局、ある日、探索はやめにした気がする。

アンナ・アフマートヴァ通りとロジオン・ロマーヌイチ・ラスコーリニコフ通りの交わる場所でだったかもしれない。

それはきっと、声に出して本を読むのをやめたのと同じころだったはずだ。あるいは、いずれにせよ、本を一ページ表裏読み終わるごとに火にくべるのをやめた時期。

ブラームスの伝記の一ページ一ページは、それよりずっと後で、火にくべたというより、灰が飛ぶことを期待して風の中に放った。

カディスでは、詩を書きながら海辺で暮らしていたマルコ・アントニオ・モンテス・デ・オカの家の窓辺に毎朝、餌をもらいに来るカモメがいた。

その話を私に教えてくれたのは実はルシアンだ。ルシアンはかつて、ウィリアム・ギャディスとも知り合いだったと思う。

ひょっとすると、カディスの海辺にしばらく暮らし、カモメをペットにしていたのはウィリアム・ギャディスだったかもしれないが。

コロッセオの猫は黒色だったという点では確信に近いものがある。そして、まるでけがを負っているかのように、片方の前足を持ち上げていた。

今こうして文章を書いていると鬱の気分がましになるのではないかと思う。

パンティーのことが気に掛かるせいで、どうしてもいらついてしまうけれども。

今、新しいパンティーを取りに外に出てきた。

もっと正確に言うと、外で穿き替えてきた。太陽の温もりの残る服に着替えるのはいつだって気持ちがいい。

おそらくそれが、また、全部の衣服を灌木の上に広げたままにしてきた理由だ。

とはいえ、その一部はいつまでもそこに広げたままということになるかもしれない。夏は大体、何も身に着けないから。

以前、急に冷え込んで早霜が降りたとき、広げたままにしていた服が凍ったことがある。

デニムの巻きスカートは、思い出して取りに出たときにはもう、地面に立てられるくらいに凍っていた。

スカートの彫刻。そう考えることもできた。

そして、その頃にはもう心に不安がなかったに違いない。そのアイデアが楽しいと思えたから。

ずっと探索を続けていたのに、翌日になったらやめていた。そんな感じだ。既に述べたように。

おそらくそれほど簡単ではなかっただろうけれども。

しばらくは、変化があったことにも気付かなかった。

ここしばらく、毎日、何の不安も抱くことなく日が沈むのを見ている。おそらくある日、そう思った。

あるいは、限りない空間の永遠の沈黙が私に、パスカルと同じ気分を味わわせなかった。

そんなふうには思わなかったと、私はかなり真剣に思う。

彫刻は余計な部分を取り除く芸術だと、かつてレオナルド・ダ・ヴィンチは言った。もしもそれがこの話に何か関係を持つなら。

しかし、それを言ったのはレオナルドでなく、ミケランジェロだったのだが。

さらによく考えてみたら、レオナルドが雪を絵に描いたことはなかったと思う。私の頭にあったのは、霧の中の白っぽい岩だった。

考えてみたら、ティエポロはその二枚の絵をどちらも描かなかったかもしれない。今回私がそう言うのは、ティエポロには多くの助手がいたから、本人がやったのはあくまで最初のスケッチ程度だったかもしれないという意味だ。

実を言うと彼は、ギリシアの船のために風を起こそうとして哀れなイフィゲネイアを生贄にするアガメムノンの絵を描いた。あるいは描かなかった。

絵画は私の本職ではありません。これもミケランジェロの言葉だ。彼がそれを口にしたのは、ある教皇が彼にシスティーナ礼拝堂の天井画を描いてほしいと言ったときのことだ。

ひょっとするとそれは、ミケランジェロに敬意を表して自らの椅子を差し出した教皇と同じ人物だったかもしれない。それは美術の歴史において非常に重要な瞬間だった。それ以前、芸術家に関して同じようなことは一度もなかったから。

他方、私は金を払う人のために仕事をすると言ったのは、ミケランジェロでなくレオナルドだ。ある意味、これも美術の歴史において重要な瞬間だった。

実際、ティントレットが批評家を銃で撃つと脅したことがあった。これは先ほどの二つの瞬間を合わせたよりもさらに重要な瞬間だと、きっと多くの芸術家が感じただろう。

そしてひょっとすると、ミケランジェロを自分の椅子に座らせたのはメディチ家の誰かだったかもしれない。それでもなお、その教皇が、サッポーの詩を焚書にしたのと同じ人物であってほしくはない。

ところで、誰それがこうしたことをした、あるいは言ったと私が言うとき、本当に言いたいのはもちろん、誰それがそうした、あるいは言ったと言われているということだ。

ジョットがかつて完璧な円を描いたと言われているのと同じように。

私は円の話をすっかり信じているけれども。いずれにせよ、こういう話の大半は信じても害にはならないから。

ピエロ・ディ・コジモが雷のときにテーブルの下に隠れたという話も、信じてはいけない理由はないと思う。あるいは、フーゴー・ファン・デル・グースが教会で宗教画を描く際には、彼が一日中すすり泣くのを防ぐため、修道士らが讃美歌を歌わなければならなかったという話も。

ところでピエロ・ディ・コジモを、昨日の夕日がそうだったピエロ・デラ・フランチェスカと混同してはならない。また、フーゴー・ファン・デル・グースを、プラド美術館で明かりに恵まれていない『十字架降架』を描いたロヒール・ファン・デル・ウェイデンと混同してはならない。

あるいは、ピエロの数日前の夕日がそうだったフィンセント・ファン・ゴッホとも。

戦車が組み立てラインから出て来るのが聞こえるのはショスタコーヴィチのどの交響曲か。

いずれにせよ、こうした話はすべて突き詰めると、私以外にも多くの人が一定の荷物を捨てられなかったことを意味するのではないか。

ナポリの町をしばらく歩いてから壁の絵に一筆加えるというのは、きっとそれだけで一種の荷物だ。

片方の耳を切り取るのも間違いなくそうだ。たとえ矛盾をはらんでいても。

毎日エッフェル塔で昼食を取るのも。あるいは、窓辺に潜むのも。

にもかかわらず、私の場合はある日、持っていた荷物が次の日になくなっていたというのがやはり事実のようだ。

衣類は捨てなかった。捨てたのはいろいろな物だ。

逆に、大昔に覚えたルシアンの電話番号の下四桁は今でも思い出せる。

あるいは、アキレスとパトロクロスが単なる親友以上の関係だったという噂話も。

実際、私はつい先ほど、フリードリッヒ・ニーチェを引用した。

実は、フリードリッヒ・ニーチェを引用したのはおよそ一時間前だ。本当はニーチェでなくパスカルだが。

私が行っていたのは、またしても泉だ。今回は洗濯物を全部取り込むことにした。

ついでながら、私はもう鬱ではない。改めて考えると、そもそも鬱ではなかった。ただ、気分がすぐれなかっただけだ。

つまり、私は新しい下着に穿き替えるのが十五分ほど早すぎたせいで、また着替えなければならなかった。先ほど生理が始まったからだ。

些細な問題が時に存在の根本的様態になるということについて自分が何を書いたかを見直すつもりはない。あるいは、答えのない問題が時に答えを持つということについて。

ああ。

とにかく、洗濯の終わった物はすべて、今、二階の寝室にある。

一階に下りてくる前、一瞬か二瞬、裏の窓から外を覗いた。

そこから外を見ることはあまりない。それは夕日を見るとのは違う窓だ。

私が見たのは、ここから少し森に入ったところにあるもう一軒の家だ。

その家についてはまだ話していなかったように思う。

今までに話したのは海岸に並ぶ家一般だが、その家は海の近くにあるわけではないので、その一般化に含まれてはいなかった。

二階の裏窓から見えるのは、その家の屋根の先だけだ。

実際、この家に来た最初の頃は、もう一軒の家の存在に気付かなかった。

いったん気付くと、当然、どこかからその家につながる道があるはずだと考えた。

でも、道はどうしても見つからなかった。いつまで経っても。

最初は道を探そうとして、町へ行くときに使う道路沿いをピックアップトラックで走り、入れる横道のすべてに入ってみた。

しかし、横道はどれも海岸沿いの家につながっていた。先ほども言ったように、その家は海岸沿いにはない。

町へ行くときに使う道路を走ったと言うとき、実はそれとは全然違うことをしていたとも言えることを付け加えておいた方がいいかもしれない。

町へ行くときに使う道路は当然、町から帰るときに使う道路でもある。そして二階の裏窓から見える家は、町と逆の方角にある。

ひょっとすると、この区別は実は必要なかったかもしれない。

いずれにせよ、道を見つけられないことが、私の存在におけるまったく新たな問題となり始めた。

あの家につながる道が存在しないはずがない、と私は一度ならず自分に言い聞かせた。

しかし、車で何度行き来しても、道は見つからなかった。

私はついにある朝、それに関して大きな計画を立てた。大きな計画なんてもう立てることはなくなっていたのだけれども。

今日は何があろうとあの家につながる道を見つけるぞ、と私はついに決意した。

それ以前は、先ほど言ったように、ピックアップトラックから探していた。その朝は、森を抜けて家まで直接歩いて行こうと決めた。

そしてその同じ行為によって、問題の道まで直接歩いて行くことになる。私は明らかにそう考えた。

実際、その問題にすっかり悩まされていた私は、このひらめきに喜んだ。

私が自分にもう一つ言い聞かせたのは、向こうに着いたらすぐに家から出ている道を先までたどろう、そうすれば謎が完全に解けるということだった。

道は、町から戻る方角の道につながっていた。

〝つながっていた〟というのは明らかに〝つながっている〟という意味だ。道は今も当然、ずっとあったのと同じ場所にあるはずだから。

倒れた木も当然、ずっとあったのと同じ場所にあるはずだ。

やれやれ。あの道を見つけられずにいらいらする状態に、どれほど長い間甘んじたことか。

六度か八度は、あの倒木の前を車で通り過ぎたに違いない。

一方、問題が解けた途端、道に対する関心はもうなくなった。当然のことながら。

実を言うと、その家に対する関心も、もうあまりない。

つい先ほど私がしたように、時々屋根の先を見る対象としてというのを除いて。

ところで、出血は今後数週間続きそうだ。あるいは同じ期間、少なくとも下り物が。

これは間違いなくホルモンの問題だ。そして、身体的な変化の。

手を見ると、そういう年頃だと分かる。私は画家なので、手の甲みたいなものから情報が読み取れる。

肖像画はめったに描かなかったけれども。

ちなみに、もう一軒の家はかなり普通だ。

当然だが、海の景色より森の眺めを好む人のために建てられた、この近辺では唯一の家だという点を除いては。

私にはそういう好みが理解できる気がする。私の好みとは違うが、理解できる気がする。

とはいえ、あそこだと、二階の窓から見ても、夕日そのものは見えそうにない。

私は実際に見てみた。してはいけないことではないだろう。

私が試したのは、より正確には、向こうからこちらの家が見えるかどうかだ。

これも、してはいけないことではないだろう。

向こうの家からこちらの家は見えない。

明らかに、これは単に、窓のある位置によるものだ。しかしながら、気になると言えば気になる問題だ。

結局のところ、一方の家からは他方が見えるのに、逆が成立しないのはどうしてか。この家とあの家の間にある距離と、あの家とこの家の間にある距離は同じはずなのに。

私は蓄音機のために、オランダ国立美術館に新しいスピーカーを持ち込んだことがある。説明書には、二つのスピーカーを互いから等距離に配置するよう書かれていた。

その指示を書いた人物が何を言おうとしていたのか、疑問を覚えずにはいられなかった。

あるいは、指示を日本語から翻訳した人物が。

二つの物体をどこに置こうと、互いから等距離でない置き方などあるだろうか。

例えば、奇跡的な方法によってこの家を動かしたとしても、この家がもう一軒の家から離れている距離は、あの家がこの家から離れている距離とまったく同じはずだ。

ただしその場合、この家は結局、少なくとも向こうからも見える場所に置かれることになるかもしれないけれども。

考えてみたら実際、こちらの家は向こうから見えた。

実際にあったのはこういうことだ。森を抜けて歩くことを決めた日の午後、ここのだるまストーブから火が出た。

窓の外を見ると、木々の上に煙が見えた。

あそこに私の家がある。私は外を見ながらそう考えた。

こういうイメージはなかなか頭から抜けないという話は以前にもしたと思う。

もしも前の家が火事になったとき沖に出るボートがあったなら、逆さまに雲に映る残映に変わるのを見て、同じ感想を述べたはずだ。

ひょっとするとこういうことはすべて、絵の中の誰もいない窓辺に実際に誰かがいると思えるのと同じ種類の思考なのかもしれない。私は既に、絵画は基本的に現実とは異なることを検証した。とはいえ、ひょっとすると、私がそんなことを検証したというのは怪しいかもしれない。

そんなふうに考え続けると、そもそももう一軒の家まで本当に歩いたのかどうかが怪しくなる。

私は間違いなく、もう一軒の家まで歩いた。なぜなら、居間の壁に貼られたポスターを覚えているからだ。

ポスターにはジャンヌ・アヴリルの他、三人のパリの踊り子が描かれていた。実際、彼女を含め、踊り子全員の名前も記されていた。

ポスターに挙げられていた他の名前は、クレオパトラとガゼルとエグランティーヌ嬢だ。

この話は既にしたような記憶が漠然とある。

他方、ポスターが描かれたのが、トゥルーズ゠ロートレックが私の棒を使っていた可能性がある時期よりも前か後かは、もちろん知りようがない。

ついでに言うなら、ジャンヌ・アヴリルの表情にブラームスとの情事をにおわせるようなところもまったくない。

しかしながら、他の絵に描かれた彼女には、彼を魅了するだけの繊細さが感じられたのを私は覚えている。

残念ながらもう一軒の家には、これに関してもっと詳しく調べられるブラームスの伝記がない。

ベートーベンの伝記はおそらく何の役にも立たなかっただろう。

ちなみに、もう一軒の家にあったベートーベンの伝記のタイトルは『ベートーベン』だ。

私が以前見たブラームスの伝記のタイトルは確か、『ブラームスの一生』だった。

これは簡単に確かめられる。私のいる場所にはまだ、ブラームスの伝記の二冊目があるから。

しかし逆に、もしも二冊目がたまたまここになかった場合でも、やはり伝記のタイトルは『ブラームスの一生』だっただろうかと考えずにはいられない。

別の言い方をするなら、『アンナ・カレーニナ』が手元に一冊もない場合でも、やはりそのタイトルは『アンナ・カレーニナ』であり続けるのだろうか。

ひょっとすると、この疑問が何を意味しているか、私自身にもよく分かっていないのかもしれない。

しかし、ブラームスの伝記が目の前にないときに私がブラームスの伝記について考えたことは、間違いなく何度もある。

ついでに言うと、ウィリアム・ギャディスの『認識』は十二年か十五年前からずっと目にしたことがないのに、ウィリアム・ギャディスの『認識』について考えたことは何度かある。

ウィリアム・ギャディスには十二年か十五年前からずっと会っていないのに、ウィリアム・ギャディスについて考えたことも何度かある。

実は、ウィリアム・ギャディスに会ったことは一度もないかもしれない。

さらには、T・E・ショーが誰かも知らないのに、T・E・ショーについて考えたことがある。

ただし、マルコ・アントニオ・モンテス・デ・オカが詩人だということはようやく思い出したので、ソル・ファアナ・イネス・デ・ラ・クルスも同じだったと考えて大丈夫かもしれない。

しかし今、実際に私の頭にあるのは、なぜかは分からないが、『トロイアの女』の一場面だ。ギリシアの兵士たちがヘクトールの哀れな赤ん坊を、大きくなってから父親やトロイアの仇(かたき)を取ることがないよう、城壁の外に放り投げる場面。

まったく。男どものすることときたら。

しかし、イレーネ・パパスは『トロイアの女』の映画でヘレネを見事に演じた。

キャサリン・ヘップバーンも、ヘカベを見事に演じた。

ヘカベはヘクトールの母だ。だから当然、赤ん坊の祖母ということになる。

キャサリン・ヘップバーンがどんな気持ちになったか、想像してほしい。

道の存在に気付かず、永遠に倒木の前を車で通り過ぎていた可能性はかなり高い。しかも、特に、道が急に曲がっていたことを考えると。

けれども、ロフトに持ち込んだプロジェクターが動かなくなる前に、他にも何本か映画を観たのを思い出した。

ピーター・オトゥールがアラビアのロレンスを演じる映画もその一本だったかもしれない。

ひょっとしたら、マーロン・ブランドがサパタを演じる映画も。

ちなみに、たった今、イワシの料理を食べた。

ところで、缶詰のものは大半が食べられるようだ。紙パックの食品だけは食べるのをやめた。

でも、もしも新鮮な目玉焼きを二つ食べられるのなら、私はそれと引き替えに何でもするだろう。

もっと切実なところで私は、どうして頭が時々あちこちに飛ぶのかを理解したい。そのためなら本当に何でもするだろう。

例えば、私は今また、ラ・マンチャの例の城のことを考えている。

戦争に行きたくないために女たちに紛れていたアキレスを見つけだすのはオデュッセウスだと、急に思い出したのはいったいどうしてか。

オデュッセウスはきっと、自分が行かなければならないのなら、他の誰もが行かなければならないはずだと考えたのだろう。

それでもなお。

実際、この場面もまた、ティエポロが描いている。あるいは、描いていない。しかし、この場面を描いたのは、本当はファン・ダイクだ。

ファン・ダイクは肖像以外はめったに描かなかったけれども。

いずれにせよ、オデュッセウスがおそらく気付いていなかったのは、アキレスが一人の女を妊娠させていたという事実だ。

パトロクロスもそれを知らなかったのではないか。

城はこちら。そう書いた標識があったに違いない。

そして、単なる偶然で観た別の作品に、アンドレイ・ルブリョフとフェオファン・グレクを扱った興味深いロシア映画があった。

二人ともロシアの画家だ。

フェオファンは本当はロシア人ではなかったけれども。ギリシア（グレク）人という名から明らかなように。

こうした話はおそらく、もう一軒の家にブラームスの伝記がないという事実とは何の関係もない。

仮にあったとして、そのタイトルが何であれ。

『ベートーベン』というタイトルのベートーベンの伝記に加え、『芝生が本物だった頃の野球』というタイトルの本もあった。

既に書いたように、この家にも同じ本が一冊ある。

ところで、問題の本は結局、キルケゴールやマルティン・ハイデッガーみたいな意味での学術的思索ではないと私は結論を出した。

ただし、気象学とは何か関係があるかもしれない。それに関して私が考えているのは、野球がどの季節に行われていたかという問題だ。

しかし、それが正しいとすると、問題の本は驚くほどの編集ミスを抱えていることになる。意図されたタイトルは『芝生が本物になる頃の野球』というもののはずだから。

実際、『芝生が青々する頃の野球』というタイトルの方がもっと適切だろう。

他方、著者はこの二軒の家に暮らしていた人たちの友人だと考えて間違いないだろう。あるいは、ひょっとしたら、本人が近所に暮らしていたのかも。

近所に住む二人の人が野球に関する同じ本にお金を払うことは考えにくい。

しかし考えてみると、仮に両方の家に『嵐が丘』があったとしても、それぞれの家の住人がエミリー・ブロンテの知り合いだったのではないかとはきっと思わないだろう。

あるいは、エミリー・ブロンテがかつてこの海岸に暮らしていたとは。

ところで、私が普段、キルケゴールはキルケゴールと呼ぶのに、マルティン・ハイデッガーのことはマルティン・ハイデッガーと呼ぶのには理由がある。

キルケゴールのファーストネーム、〃セーレン（Søren）〃をタイプするには斜線を加えるために何度も後戻りをしなければならないから、というのがその理由だ。

しかし、ブロンテ（Brontë）の上の二つの点は避けようがない。

いずれにせよ、向こうで見かけた他の数冊の本は特に私の興味を惹かなかった。

ただし、以前見かけたことのないバージョンのギリシア劇の名作集（アンソロジー）があったような気もするけれども。

逆に、芝生に関する本と同様、『テーブルマナーの起源』と題された本は開く気が起きない。

実際、もう一冊のタイトルは『エッフェル塔』だった。これもまたくだらないテーマだ。

ところで、芝居の中に、誰かの生理を扱ったものは当然、ない。

よく考えてみたら、明確な言及はないにもかかわらず、しばしば経験的な勘でそれを読み取ることが可能だけれども。

例えば、カッサンドラの生理の時期はかなりはっきり感じ取れる。

またしてもカッサンドラの機嫌が悪いぞ。トロイロスか他のトロイア人が時々、そうこぼしている場面が想像できる。

しかし逆に、ヘレネは生理の最中でも、輝くような壮麗な威厳を保っていた可能性もある。ヘレネはヘレネだから。

私の場合は大体、顔がむくむ。

他方、サッポーはこうした件に関して回りくどい言い方をしなかったはずだと、かなりの確信を持って言える。

ひょっとするとそれが、彼女の詩の一部がミイラの詰め物に使われた理由かもしれない。修道士らが残された詩に手をつけるより前に。

誓って言うが、サッポーの最後の作品は、死んだエジプト人の体内から、細長く引きちぎられた状態で見つかった。

ところで、サッポーの父親は、私がかつて見に行ったヒッサルリクの近くのスカマンデル川にちなみ、スカマンドロスという名だったという話は既にしただろうか。

これに触れたことにことさら深い意味があるわけではない。単に、話しておいた方がよさそうな気がしただけだ。

ロンドンのナショナルポートレートギャラリーで、ブランウエル・ブロンテがブロンテ三姉妹を一枚に描いた絵を見たとき、きっとサッポーはエミリー・ブロンテにそっくりだったのだろうと思った。

もちろん二人はまったく違うタイプだったけれども。エミリー・ブロンテにはおそらく生涯、恋人がいなかったことを考えれば。

実際、『嵐が丘』で多くの人が始終、窓から中を覗いたり、外を見たりしているのはそれが理由なのかもしれない。

　あるいは、窓から中に入ったり、外に出たりしているのも。

　しかし、そういう生活を想像すると、私はいつも悲しい気持ちになる。

　でも本当のところ、私たちに何が分かるというのか。

　ところで、ヘクトールの幼い息子の名はアステュアナクスだ。

　実を言うと、それは単なるニックネームだ。本当の名前はスカマンドリオス。

　この偶然に関しても、特に何かが言いたいわけではない。

　しかし、こういう結び付きはしばしば現れる。例えば数日前、アリストテレスがかつてプラトンの弟子だったという話をしたとき、アレクサンダー大王がその後、アリストテレスの弟子になったことを思い出した。

　それを思い出したのは、ヘレネの恋人パリスの本当の名前がアレクサンドロスだったからだ。ついでに言うと、カッサンドラはしばしばアレクサンドラと呼ばれた。

　こうした話は書いても仕方がない気がした。たとえ、アレクサンダー大王が常に枕元に『イリアス』を置き、自分がアキレスの直系の子孫だと信じていたとしても。

　あるいは、アキレスがかつてスカマンデル川で溺れかけたとしても。

　ジャンヌ・アヴリルがある本を枕元に置いていたことを、今思い出した。何の本だったかは忘れたけれども。

　トロイアの男を一人として生かしておいてはならないと他のギリシア人を説得したのがまたして

もオデュッセウスだったことを今、さらに思い出した。

まったく。男どものすることときたら。

同じ台詞を先ほども言ったことは分かっている。

とはいえ、この話で特に気がめいるのは、オデュッセウスがいとも簡単に例の鋤と自分の息子の件を忘れてしまったことだ。

少なくとも、サッポーには子供がいたと思うとほっとする。娘だ。ヘレネのように。

それはつまり、後のギリシア人にサッポーの直系の子孫がいたかもしれないということだ。ある程度年月が経てば、血筋は見失われただろうけれども。

しかし、ひょっとしてイレーネ・パパスのような人まで連綿と血がつながっていないと、誰が言い切れるだろうか。

まだ言っていなかったかもしれないが、プラトンの師はもちろんソクラテスだった。

他方で今、急に、例のブラームスの伝記のタイトルが『ブラームスの一生』ではなく、『ブラームスの生涯』だった気がしてきた。

『ブラームスの生涯』の方が適切なタイトルであることは間違いない。生涯は、一生と言わなくとも、一つに決まっているのだから。

しかし、タイトルが単に『ブラームス』であった可能性は排除できない。

あるいは、もう一軒の家には偶然、ショスタコーヴィチの伝記もあって、タイトルは『ショスタコーヴィチ伝』だった。

ところで、ジャンヌ・アヴリルの他、三人のパリの踊り子が描かれたポスターは、もう一軒の家の居間の壁に貼られていなかった。

ポスターはもう一軒の家の居間の床の上にあった。

昨日、いろいろ考えた後、散歩に出掛けたとき、海岸沿いでなく森を抜ける道を選んだ。

それはつまり、またしても今が明日だということだ。今の話の流れで、これ以上の説明は不要だと思う。

ただし、ひょっとすると、まだそこら中にライラックのにおいが漂っていることは言っておいてもよいかもしれない。

しかし、本当に言っておきたいのは、ポスターが剝がれ落ちてからかなり長い時間が経っていたということだ。上に落ち葉が積もっていたから。そして、ハコヤナギのふわふわした種子も。

なぜその話をしておきたかったかというと、その間ずっと、私の頭の中でポスターは壁に貼られていたからだ。

実際、数ページ前でもう一軒の家に行ったことを確かめるには、ポスターがはっきりと記憶に残っていると言うだけでよかった。

壁に貼られたポスター。

私の頭の中では壁に貼られていたけれども、もう一軒の家では壁に貼られていなかったポスターはどこにあったのか。

目に見えるのは煙だけだけれども、あそこに私の家があると考えていたとき、私の家はどこにあったのか。

実を言うと、この問題がかなり気に掛かり始めた。

〝かなり〟というのがどの程度かは分からないが、かなり。

実際、私は大学で成績がよかった。課題でない本にしばしば下線を引いたりしたけれども。

しかし、今となると、キルケゴールやマルティン・ハイデッガーの文章に下線を引いたのは、むしろ先見の明があったということなのかもしれないと思わざるをえない。

あるいは大昔、アレクサンダー大王が授業中に手を挙げたとき、こうした疑問に解答が与えられただろうかと思わざるをえない。

実際、ひょっとするとそれは、ギ・ド・モーパッサンが船を漕ぐのをバートランド・ラッセルに見せられて午後の時間を無駄にしたとき、ルートヴィヒ・ウィトゲンシュタインが考えたかったのと同じ問題かもしれない。

ただし、考えてみると、ルートヴィヒ・ウィトゲンシュタイン自身がアリストテレスをまったく読んだことがなかったという話を私はどこかで読んだ。

実際、それを知って私は一度ならず安堵を覚えた。私自身、まったく読んだことのない先人があまりにもたくさんいるから。

例えばルートヴィヒ・ウィトゲンシュタイン。

たとえ、どのみちウィトゲンシュタインは難しすぎて読めないと常々聞かされてきたとしても。

本当のことを言うと、彼が書いたセンテンスを読んだことはある。それはまったく難解だとは思わなかった。

実際、そこに書かれていた内容はとても私の気に入った。

素敵な贈り物をするのにたくさんのお金は要らないが、時間はたくさんかかる、というのがそのセンテンスだ。

誓って言うが、ウィトゲンシュタインは確かにそう言った。

しかし昨日、仮にチャイコフスキーの交響曲第六番で戦車が組み立てラインから出て来るのを聞いたとしたら、正確にはウィトゲンシュタインは何を聞いていたことになるのか。

初めてブラームスの交響曲第一番を耳にしたとき、多くの人はベートーベンの交響曲第九番に似ているとしか言わなかった。

どんな間抜けでもそれくらいは分かる。ブラームスはお返しにそう言った。

ブラームスは面白い人物だと思う。

ルートヴィヒ・ウィトゲンシュタインに〝あなたのセンテンスは私のお気に入りだ〟と言えたらきっと楽しいだろうと思う。

とはいっても、私はきっとジョン・ラスキンを好きにはなれなかっただろう。どうしてこのタイミングでジョン・ラスキンを思い出したのか、さっぱり分からないけれども。

ラスキンは私がさぼった課題の一つだった、というのが間違いなくその理由だ。

ジョン・ラスキンに対して私が本当に感じるのは、哀れみだ。

なぜなら、多くの古代の彫像を見ることに多くの歳月を費やしてきたために、あの愚か者は新婚初夜にショックで打ちのめされそうになったからだ。生身の女性には陰毛が生えていると誰からも聞いたことがなかったせいで。

そんな状況で人が哀れみを感じるべきは、普通に考えれば、ラスキン夫人だろう。ただし、賢明な彼女はすぐにジョン・エヴァレット・ミレーのもとに走るのだが。

ちなみに、〝賢明〟と言ったのは、彼女が逃げ出したからというだけでなく、向かった相手が神童のミレーだったからだ。つまり、彼は十一歳の頃から裸体の女性を描いていたということ。

ところで、サッポーは音楽を教えていたと言われている。

アキレスも楽器をたしなんだ。

こうした事実を知っているのは気分がいい。

私はついでに、アキレスにはトロイアにブリセイスという名の愛人がいたのを知っている。最終的には、そこから話がこんがらがる。

実際、ジョン・ラスキンがロバート・ラウシェンバーグと親しくなかったのがとても残念だ。ラウシェンバーグなら事態を収拾する方法を考えられたかもしれないのに。

ルートヴィヒという名前は、タイプすると、とても間抜けに見える。

私もきっと、自分が書いた伝記のタイトルをシンプルに『ベートーベン』としただろう。

ただし、遅ればせながら私がもう一軒の家ですればよかったと今思うのは、あの名作集(アンソロジー)に収められたギリシア劇のいずれかが、エウリピデスがウィリアム・シェイクスピアの影響を受けたみたいに感じさせる翻訳家の手によるものだったかどうかを確かめることだ。

にもかかわらず、メデイアの生理の時期についてはかなりはっきりと見当がつく。

そして、オデュッセウスがイターキ島を二十年離れていたのが事実だとすると、ペネロペはその間におよそ二百五十回の生理を経験したはずだ。

私はこの話を続けるつもりはない。時々、一つのことで頭がいっぱいになってしまうけれども。

特に、むくんだ顔でここに座っているときには。

しかし、本当に私の頭にあるのは、またしてもあの、分かりやすい沈黙だ。これはきっと、『オデュッセイア』を書いたのは女性だと言ったサミュエル・バトラーが間違っていた証拠になるだろう。

不思議だ。先ほどの文章をタイプし始めた段階で、私は誰がそう言ったのだったかまったく分かっていなかった。

そして今、シェイクスピアをあまりにも読みすぎた翻訳家の名前がギルバート・マレーであることも思い出した。

しかし、それ以外は、サミュエル・バトラーが誰なのか、私にはまったく分からない。ひょっとして、それが『万人の道』を書いたサミュエル・バトラーと同一人物でなければ。

とはいえ、私が『万人の道』について知っているのは、ルートヴィヒ・ウィトゲンシュタインがそれを読んだことがないと言うのを聞いたら私はうれしいだろうということだけなのだが。

他方、ギルバート・マレーはギリシアの劇を翻訳した人だと考えてよさそうだ。

シェイクスピアを読む合間に。

ところで、ルーベンスは女たちに紛れているアキレスの姿を描いた。ヘクトールの喉に槍を突き刺して殺害するアキレスも、彼は描いている。ルーベンスの絵について人々が一般に賞賛する点の一つは、描かれた人が皆、必ず他の人と触れ合っている、その様子だ。

アキレスがヘクトールと接触している様子はその例外だ。明らかに。

他方、第一次世界大戦中にルパート・ブルックが死んだのはヘレスポントだと私が以前言ったのは間違いだったかもしれない。ヘレスポントというのはダーダネルスのことだが。

実際に彼が亡くなったのはスキロス島だったと思う。この島はエーゲ海でダーダネルス海峡の少し南にあるのだけれども。

今この話をしたのは、スキロス島が、アキレスが隠れようとしたのと同じ島だからだ。

しかし、繰り返すが、そのような結び付きに何かの意味があると言いたいわけでは決してない。

たとえ、アキレスが妊娠させた女が産んだ子が大きくなって、ヘクトールの幼子を城壁の向こうに投げる兵士になったのだとしても。

そしてその後、ヘレネの娘ヘルミオネの夫となったのだとしても。

いずれにせよ、サミュエル・バトラーについてどうして私が知っているのか、分からないままなのは変わりがない。

ただし、私が念入りに読んだギリシア人に関する本の脚注で、彼のことを読んだのは間違いないけれども。

いずれにせよ、アキレスの息子がその時期にトロイアにいるにはあまりにも若すぎると確信できるくらい念入りに読んだことは間違いない。ヘルミオネが彼の母に近い年齢だと分かるくらいには。

とはいえ、私が脚注を読むことはほとんどない。

けれども、年を取ったヘレネについてルパート・ブルックが詠んだ美しい詩を私は実際に読んだことがある。

実は、詩の中の彼女は口やかましい女だ。

ブリセイスに加え、私が覚えている別の愛人の名前はジャンヌ・エビュテルヌだ。彼女はモディリアニとの間に子をもうけた。二人の関係は私の知る最も悲しい物語の一つだけれども。

何があったかというと、モディリアニが亡くなった翌朝、ジャンヌ・エビュテルヌは窓から身を投げたのだ。

これまた、お腹に子供を身ごもったまま。

女どものすることときたら。ほとんどそう言いたくなる。

でも本当のところ、私たちに何が分かるというのか。

それに少なくとも、愛人という言葉自体が時代遅れだ。

他方、『万人の道』の作者サミュエル・バトラーは『オデュッセイア』の作者は女ではないかと言った。私は脚注にそう書かれていたと考えている。

ただし、そこには間違いなくもっと大きな問題が含まれている。三千年後の今になってホメロスを男から女に変えれば当然、興味深い説明が必要になるはずだと考えるのは当たり前のことだから。

しかしながら、その説明がどんなものか、私にはまったく見当もつかない。たとえ、そもそもホメロスという人間は存在せず、さまざまな吟遊詩人がいただけだと主張する人が多くいたとしても。

そう言い張る理由は、当時は鉛筆がなかったからだ。

とはいえ、ひょっとするとあの脚注は、ギリシア人とは何の関係もない本に付いていたのかもしれない。

多くの本にはしばしば、誰も結び付きを期待しないような事柄に関連したことが書かれているから。

例えば、私が今自分で書いているこのページでも、T・E・ショーが何かと結び付くとは誰も期待しなかっただろう。たとえ、たった今この瞬間に、もう一軒の家で見つけた別の本が同じ名前の人物の手で翻訳されたものだったことを思い出したとしても。

実際、それは『オデュッセイア』の翻訳だった。

とはいえ、ギルバート・マレーとほぼ同じ程度にT・E・ショーについて知っているところで書いたとしても、私の言いたいことを伝える方法としては、最もインパクトがあるとは言いがたい。

いずれにせよ、その脚注はメデイアに関するオペラとは何の結び付きもなかった。たとえ、たまたまそれが今、私の頭にあったとしても。

フィレンツェで私は、右ハンドルのランドローバーに乗り、ブルネレスキのドームの下にある広場に珍しい雪が積もるのを見ながら、マリア・カラスがそれを歌うのを聞いた。

私はその直前、アルノ川に架かる橋を越えてスーツケースをいくつか運び、車を乗り換えたばかりだったから、新しいテープデッキがオンになっていることにすぐには気付かなかった。

『メデア』の作者はルイージ・ケルビーニだと、ここで付け加えておいた方がよいかもしれない。なぜそうするかというと、私は基本的にルイージ・ケルビーニを、『ノルマ』を作曲したヴィンチェンツォ・ベッリーニとよく間違うからだ。このオペラ曲もまた、マリア・カラスがしばしば歌った。

ただし、ヴィンチェンツォ・ベッリーニとジョヴァンニ・ベッリーニを取り違えることもしばしばだった。たとえジョヴァンニ・ベッリーニが、私が常々最も深く敬愛する画家の一人だったとしても。

ほとんどそれと同じくらい私が敬愛するアルブレヒト・デューラーでさえ、最も優れた存命の画家はいまだにベッリーニだとかつて言った。

〝いまだに〟と言ったのは、ベッリーニがかなり年老いてからデューラーがベネチアを訪れたからだ。

他方で、これはおそらく、デューラー自身がピエロ・ディ・コジモと同様に頭がおかしくなる前だったはずだ。あるいは、フーゴー・ファン・デル・グースと同様に。

あるいは、フリードリッヒ・ニーチェと同様に。私は以前、フリードリッヒ・ニーチェの言葉も大変気に入っていたのだけれども。

実を言うと、私のかつてのお気に入りのセンテンスを記したもう一人の人物、すなわちパスカルも、間違いなく今のリストに付け加えることができる。宇宙に放り出されたりしないよう、左右に余分の椅子を置かなければ決して椅子に座ろうとしなかったのだから。

実際、今の二段落は何かを取り違えているのではないかと考えずにはいられない。果てしない無の中をさまようという文を書いたのはパスカルだったはずだ。

ところで普段、パスカルのことをパスカルと呼ぶのに対して、フリードリッヒ・ニーチェのことをフリードリッヒ・ニーチェと呼ぶのには特に理由がない。

しかしながら、デューラー（Dürer）の上にある二つの点の問題はブロンテ（Brontë）の上にある二つの点の問題と基本的には同じだろう。

いずれにせよ、ジョヴァンニ・ベッリーニに関する先の発言は当然、オランダの沼地でかかった熱病でデューラーが亡くなる前になされたものに違いない。彼は浜に打ち上げられたクジラを見るために、そこに行ったのだが。

しかし逆に、発言がなされたのは間違いなく、ベッリーニ自身がアンドレア・マンテーニャの義兄になったずっと後だった。

今のはひょっとすると、やや知ったかぶりだったかもしれない。

でも、よく考えてみると、マリア・カラスが『メデア』を歌うのを聞いたのは、本当は、絵はがきをたくさん積んだフォルクスワーゲンの中だった。同じイタリアだが、フィレンツェからは少し離れたサボーナという町の近くで。

バンのテープデッキには気付かなかった。運転中は音が鳴っていなかったから。

バンが堤防を乗り越え、地中海で転覆したとき初めて、テープデッキから音が流れだした。

どうして音が流れ始めたのか、説明は思い付かなかった。

今も説明は思い付かない。

実を言うとテープデッキは、車が転覆してすぐには鳴りださなかった。

実際、音が鳴りだしたときには、私は既に車外に出て、地中海に立っていた。

私は車のフロアマットが当たった頭から泥を掻き出している最中だった。

ひどく肩を打つことはなかったと安心した後に、マリア・カラスの声が聞こえてきたのは間違いない。

それはつまり、ひょっとすると結局のところ、それより前から彼女は歌っていたかもしれないということだ。

やれやれ。運転してきた車は地中海で転覆しているけれども、私自身はほとんど無傷だ、と私は考えていた。きっとそれも、もっと早く彼女の声に気付かなかった理由の一つだ。

それに加え、びしょ濡れになったことにかなりショックを受けていたに違いない。

ひょっとすると、びしょ濡れになった話はまだしていなかったかもしれない。

お尻まで地中海に浸かっていたと既に話したのだから、それ以上の説明は不要と思っただけのことだ。

車の天井に四つん這いになったのは今回が初めてだ。私はそんなふうにも考えていたに違いない。

ただしひょっとすると、そのときには既に、サボーナという標識に気付いていたかもしれない。

しかし、標識にサボーナが前方にあると書いてあったのか、後方にあると書いてあったのかはまったく思い出せない。

実を言うと、サボーナという名前の町を通った記憶もまったくない。堤防を越えた自動車でも、あるいはその後に乗り換えた車でも。

堤防を乗り越えた車でその町を通り過ぎたのだとしたら、当然、町に行ったことがあることになる。

とはいえ、堤防の劣化がどうやらかなり前から進んでいたことを考えると、サボーナをまったく通らずに済む迂回路があったのかもしれない。

しかし、私は概して、迂回路は避けるようにしていた。

というのはつまり、私の方向感覚はことさら優れているとは言いがたいからだ。

例えば、堤防から逸れる道を車で進むのと、真っ直ぐ進んでも大丈夫そうなところまで徒歩で進むのとどちらを選ぶかと言われれば、私は歩く方を選んだだろう。

ただし実際には、私の立っているところから石を投げたら届くくらいの場所に、そっくり同じフォルクスワーゲンのバンがあった。

それにはサッカーの道具がたくさん積まれていた。

その一部はサッカー用のシャツで、前側にサボーナという名前が記されていた。

私は先ほど言ったようにずぶ濡れだったので、それに着替えた。

実際、同じ理由で、他のシャツも数枚折り畳んで、座席に敷いた。

もちろん、余分の服を持たずにそこまで運転してきたわけではない。

当時はまだ、いろいろと荷物を持っていたから。

しかしながら荷物はすべて、地中海でひっくり返っていた。

絵はがきとともに。

ところで、その絵はがきの大半には、同じボルゲーゼ美術館の全景が印刷されていた。

とはいえ、一部はボルゲーゼ美術館のすぐ前にあるビットリオベネト通りの風景だった。

この叙述は逆も同様に真だ。明らかに。

ちなみにモディリアニはまだ三十五歳だった。

よく考えると、私はパリまでずっと同じサッカーシャツを着ていたかもしれない。

しかしながら、自分の服が乾いた後は他のシャツの上に座るのをやめたことは間違いない。

実を言うと、運転を始める前に少し乾くのを待った。

デニムの巻きスカートと綿のジャージとパンティーを脱いで日なたに干し、待っている間、サボーナと書かれたシャツを着た。

待っている間、『メデア』を歌うマリア・カラスを聞き続けた。

ちなみに、シャツは大きすぎて、膝まで丈があった。

でもなぜか、着ると気分がよかった。

実際、シャツには数字が記されていた。何番だったかは忘れたけれども。

なぜ覚えていないかと言えば、当然、数字が背中側に書かれていたからだ。

サボーナと書いてあったのは胸の前だった。

ただし実際には、シャツが大きすぎたせいで、右の脇の下から左の脇の下にかけてだったけれども。

他方、こうしたことは、私がサボーナを通ったかどうかという疑問に対する回答にはなっていない。

何かをした記憶がないという事実は決して、そうしなかったという証拠にはならない気がする。町の名前を知らないままにいくつもの町を通り過ぎることはある。

特にロシアでは、既に言ったかもしれないが、フョードル・ドストエフスキーでさえサンクトペテルブルクがサンクトペテルブルクだと知らないままに通り過ぎた可能性がある。

ついでに言うと、私はギリシアのコリントに立ち寄りたかったのに、かなり経ってからコリントを通り過ぎたことに気付いた。

それはアテネからスパルタに向かって、山の周囲を反時計回りに走った朝のことだった。

つまり、アクロポリスの麓で誰かが私の名前を呼んだ気がしたのと同じ日だったということだ。キャサリン・ヘップバーン通りとアルキメデス通りの交差点からさほど遠くない場所で。

探索の最中だった私がどんな気持ちになりそうになったことか。

しかし、心の琴線に触れたのは、夕日に美しく映えるパルテノンの方だった。

とはいえ、しばらくはほとんど泣きたい気分になった。

でも、コネチカット州南部とロングアイランド海峡に棲む鳥の図鑑を開き、カモメに関して何と書いてあるかを調べた。

コリントに立ち寄りたかった理由は、実をいうと、メデイアのためだ。そのときは、オペラの方の『メデア』は関係なかったけれども。

ただし、いずれにせよ、メデイアの幼い子供らを埋葬した墓の痕跡はもはや残っていないだろう。とはいえ、少なくともサボーナという名前の付いた薬局か映画館はきっとあっただろうから、単に私の注意不足だったのかもしれない。

ただし今、シャツの背中にあった数字は7だという確信に近いものが湧いてきた。

あるいは17。

本当は12だ。

私は以前、確信を持つだけの純粋な根拠は何もなかったけれども、自分のいる場所がペンシルヴェニア州のリティッツと呼ばれる町だと百パーセント確信したことがある。

実を言うとその直前、薬局か映画館の名前がそうでないことを示すまでは、私のいる場所がペンシルヴェニア州ランカスターだと、やはり百パーセント確信していた。

看板を見たときも、ランカスターにリティッツ薬局という薬局があってもおかしくないと考えた。サボーナにリミニ座という映画館があってもおかしくないように。あるいはペルージャ座。

にもかかわらず、私はそこがペンシルヴェニア州リティッツだという百パーセントの確信を抱いた。

私はテートギャラリーでも、寒い朝、テムズ川から水を運ぶときに、同じサッカーシャツを時々着たと思う。

あるいは、水辺を描いたターナーの絵を見ているとき。

しかし、あのフォルクスワーゲンを乗り捨てたときには、余分に持ってきたシャツは一枚も取っておかなかった。遅ればせながら、あれは思慮が足りなかったと思う。

常識的な感覚があれば明らかに、一部を取っておいたはずだ。一枚をあれだけ気に入って着ていたのだから。

とはいえ当時は、後であれほど気に入ることになるとは思っていなかった。間違いなく。

ついでに言うと、自分の服がすっかり乾くのを待っただけのことかもしれない。だとすると、そもそもそれほどの愛着は抱かなかったはずだ。

待っている間、何にも妨げられることなく、素っ裸でマリア・カラスが『メデア』を歌うのに耳を傾けた。

実際、記憶では、かなり暖かかった。

やれやれ。まただ。

素っ裸だったのは明らかに、歌を歌うマリア・カラスではなく、それに耳を傾ける私だ。

言葉はどうしても愚かしい解釈を生む。

いずれにせよ、私は既にシャツを身に着けていた。

そしてついでに、長い間聞いていたおかげで、マリア・カラスが歌っているのがルイージ・ケルビーニの『メデア』でなく、ガエターノ・ドニゼッティの『ランメルモールのルチア』だと気付いた。

ようやくそれに気付いたのは、後者の有名な「狂乱の場」のおかげだった。

ガエターノ・ドニゼッティはそれ以外の点で、またしてもヴィンチェンツォ・ベッリーニと勘違いしそうになる人物の一人だ。あるいは、ジェンティーレ・ベッリーニと。ジェンティーレはジョヴァンニ・ベッリーニの兄だからアンドレア・マンテーニャの義兄だ。

今のは勘違いだ。ルイージ・ケルビーニと間違えた。

音楽は得意ではない。

マリア・カラスがあの曲を歌うのを聞くと、私はいつも背筋に震えが走るけれども。

フィンセント・ファン・ゴッホは頭がおかしくなったとき、実際、絵の具を食べようとしたことがある。

モーパッサンもそれよりはるかにおぞましいものを食べた。かわいそうに。

このリストは気がめいるほど長く続く。

ターナーも、誰にも仕事中の姿を見せないという恐怖症のような奇癖があった。

実を言うと、エウリピデスも同じ理由で洞窟に暮らしたと言われている。

ただし、ギュスターヴ・フローベールはかつてモーパッサンに、あまりボート漕ぎに時間を費やさないようにと手紙を書いたことがある。

誓って言うが、フローベールはモーパッサンに本当にそんな手紙を書いた。

実は手紙には、売春婦に時間を費やすのもほどほどにするよう書かれていた。

考えてみると、もしもその気があれば、フローベールはブラームスにも同じ手紙を書けただろう。私が知る限り、そんな記録は残ってないけれども。

実際、彼がブラームス宛に書くことができたのは同じ手紙の後半で、前半を書くならアルフレッド・ノース・ホワイトヘッド宛だ。

ガートルード・スタインは、初めてアルフレッド・ノース・ホワイトヘッドに会ったとき、頭の中でチリンと音が鳴るのを聞いたらしい。一目で彼が天才だと分かったということだ。

ガートルード・スタインがもう一度だけ同じチリンという音を聞いたのは、初めてピカソに会ったときだった。

しかし明らかに、誰が狂人で誰がそうでないかを判別することの方がそれよりももっと難しい。

ドストエフスキーは、ようやくサンクトペテルブルクへの行き方を見つけたとき、そこで出会う人が皆そのカテゴリーに属する、あるいはそんな印象を与えると思ったようだ。

人は必然的に狂っているので、狂っていないのもしょせんは一種の狂気だ。これもまた、私がかつて下線を引いた記憶のある文章だ。

下線を引いたこの文が載っているのは、他にももう一つ下線を引いたのと同じ本で、実際それはまた、ジャンヌ・アヴリルが常に枕元に置いていたのと同じ本だ。

すなわち、パスカルの『パンセ』。

私はきっとジャンヌ・アヴリルと気が合っただろうと思う。

あなたの書いた二つの文が大好きだとパスカルに話すことができたらきっと素敵だろう。

どうぞお掛けになったままで。私はきっと喜んでそう言っただろう。

実際、エウリピデスは結局、流浪を余儀なくされた。

しかし、それは洞穴に暮らすだけでは隠遁し足りなかったということでなく、ある人たちの気に触ることを言ったからだ。

アリストテレスも流浪を余儀なくされた。

ついでに言えば、ソクラテスは毒を飲むことを余儀なくされた。

こうしたことのすべてが、あらゆる芸術と自由の起源たるギリシアで起きたと考えると驚かずにいられない。

ただし、アンドレア・マンテーニャが描いたフレスコ画の一部が第二次世界大戦中に爆弾で破壊されたのはイタリアにおいてだったけれども。

しかし、多くのリストはさらに長く続きそうだ。

十月二十五日。それがピカソの誕生日だ。

いつが十月二十五日かを知る方法はないとしても。

あるいは、他の日付でも。

サイモンの誕生日は七月十三日だった。

いずれにせよ、あの日以来、マリア・カラスを聞く機会は二度となかったと思う。

最近は、車を乗り換えることもほとんどない。

とはいえ、ジョーン・バエズは聞いた。そしてキャスリーン・フェリアも。そしてキルステン・

フラグスタートも。

　こうした人々の声を聞いたのは基本的に、ガートルード・スタインがチリンという音を聞いたのと同じ仕方だった。

　ただし、キルステン・フラグスタートはテニスコート脇のテープデッキでも聞いたけれども。

　ひょっとしたらテニスコートの話をするのは初めてかもしれない。

　テニスコートは町へ向かうときに使う道の脇にある。今まで話に出て来なかったのは、話をする理由がなかったからだ。

　今も、キルステン・フラグスタートの説明をしているのでなければ、テニスコートの話をする理由は何もなかっただろう。

　何があったかというと、ある日の午後、私はテニスをすることにしたのだ。

　私はテニスをしようと思ったわけではない。

　私がしようと思ったのは、テニスボールを打つことだ。

　ところで、私が打つことにしたテニスボールは、私がかつてスペイン階段で転がしたボールと同じものではなかった。テニスコートの横には小さな小屋があって、ボールはそこで見つけた。

　スペイン階段に転がしたテニスボールは確か、ジープのトランクに積まれた段ボール箱にあったものだ。

　テニスボールは缶に入っていた。缶入りでなければ、しばらく前にきっと空気が抜けていただろうし、その場合は、そもそも打ってみる気が起きなかっただろう。

空気の抜けたテニスボールを打つことはほとんど不可能だ。最初にテニスをしようと思ったときにもそれは分かっていた。

小屋にはラケットもあった。ラケットのガットは大半が緩んでいたけれども、他と比べて緩みがましなラケットを選んだ。

おそらく一時間ほど、私は缶を開けてはネットの向こうにテニスボールを打ち続けた。

ネットはなかった。しばらく前に雨風で傷んでいたから。

ネットの残骸(ざんがい)はいくつもあった。

それらのネットが単なる残骸でないつもりでプレーをした。

あるいは、ネットの一枚が単なる残骸でないつもりで。一枚あればその向こうにテニスボールを打つことが可能だから。

テニスボールの多くは、缶に入っていたにもかかわらず、弾みが悪かった。

あるいは、ひょっとすると、コート一面に生えた雑草のせいかもしれない。

実を言うと、いずれにせよ、私はテニスがことさら得意だったわけではない。

実は、テニスはほとんどやったことがない。

ところで、ボールはすべて今でも、道路脇に転がっている。町の行き帰りにしばしばそれが目に入る。

先日もそれが目に留まった。

あの日の午後に打ったボールがあそこにある。私はそう思った。

幸いにも、これは煙を見て、あそこに私の家があると考えるのと同じではない。こちらのケースで私が見ているのは常に、本物のテニスボールなのだから。

少なくとも一時的にであれ、自分が今何を話しているか確信が持てるのはうれしいものだ。

私はキルステン・フラグスタートを忘れたわけではない。

テニスボールを打ち終わった後、私はかなり汗をかいた。

近くには数台の車が止められていた。

今でもしばしば、一部の車のエアコンが効く。

海岸にいたなら、海に入っただろう。

海岸にはいなかったから、車のエンジンをかけた。

キルステン・フラグスタートがシュトラウス作『四つの最後の歌』を歌っていた。

よくあることだ。エンジンをかけるだけ、あるいはエアコンを入れるだけのつもりでイグニションに鍵を差し、テープデッキがオンになっているかどうかにはまったく気付かない。

ところで、どうしてあの曲が『四つの最後の歌』と呼ばれているのか、私はしばしば不思議に思う。

きっと、四つの最後の歌だからそう呼ばれたのだろう。

でも、五線譜に向かって、では今から四つの最後の歌を作曲しようと考えている作曲家の姿を思い描くのは難しい。

あるいは、寝転がって、そう考えている作曲家の姿は。

ただし、ありえなくはない。可能性は低いけれども、ありえなくはないかもしれない。

いずれにせよ、歌っていたのはキャスリーン・フェリアだったかもしれない。

そして歌も、ブラームスの『四つの厳粛な歌』だったかもしれない。

『ランメルモールのルチア』以来、私はこういう問題に関して、性急に結論を出すのはやめにした。


ところで、以前から、ブラームスはあまり好きな作曲家ではない。

確かにブラームスの名は、ここに何度も登場しているけれども。

でも実は、ブラームスが登場した回数はそれほど多くない。

言及した回数が多いのはブラームスの伝記だ。タイトルはおそらく、『ブラームスの一生』か、『ブラームスの生涯』か、ひょっとすると『ブラームス』。

他にも可能性はあるけれど。

実際、私が言及したのは複数の、ブラームスの伝記だ。

ベートーベンとチャイコフスキーの伝記にも触れた。

子供向けに書かれ、異常に大きな活字で印刷された音楽史の本にも。

それに加え、メトロポリタン美術館のメインフロアを車椅子で行き来しながらイーゴル・ストラビンスキーに耳を傾けた話も書いた。

それはすべて、純粋な偶然だった。

野球に関する本の話をしたからといって、私が野球に多少興味を持っていると解釈してはならない。

実を言うと、私には特に好きな作曲家はいないと思う。

しかし、興味深いことに少し前、しばらくの間、ヴィヴァルディの『四季』しか聞こえない時期があった。

明らかに別の曲のことを考えているときでも、繰り返し、『四季』が聞こえてきた。

そういうことも時には起きる。

そういうことは美術に関しても、同様に起きる。

例えば、間違いなくある絵のことを考えているのに、時々、まったく別の絵が頭に浮かぶことがある。

先日の朝、ロヒール・ファン・デル・ウェイデンの『十字架降架』に関しても、そんなことがあった。

今この瞬間、私にはその絵が見える。

今、その絵を思い浮かべているのだから、これは当たり前だ。

ついでに言うと、仮に絵を思い浮かべていなかったとしても、最後のいくつかの文をタイプする際には、間違いなく思い浮かべ始めていたはずだ。

にもかかわらず、先日、『十字架降架』について考えていたときに頭にあったのはまったく違う絵だった。

私に見えていたのは、メトロポリタン美術館のテーブルの上で眠る若い女性を描いたヤン・フェルメールの絵画だった。

またやってしまった。

マリア・カラスがサボーナに近い堤防の上で裸になっていなかったのと同様に、その若い女性もメトロポリタン美術館のテーブルの上で眠っていたわけではない。

若い女性はメトロポリタン美術館の絵の中で眠っている。

もちろん、今の文も何か妙だ。

実際には、若い女性がいるわけではなく、若い女性の表象があるだけなのだから。

私がテニスボールを見て喜ぶのも同じ理由だ。

でも、いずれにせよ、私が言いかけたのは、その絵のことを考えていたのではないのに、その絵が頭に浮かんだという話だ。

ただしもっと具体的には、私が解きたい謎は、例えば、ベルリオーズ作曲の『トロイアの人々』のことを考えているのに、あるいは『アルト・ラプソディ』のことを考えているのにどうしてヴィヴァルディの『四季』が聞こえてくるのかという問題だ。

ついでに言うと、どうして今、ロヒール・ファン・デル・ウェイデンの絵とヤン・フェルメールの別の絵のことを考えているのに、急にヤン・ステーンの室内画が思い浮かぶのか。

ところで、『四季』を含むヴィヴァルディの音楽はすべて、彼の死後、長年完全に忘れられていた。

フェルメールはさらに長い間顧みられなかった。

実際、フェルメールの絵は、存命中、一枚も売れなかった。

ヴィヴァルディも赤毛だった。

オデュッセウスも。

人はいろいろなことを知っているものだ。

たとえ逆に、ヤン・ステーンについては何一つ思い出せなくとも。

あるいは、ロヒール・ファン・デル・ウェイデンについて私が断言できる唯一の事実が、『十字架降架』の原画は今、望ましい明かりの下で見ることができないということだけだとしても。

そばにある窓はきれいに洗ったにもかかわらず。

あるいは今、そこに描かれた人々が皆、『最後の晩餐』と同様に、おそらくユダヤ人だと気付いたとしても。

ロヒール・ファン・デル・ウェイデンが描いた『十字架降架』と題する絵画の中には誰もいない。

彼らの宗教にかかわらず。

形象は宗教を持たない。

『四つの最後の歌』というタイトルをつけたのは、間違いなく後世の別人だ。

実を言うと、私の好きな作曲家はバッハだ。ここまでのページで彼の名を挙げた記憶はないけれども。

今、別のことに気付いた。

テニスボールを打って汗をかいた後、エアコンをつけた車の前部座席には、サミュエル・バトラーの『万人の道』のペーパーバックが置かれていた。

おそらくこれで、『オデュッセイア』の作者が女性だとサミュエル・バトラーが言ったという脚注を私がどこで見かけたのかという疑問に答えが出る。

あるいはひょっとすると、その本には前書きが添えられていて、そこにこの事実が書かれていたのかもしれない。

しかし、たとえ前書きという形であれ、私はサミュエル・バトラーの伝記を読んだ記憶がまったくない。サミュエル・バトラーについては何も知らないし、『万人の道』についても何も知らない。後者は間違いなく、読んだことがない。

いずれにせよ、あの午後にその本をしっかりと読んだ可能性はほとんどない。

少し前にカモメのシミュレーションをしようとしてブラームスの伝記のページを燃やしてしまったので、その代わりにテープデッキに全神経を集中しようとしたはずだ。

この家にはまだどこかに、ブラームスの伝記がもう一冊あるのだとしても。

正確に場所を知っているのに、どうして今〝どこか〟という言い方をしたのか、私には分からない。

ブラームスの伝記は、私がこの家の絵を置いたのと同じ部屋にある。絵は二、三日前まで、このタイプライターの横の壁、すぐ上のところにあった。

その部屋への扉は閉じられている。

劣化には潮風も手を貸している。

ふむ。つい先ほど、何かを言い忘れた気がする。

ああ。私が言おうとしていたのは、ブラームスの伝記が斜めに置かれ、ひどく変形していたという話に違いない。

私は一瞬、注意が散漫になり、それから、もうその話は済んだと思い込んだのだ。

実を言うと、さっきはたばこに火をつけていた。

考えてみたら、テニスラケットの劣化にも潮風が手を貸していたはずだ。

とはいえ、いずれにせよ、ラケットのガットは普通の状態でも、徐々に緩むと思う（ギャザー）。

〝思う〟というのは、〝昔は思っていた〟という意味だ。当然のことながら。

実際、大して興味のない主題について、昔はしばしばあらゆる情報を収集（ギャザー）したものだ。

その気になれば、野球選手の名前を羅列することだってできる。

その気になるとは思えないけれども。

ベーブ・ルースとルー・ゲーリック。

サム・ユージュアル。

実際、私の生涯に出会った男の多くは野球に夢中だった。

母が死にかけていたとき、父はずっと野球の試合を観ていた。

当時の私にはその気持ちが分かっていたかもしれない。

母の枕元にあった小さな手鏡を隠したときの父の気持ちは、間違いなく理解できた。

他方で、野球に夢中になったバッハというのは想像しにくい。

ひょっとすると、バッハの時代にはまだ野球が考案されていなかったかもしれないけれども。

フィンセント・ファン・ゴッホでも。

ブルックリン・ドジャースのあの黒人選手。そしてもう一人の、あの黒人選手。

今、言おうとしたのはスタン・ユージュアルのことだったかもしれない。

ところで今の話は、ある音楽のことを考えているときにどうして完全に別の曲が聞こえるのかという疑問の答えにはなっていない。

ちなみに、完全に別の曲が聞こえるというのは、別の曲が完全に聞こえるという意味ではない。完全に異なる曲が聞こえるという意味だ。明らかに。

ひょっとすると、今の説明は不要だったかもしれない。

いずれにせよ、今私の頭にあるのはまたしても、ヤン・フェルメールのあの絵だ。

しかし、私が考えているのはより正確には、数ページ前にタイプした文のことだ。メトロポリタン美術館で眠っている若い女性の話。

若い女性が眠っているのは間違いなく、ヤン・フェルメールが絵を描いた場所、つまりオランダのデルフトの町だ。

実際、彼は普段、デルフトのヤン・フェルメールと呼ばれた。

にもかかわらず、考えようによっては、若い女性はやはりメトロポリタン美術館で眠っているとも間違いなく言える気がする。

ただし何らかの理由で、絵そのものがもうあの美術館にない場合を除いて。まさかとは思うけれども。

仮にその額縁が必要だったとしても、絵の方は、元の場所に釘で打ちつけたはずだ。

ちなみに、私はいつもその手間を惜しまなかった。そのときどれほど寒かったとしても。

私はナショナルギャラリーで、カレル・ファブリティウスのキャンバスにひびを入れたことがあるが、傷は、ワックスとテープで補修できないほどひどくはなかった。

しかしそうだとしても、仮にあの絵がメトロポリタンにあると心から信じることが可能ならば、やはりあの若い女性がメトロポリタンで眠っているというのは事実だ。

ロヒール・ファン・デル・ウェイデンの絵において、人々がカルバリの丘でイエスを十字架から降ろしているのが事実であるのと同様に、マドリードのプラド美術館の最上階で人々がイエスを降ろしているのもまた事実だ。

私が洗った窓のすぐ隣で。

こうした陳述のいずれかに反駁する仕方を私は知らない。既に指摘したように、以前、同じ内容をタイプしたとき、最初の陳述におかしなところがあるように思えたとしても。

頭の悩ませ方はよく分かっているが、このことで頭を悩ますつもりはない。

ひょっとすると、実際に悩みがあるという話はもうしたかもしれない。

ただし私は今、サラダを食べてきた。

サラダを食べながら、またファン・ゴッホの頭がおかしくなったことを考えた。

やれやれ。

ファン・ゴッホの発狂が二度目だったわけではない。私がまたしても彼のことを考えたという意味だ。

ひょっとすると、自分が食事をしているという事実のせいで彼を思い出したのかもしれない。私自身が食べているのはレタスをはじめとするさまざまな野菜とキノコだったけれども。

フリードリッヒ・ニーチェは頭がおかしくなったとき、誰かが馬をぶつのを見て泣きだした。

そして、ブルックリン・ドジャースにいたのはジャッキー・ロビンソンだ。

そして、もう一人はキャンピー。

実際、ファン・ゴッホの生涯にも売春婦が関わっていた。私が知る限り、ギュスターヴ・フローベールがファン・ゴッホに手紙を書いた記録も残っていないけれども。

ところで私は、たとえ時にそう見えたとしても、この売春婦という問題に特に重きを置いているわけではない。

単に目の前の問題につながりがあるせいで、その話題が登場するということもある。

例えば、テニスボールを打って汗まみれになることは、リヒャルト・シュトラウスが死の床に就いたことと無関係に見えるけれども、結局、結び付いていた。

実を言うと、ギ・ド・モーパッサンが毎日昼食をエッフェル塔でとっていたというような些細な話でさえ、やはり必然的に、何かと結び付いている可能性が高い。

たとえ、私が先ほど昼食をとったことを忘れたとしても。あるいは、モーパッサンの方がファン・ゴッホよりもさらに発狂の度合いがひどかったのだとしても。

実際、この問題を追究する気なら、私はモーパッサンが何らかの形で、胸にサボーナという名が書かれたサッカーシャツと結び付いている可能性がある方に賭けてもいいと思う。

こんな問題を追究する人間がいるとは思えないけれども。

実はサッカーシャツを着ることに関して、どんな結び付きがあるのか、私にはまったく分からない。

とはいえ、モーパッサンがボートを漕ぐ姿が今また、私の頭に思い浮かんでいる。

もしも私があのシャツを大事にしていれば、自分のボートを漕ぐときに身に着けていたかもしれない。

実際、あのシャツの束を取っておかなかったのは失敗だったかもしれない。あれがあれば、ボートを漕ぐたびに違うシャツを着られたかもしれない。

このアイデアの面白いところは、前から見たらいつも同じシャツを着ているように見える点だ。

サボーナ。シャツには常にそう書かれていただろう。

右の脇の下から左の脇の下にかけて。

しかし、それぞれのシャツの背中に書かれた番号は違ったはずだ。

だからひょっとすると、番号順に着るのも可能だったかもしれない。

ただし、私はサイズの問題を見落としているかもしれないけれども。

私が身に着けた一枚でさえ大きすぎたのだから、他も大半はさらに大きかったはずだ。

しかし、それを確かめるためにサボーナに戻るつもりはない。

それに、いずれにせよ、ボートを漕ぐときにシャツを着たことは実質、一度もない。

実を言うと、テニスをやった日も、おそらく何も身に着けていなかった。

ところで、私はいまだに生理がある。

私は生理があるという話にも、特に重きを置いているわけではない。

生理の場合には、ただ、たまたま何かが起きているというだけのことだ。

実は、いつ頃から続いているのか、もう分からなくなってしまったのだが。

書いている文章を読み返して、計算を試みることは間違いなくできる。でも、どこからどこまでが一日なのかをはっきりすべて記していないことはほぼ確実だ。

時々はっきり記し、時々記していない。

最近は単にタイプの手を止め、明日になったとは書かずに、また続きを書くことが多い。

ライラックを捨てた話も書かなかった。あれは少なくとも昨日のことだったけれども。

それに、前の部分を読み返したら、そこに書かれた別の話で気が散るに決まっている。

実際、読み返さなくても、ただ読み返すことを考えただけで、ファン・ゴッホがかつて一緒に暮らした売春婦の名前がシーンだったことを思い出した。

私は間違いなくどこかに、かつてたくさんの画家についていろいろなことを知っていたという話を書いた。

例えば、メネラオスがパリスについてきっとたくさんのことを知っていたはずなのと同じ理由で、私は多くの画家についていろいろなことを知っていた。

ロヒール・ファン・デル・ウェイデンとヤン・ステーンに関してはたまたま知らなかったようだけれども。

しかし、バッハに十一人の子がいたのはなぜか知っていたらしい。

あるいは、ひょっとすると二十人の子供。

よく考えると、十一人の子がいたのはフェルメールだったかもしれない。

ひょっとすると今、私の頭にあるのは、フェルメールがわずか二十枚の絵しか残さなかったということかもしれないけれども。

レオナルドが残した絵の数はそれよりも少ない。おそらく十五枚。

これらの数字はどれ一つとして正確でないかもしれない。

十五枚の絵というのは決して多いとは言えない。特にその一部が未完成の場合には。

あるいは、劣化している場合には。

とはいえ、レオナルドにしては多いと言えるかもしれない。

実は、フェルメールが残した絵は四十枚ある。

ブラームスには子供が一人もいなかった。子供のいる家庭を訪れるときにはいつも、子供に与えるためにポケットにキャンディーを忍ばせていたのは有名だけれども。

そして少なくとも、私が読んだのがどのブラームスの伝記かという疑問に関しては、ようやく答えが出た。

子供向けに書かれ、異常に大きな活字で印刷された音楽史の本ならきっと、伝記の対象となる人物が子供のいる家庭を訪れるときに子供に与えるためのキャンディーをポケットに忍ばせていたという事実を強調するはずだ。

そうした回数が実際には多くなくても、そのような本の中なら、きっと強調が置かれたはずだ。実際、ブラームスが子供に与えるためのキャンディーをポケットに忍ばせたことがほとんどないということもありえなくはない。

ブラームスがそんなことをしたのは一生に一度で、その一度きりの出来事が伝説の元になっているという可能性は高い。

ヘレネが恋人と駆け落ちをしたのは一生に一度だけだが、人々は三千年にわたり、彼女がそれを忘れるのを許さなかった。

キャンディーをあげるよ、子供たち。かつてブラームスはそう言ったに違いない。

ブラームスは子供たちにキャンディーを与えた。誰かがそう書いた。

後者の陳述は決して嘘ではない。ヘレネが不実だという陳述と同様に。

ただし、よく考えると、ブラームスがそもそも子供好きでない可能性だってあるのではないか。あるいは、極端なことを言えば、子供嫌いであるとか。

実際、ブラームスが一度とはいえ子供にキャンディーを与えたのだって、子供を追い払うのが目的だった可能性もある。

実は、レオナルドにも子供がいなかった。彼の場合は、キャンディーをよその子に与えたか、与えなかったか、何も伝えられていないけれども。

しかし、伝説の話はここまでにしよう。

私が読んだブラームスの伝記がどれかという疑問に対する回答も終わり。なぜなら、私は今、ブラームスがおそらくクララ・シューマンと浮気をしたという話を思い出したからだ。

〝おそらく〟と言ったのは、これに関して誰も答えを出していないようだからだ。

しかし、子供向けに書かれた音楽史の本にそんな話が書かれているはずがない。

ファン・ゴッホは、シーンに同棲しようと言ったとき、きっと彼女を更生させようと思っていたのだろう。

それはきっと、彼が自分の耳を切り落とすのより前だった。

ファン・ゴッホについて書かれた文章を読んでいると、サンクトペテルブルクでドストエフスキーに初めて挨拶をしたのは彼ではないかという気がしてくる。

実際、ブラームスがクララ・シューマンと浮気をしたと考えると悪い気はしない。

昔、私が子供だった頃、『愛の調べ』というタイトルの、ウィーンの音楽界を描いた映画を観た。

映画に関して私が覚えているのは、皆が順番にピアノを弾いていたということだけだ。

しかし、キャサリン・ヘップバーンがクララ・シューマンを演じていたのも覚えている。

だから私は、ブラームスがキャサリン・ヘップバーン似の女性と浮気をしているのを思い浮かべて、悪い気がしないと思っているのかもしれない。

特に、彼とジャンヌ・アヴリルの関係が長続きしなかったのだとしたら。

そして、バッハが晩年ほとんど盲目だったことを今、何の話をしたのがきっかけで私が思い出したか、まったく分からないとしても。

確か、深夜にたくさんの楽譜を書き写したのが原因だったと思う。

もちろん、ホメロスも盲目だった。

ひょっとするとホメロスに関しては、既にその話をしたかもしれないけれども。

当時は鉛筆がなかったという話は既にした気がする。

それはつまり、ホメロスは盲目だと人々が言ったのは実は、ホメロスは読み書きができなかったと言いたくなかったからだということだ。

エミリー・ブロンテも子供がいなかった。

エミリー・ブロンテに子供がいたらとても興味深いことになっていただろうけれども。彼女にはおそらく一度も恋人がいたことがないのだから。

でも私には、エミリー・ブロンテ以上に、私の先祖であってほしい人というのは思い付かない。

もちろん、サッポーを除いては。

あるいは、ヘレネ。

実を言うと、私はかつて、ヘレネになりきったことがあるかもしれない。

場所はきっとヒッサルリクだ。かつてトロイアだった平野を見渡し、少しの間、ギリシアの船が海岸に打ち上げられている様子を思い浮かべた。

あるいは、岸辺に並ぶかがり火が見えた気がした。

それはまったく無害な空想だった。

仮にトロイアががっかりするほど小さかったとしても。広さは普通の町の一街区（ブロック）と変わらず、高さも実質、二、三階建て程度。

しかし、考えてみると、ストラットフォードアポンエイボンにあるウィリアム・シェイクスピアの家も驚くほど小さかった。まるで当時、空想上の人がそこに住んでいたかのように。

あるいはひょっとすると、過去そのものが常に、私たちが思うよりも小さいのかもしれない。

先ほどのセンテンスに何らかの意味があるとよいと思う。一瞬、とても印象的なことを言ったような気がしたから。

ところで、いずれにせよ『イリアス』には多くの悲しみがある。

たくさんの死。血に染まった手。そして、肉親の喪失。多くの人がしばしばそれらを経験する。

しかしまた、それは遠い昔の、過ぎた話。

アレクサンダー大王は、遠征の途上、トロイアに立ち寄り、アキレスの墓に花を供えた。

もちろん、あの大昔の戦争は当時の方が、今よりも身近に感じられただろう。

しかし、アレクサンダー大王の時代でも、およそ千年前の出来事になっていた。

よく考えたら、千年前というのは私の想像を越えている。

ユリウス・カエサルもアキレスの墓に花を供えた。それはアレクサンダー大王からわずか三百年ほどしか経っていない時代だったけれども。

〝わずか〟と言うときに私が思い浮かべているのは、例えば、シェイクスピアと現在との間にある隔たりに近いという意味だ。

今の場合、私は自分が何を考えようとしていたか、間違いなく見失ってしまった。

バートランド・ラッセルはルパート・ブルックよりも十五年早く生まれ、ブルックがスキロス島で亡くなった後も五十年以上生きた。ひょっとして、この話が何かに関係あるだろうか。

ところで、私がこれまでストラットフォードアポンエイボンに行った話をしていなかったとすれば、それは単に、ロンドンに行った人なら誰でも遅かれ早かれストラットフォードアポンエイボンに行くのが当然だと思っているからだ。

ロンドンとストラットフォードアポンエイボンはこれまで常に、互いから等距離にあった。

蓄音機のスピーカーの配置に関して日本語で説明を書いた人が何をどう考えていたにせよ。

他方、私はここに何も記さないまま、また一日を過ごしたようだ。

実を言うと、昨日は丸一日、ここに腰掛けることさえしなかった。

昨日はなぜか、解体をしたい気分だった。

ただし、その後はピックアップトラックでドライブに出掛け、ゴミ処理場まで行ったけれども。

ピックアップトラックのタイヤは少し空気が抜けてきた。

朝、葉に露が付くと、曙光に照らされ、宝石のように輝くことがあるという話は既にしただろうか。

ひょっとすると、薔薇色の指をした曙よりも、そちらを目にすることが多いかもしれない。

ひょっとすると、ゴミ処理場の話をするのも今回が初めてかもしれない。

しかしながら、そんな話をする理由はほとんどない。ゴミ処理場とは言っても単に、地面に開けた穴にすぎないから。

かなり大きな穴ではある。とはいえ。

そこへは、標識に従って行く。

ゴミ処理場はこちら。標識にそう書いてある。

私はある意味で、標識をたどる。

もちろん、実際には道をたどる。

ひょっとすると、今の説明は不要だったかもしれない。

ちなみに、私が出すゴミはいつも量が少ないので、浜辺に埋めることで処分できる。

散歩に出掛けるたび、ついでに三度に一度はゴミを埋める。

もちろん、以前、穴に処分されたゴミがもうかなり前に分解されているのは言うまでもない。

だからその穴は単なる穴だ。先ほども言ったように。

近くには、割れた瓶から成る巨大な山があるけれども。

結局のところ、後者は少し特殊かもしれない。

瓶は色がさまざまなので、間違いなく、特殊な美しさがある。

朝露に濡れた葉よりもはるかに劇的な光を放つ。

事実、山になった瓶は時に、光を放つ彫刻のようにも見える。

ミケランジェロならそんなふうに思わなかっただろうが、私はそう思う。

彫刻は余計な部分を取り除く芸術だ。かつてミケランジェロはそう言った。

彼は逆に、絵画は物を付け加える芸術だとも言った。

とはいえ、彼はきっと、瓶の付け加えによってできた山を絵画のようだとは思わないだろう。しかしその点、考えてみると、瓶の山がファン・ゴッホの絵画に百パーセント似ていないとは言い切れない。

少し目を細めて見ると、ファン・ゴッホの絵にかなり似て見える。

今、私の頭にあるのは間違いなく、ファン・ゴッホ独特の渦巻き模様のことだ。例えば、『星月夜』という題の絵に見られるような。

実を言うと、ファン・ゴッホが瓶の山を描くなら、やはりきっと夜を選んだだろうと思う。月が出ていればの話だ。当然のことだが。

エル＝グレコも夜に絵を描くのを好んだ。屋内に限られたけれども。しかし、いずれにせよ、エル＝グレコがゴミ処分場から霊感を得る可能性があるとは思えない。

実際、炎の明かりを使えば瓶の山を効果的に描けそうだ。

仮にそれがかなり大きな炎でなければならないとしても。

ところで、私は時々、海岸で火を焚いたことがある。

焚き火はいつも、楽しい気晴らしになる。

海岸で焚いた別の種類の火は、もちろん例外だ。例えば、家一軒を燃やした火。

前者の火をおこしたのは、夏の、予想外に肌寒い夜のことが多かった。

あるいは、ようやく冬が終わりそうな予感がし始める頃の夜。

浜辺に沿って気まぐれな影が伸び、踊ったものだ。

あるいは、雪があれば、真っ白な空間に炎が奇妙な装飾文字(カリグラフィー)を記す。

誓って言うが、九フィートのキャンバスを持ってメトロポリタン美術館の中央階段を上がろうとしていた理由は思い出せない。

足首がただの捻挫だったことは間違いない。いつもの二倍に腫れ上がっていたけれども。

実際、炎を見つめることの意味は決して分からない。

おそらく次に火を焚くべきなのは、やはり、ゴミ処理場だろうけれども。

単にマッチを擦って目を細めるだけでは、決して絵が出来上がることはない。

ところで、エル＝グレコは画家としてのミケランジェロがあまり好きではなかった。

ついでに言うと、ピカソもあまり彼が好きではなかった。

実を言うと、ミケランジェロの作品の多くは、ピカソにドーミエを思い起こさせた。

ピカソがそう言うのを聞いても、アルフレッド・ノース・ホワイトヘッドの頭でチリンと音が鳴ることはなかっただろう。

ちなみに、ドーミエも盲目になった人物の一人だ。

ドガもそう。そしてモネも。

そしてピエロ・デラ・フランチェスカも。

ただし、繰り返しになるが、ピエロ・デラ・フランチェスカをピエロ・ディ・コジモと混同してはならない。後者は雷が鳴るとテーブルの下に隠れた人物だ。

実は、もう一人の方のピエロは誰にも仕事中の姿を見せたがらないという点で、ターナーよりもひどい恐怖症を持っていた。

そしてしばしば、食事の心配をしなくてもいいよう、画材に使う糊（のり）を作るのと同じ鍋で、一度に五十個のゆで卵を作った。

モーリス・ユトリロは、頭がおかしくなったとき、刑務所の壁に何度も頭をぶつけることで自殺を図った。

そしてファン・ゴッホは、シーンを更生させようとしたのと同じ頃、貧しい人たちに自分の服を与えたことが知られている。あるいは、教会の前で急に泣きだしたことが。

しかし、ピエロ・ディ・コジモには弟子が一人いて、実はそれがアンドレア・デル・サルトだった。だからきっと、彼は少なくともたまには、機嫌良くゆで卵を分かち合っただろう。

どうぞお掛けになったままで。昼食時に嵐が来たら、きっとアンドレアがそう言っただろう。

シーンがファン・ゴッホと分かち合ったのは、性病だった。

ターナーは散髪屋の息子として育った。コヴェントガーデン近くの、メイデンレーンという通りで。

ユトリロの父親はルノワールだったかもしれない。

もしかするとドガだったかもしれないけれど。

ユトリロの母親、シュザンヌ・ヴァラドンは誰が子供の父親か知らなかったらしい。

ルノワールかドガに心当たりがあったとしても、何も言わなかったようだ。

アンドレア・デル・サルトという名前は、声に出して読むと、詩的な響きがある。

実はその名前は、父親が仕立て屋だというだけの意味なのだけれども。

彼はアンドレア・センザ・エローリとも呼ばれた。デッサンの際、一度も間違いを犯したことがないという意味だ。

私は当然、それを覚えたときには、言葉の意味を調べる必要があった。

アンドレアがペスト流行の際、貧しく、誰にも顧みられることなく亡くなったと思うと、私は悲しい。

ティティアンもペスト流行の際に亡くなったのだけれども。彼の場合、享年九十九だったが。

ジャクソン・ポロックは一九五六年八月十一日、私が今座っている場所からピックアップトラックでわずか十分の場所で、車に乗ったまま木に衝突した。

他方、ポロックの誕生日は忘れた。おそらく、元から知らなかったのだが。

私はルノワールの関節炎のことも忘れていた。

ところで自分の左肩は、最近はまったく気にならない。

ゴーギャンも梅毒にかかった画家の一人だ。

彼がルネサンスの時代に生きていたら、薬剤師の組合に所属しなければならなかったはずだけれども。

画家は全員がそうだった。顔料を扱う職業だからだ。

誓って言うが、当時の社会はそんなふうだった。

だから私がサボーナで見落とした薬局は、そもそもサボーナ薬局という名ではなく、ゴーギャンにちなんだ名前だったかもしれない。

私はマドリードで、スルバランにちなんだ名前のホテルに暮らしたことがある。

ひょっとして、ゴヤにちなんだ名前だったのでなければ。

だとしたら、パンプローナで。

私がもっと本気で知りたいと思うのは、どうしてこんなことを書いている最中にカモメが頭に思い浮かぶのか、その理由だ。

ああ。もちろん、カモメは清掃動物(スカベンジャー)だからだ。

〝だ〟というのは当然、〝だった〟という意味だ。

しかしいずれにせよ、しょせんは以前、きっとゴミ処理場にカモメが何羽かいたに違いないと推測するだけのことだ。

どれだけの数かはまったく分からないが、きっとかなりの数いただろう。

もちろん、他の生き物もやって来ては去っただろう。

例えば犬や猫が。

でもよく考えると、大型の犬でもカモメの群れには恐れをなしたかもしれない。

きっと猫はおびえただろう。

もちろん、カモメに匹敵するほどたくさんの猫がいた場合は別だ。そんな事態は考えにくいけれども。

実際、私の頭にあったのは、飼い主によって夜の間、外に出された一匹か二匹の飼い猫というイメージだ。

以前、私がニューヨーク州コリンスで絵を描いていたときは、夏の間、毎晩猫を外に出した。なぜそんなことを覚えているかといえば、その猫が都会育ちで、外に出された経験がなかったからだ。

何週間もの間、毎晩、私は猫の心配をした。

実を言うと、私はかなりの罪悪感も覚えた。どうして罪悪感を覚えるのか、自分でもよく分からなかったけれども。

生まれてからずっとソーホーのロフトに閉じ込められてきた猫にしたら、夜に外出できるのはきっとうれしいことのはずだ。私は自分にそう言い聞かせた。

ひょっとすると、仲間の猫だって見つけられるかもしれない。それもまた、猫にとって初めての経験だ。私は自分に、さらにそう言い聞かせた。

にもかかわらず、罪悪感はいつまでも続いた。

猫が必ず戻ってくるという確信が持てるようになり、確認をしないままで昼になることが珍しくなくなった後も、罪悪感は続いた。

ただしその頃には、罪悪感の対象が、猫を家に入れ忘れているのではないかということに変わっていたけれども。

いずれにせよ、猫は夜の間ずっと、ポーチの庇の下で眠っていただけではないかと感じることも多かった。

このことがゴミ処理場とどう関係あるのか、私にはまったく分からない。なぜなら、ニューヨーク州コリンスで絵を描いた夏に使っていたゴミ処理場はまったく記憶にないからだ。

あの夏は、ゴミは玄関の前で収集された。

ところで、今話している猫と、コロッセオで見かけた猫との間にも、やはり関係はまったくない。

コロッセオで見かけた猫は灰色で、糸の玉みたいなもので遊んでいるように見えた。

私の飼っていた猫は朽葉（ラセット）で、基本的にはものぐさだった。

私の飼っていた朽葉（ラセット）の猫と、この家の割れた窓を引っ掻いている猫との間にも、やはり関係はまったくない。

仮に、私にはテープを貼った記憶がまったくないとしても。

ひょっとすると、コロッセオにも猫はいなかったのかもしれない。

猫を見たいという気持ちがとても強ければ、人は猫を見てしまうものだ。

ひょっとすると、猫はいたのかもしれないが。ひょっとすると猫は、私が用意した投光照明におびえたのかもしれない。

当然のことながら、私の見ていないところで餌を少し食べていたとしても、私には知りようがない。私が並べた缶詰の多くは、あっという間に、雨で半分空（から）になってしまったから。

実物を見るまでは、スペインの城というのは単なる決まり文句だと思っていた。

探索を続けていたとき、私は別の人間を見つけようとしていたのか、それとも、孤独に耐えられなかっただけか。

いずれにせよ、結局のところ、人がいつも窓から中を覗いたり、外を見たりしているというのは、本の主題としてそれほどばかげていない。

たとえ、エミリー・ブロンテがかつて怒りに任せて飼い犬を激しく打ち、犬が気を失ったとしても。その理由は単に、ベッドに上がらないよう言い聞かせたにもかかわらず、犬がそうしたからだった。これは私がエミリー・ブロンテにやってほしくなかったただ一つの行為だ。

たとえ、既に話したかもしれないが、私がエミリー・ブロンテにやってほしかったと思うけれども実際には彼女がしなかったことがいろいろとあるとしても。

とはいえ、それは余計なお世話かもしれない。急に、そんな気がしてきた。

他方、朽葉(ラセット)の猫の名は完全に忘れてしまったようだ。

コロッセオの猫の名前がピントリッキオだったことについてはかなりの自信があるけれども。それはペルージャ出身のマイナーな画家にちなんだ名前だ。彼は、ドーミエみたいに見える部分をミケランジェロが仕上げる少し前に、システィーナ礼拝堂でフレスコ画をいくつか描いた。

ひょっとすると、割れた窓の外にいる猫の名も、後で考えてやるかもしれない。

とはいえ、今取り上げた猫たちと、サイモンがかつてクエルナバカで飼っていた、結局名前が決まらなかった猫との間にも、やはり何の関係もないことを言っておいた方がよいかもしれない。

結局、私たちはそれを〝猫〟としか呼ばなかった。

加えて、どの猫も、レンブラントのアトリエの床に弟子が描いた金貨に目もくれなかった利口な猫とは関係がない。

ただし、そう述べた途端に、朽葉（ラセット）の猫の名が何かという問題が解けた。

実際、思い出してみると、思い出せなかったのが不思議なくらいだ。

例えばコリンスでは、忘れずに家に入れてやった日は毎朝、猫に声を掛けた。

おはよう、レンブラント。私はほぼ毎回、そう挨拶した。

そう名付けたのは朽葉（ラセット）が自動的にレンブラントと結び付くからだ。当然のことながら。

朽葉（ラセット）というのは本来、色の名でないとしても。

いずれにせよ、それは絵画に使う色の名ではない。確かに、ベッドカバーの色にはあるけれども。

あるいは室内装飾。

しかし、猫は絵画ではないから、朽葉（ラセット）であってもおかしくない。

そして、朽葉（ラセット）のものはレンブラントと名付けられやすい。

実際、巨匠ウィレム・デ・クーニングまでもが、問題の猫に膝に乗られた午後、その名前にまったく問題はないと言った。

ひょっとすると、朽葉（ラセット）の猫がウィレム・デ・クーニングの膝に乗った話はまだしていなかったかもしれない。

私の飼っていた朽葉（ラセット）の猫は、ウィレム・デ・クーニングの膝に乗ったことがある。

猫がそうしたのは、私が住んでいたソーホーのロフトにウィレム・デ・クーニングが訪れた午後のことだった。

訪問の日付は忘れたが、ロバート・ラウシェンバーグがうちを訪れ、私がデッサンを慌てて隠したときからあまり日が経っていなかったと思う。

しかし、よく考えてみたら、ウィレム・デ・クーニングが猫の名前に賛同したのは、猫が朽葉（ラセット）だったことよりも、レンブラントがオランダ人だったのが原因だったかもしれない。

デ・クーニング自身もオランダ人だから、レンブラントにある種の絆を感じるのは当然のことだ。

もちろん、家族的な絆という意味ではない。それは、仮にあったとしても、私は間違いなく知らなかったから。

ウィレム・デ・クーニングはレンブラントの子孫だ。仮にそうなら、そう聞いたことがあるはずだ。

とはいえ他方で、本人も知らないところで、実は彼が少なくとも一度レンブラントに会ったことがある人物の子孫でないと、誰が言い切れるだろうか。

あるいはレンブラントの弟子だった誰かの。

確かに、長い年月の中で足跡を見失いやすいのは間違いない。

例えば、マリア・カラスの祖先をヘルミオネまでずっとたどれると想像した人がどれだけいるだろう。

実際、この種のことはかなりありそうに思える。デ・クーニングの祖先に当たるレンブラントの弟子が自身は有名にならなかったというのは、いずれにせよ、ありがちだから。

実際、多くの弟子は有名になり損なうだけでなく、結局、まったく別の職業に就く。

ウィレム・デ・クーニングの祖先に当たるレンブラントの弟子が、自分には画家としての未来がないと見切りをつけ、代わりに、例えばパン屋になった可能性がどうしてないと言い切れるだろう。その男の子孫はきっと、遅かれ早かれ、一族にレンブラントの弟子がいたとはまったく知らなくなるだろう。

父は菓子屋を開く前は、レンブラントの弟子だったんです。そう語られる場面が想像できる。あるいは、祖父はレンブラントの弟子だったんです、と。

しかしながら、ウィレム・デ・クーニングが生まれるずっと前に、言い伝えはきっと途切れたはずだ。

実際、クロード・ロランは元々菓子屋の職人で、後に画家に転じたが、菓子の焼き方を彼に教えた男の名を挙げられる者は子孫に一人もいなかったはずだ。

とはいっても、弟子に関して私が言ったことは、必ずしも常に当てはまるわけではない。

ここで触れた人物に限っても、ソクラテスの弟子のプラトンとプラトンの弟子のアリストテレス、そしてアリストテレスの弟子のアレクサンダー大王は間違いなく三人とも有名になった。

当時、アリストテレスがアレクサンダーを正確にはどう呼んでいたか、時々、気になるとしても。

今朝は地理から取り掛かりましょう。ペルセポリスの場所を地図で示してもらえますか、アレクサンダー大王様？

『イリアス』から、アキレスがヘクトールの遺体を地面に引きずった場面を読んでくれる人はいませんか？　そこで手を挙げているのはアレックス君かな？

しかし、それがどうであれアンドレア・デル・サルトも、最近その名に触れた、有名な弟子の一人だ。

加えて、バートランド・ラッセルの弟子の一人にも最近、触れた。

実を言うと、師に劣らず有名になった弟子は、意外に多い気がする。

あるいは、師よりも有名になった弟子は。

例えば、ギベルティにはドナテロという名の弟子がいた。

そして、チマブーエはかつて、野原で羊をスケッチしていた少年を弟子に取り、少年は後のジョットとなった。

実を言うと、ジョヴァンニ・ベッリーニにはかつて、ティティアンという名の弟子と、ジョルジョーネという名のもう一人の弟子がいた。

ただし、本当のことを言うと、そういう事態を愉快に思わなかった師もいたけれども。

ティティアンは、師であるジョヴァンニ・ベッリーニに劣らぬほど有名になると、今度は自分の弟子を取ったが、弟子が自分と同様に有名になりそうだと見て取ると破門にした。

ティントレットもなぜか同じことをした。

ちなみに、私はジョットと羊に関する話を信じている。

今、突然思い出したのだが、ロヒール・ファン・デル・ウェイデンにはハンス・メムリンクという名の弟子がいた気がする。先ほどまで、ロヒール・ファン・デル・ウェイデンについて私がそんなことを知っているはずがないと誓ってもいいと思っていたのだけれども。

いずれにせよ、今挙げた弟子たちは皆、ウィレム・デ・クーニングが自分がその子孫だと知っても不愉快に思いそうもない人たちだ。

彼はきっと、自分がフィンセント・ファン・ゴッホの子孫だと知っても不愉快に思わないだろう。

彼は、フィンセント・ファン・ゴッホが銃で自殺してから十五年近く後に生まれたのだけれども。

実を言うと、今の文章の後半が前半とどうつながっているのか、私にはよく分からない。

ひょっとすると、ファン・ゴッホも彼と同じオランダ人だと考えていただけのことかもしれない。

必ずしもはっきりと意識されていたわけではないが、ファン・ゴッホについて人々が賞賛した点の一つは、一脚の椅子にまで不安が描き込まれていたことだ。あるいは一足のブーツに。

他方でセザンヌは、ファン・ゴッホの絵は狂人が描いたもののようだと言った。

しかし私は、ここの割れた窓を引っ掻く猫をファン・ゴッホと名付けようと思う。

あるいはフィンセントと。

しかしながら、テープの切れ端に名前を付ける人間はいない。

テープの切れ端が窓を引っ掻いている。フィンセントが窓を引っ掻いている。

ありえなくはない。あまりありそうもないとは思うが、ありえなくはない。

おはよう、フィンセント。

ところで、ファン・ゴッホが生前に売った絵はわずかに一枚だけだった。

とはいえ、一枚売っただけでも、少なくともヤン・フェルメールよりはましだ。

逆に、ヤン・ステーンの絵が何枚売れたかは知らない。

しかし、ボッティチェリが晩年、体が不自由になり、施しを受けて暮らさざるをえなかったことは知っている。

フランス・ハルスも施しを受けて暮らさざるをえなかった。

そしてまた、ドーミエも。

パオロ・ウッチェロもまた貧しく、顧みられることなく、亡くなった。

テーブルの下に隠れたのでない方のピエロも。

多くのリストが増え続け、気をめいらせる。

もちろん、作品そのものは残るのだが。

あるいは、そのような事情を知りながら作品について考えるから、さらに気がめいるのか。

レンブラントでさえ、最後には破産した。

それはアムステルダムでの話。なぜ今、それに触れるかと言うと、そこはスピノザが破門された場所からわずか二、三街区（ブロック）しか離れていない場所だからだ。しかも、同じ月に。

そんなことまで知っているなら、私がスピノザについて多少の知識を持っているのではないかと思われては困る。

これもまた間違いなく、私が以前見かけた脚注に書かれていたことだ。

とはいえ、今になって、どうしていつもあれほど簡単にレンブラントが例のコインにだまされたのかが分かった。

私だって仮に破産の憂き目に遭えば、目についたコインは必ず拾おうとするに違いないから。

状況を考えると、弟子が以前にも同様のいたずらを仕掛けたことを思い出す余裕はないだろう。ありがたや。アトリエの床に金貨が落ちているぞ。きっとそう考える。

面倒なやつが駆け寄ってきて、俺のものだと言いだしたりしなければいいが。そんなふうにさえ考えるかもしれない。

レンブラントの弟子たちはこのいたずらを相当面白いと思っていたようだ。

間違いなく。そうでなければ、同じいたずらを何度も仕掛けるはずがない。

弟子の誰一人として、レンブラントの悩みにわずかなりとも思いを致すことはなかった。例えば、問題の破産の件に。

私はこれも残念に思う。子供のいたずらは、どうしたって止めようがないのだけれども。

ファン・ダイクもきっと、ルーベンスにいたずらを仕掛けた。あるいは、ジュリオ・ロマーノもラファエロに。

ただしレンブラントの場合、弟子が概して有名にならなかった、あるいは違う職業に移ったのは、少なくともそれが原因なのかもしれない。思いやりのない連中だったということが。

実際、ウィレム・デ・クーニングがそんな連中の子孫かもしれないと示唆した私も間違いなく、同じように思いやりに欠ける人間だ。

私があの示唆をしたときは、充分にいろいろなことに考えを巡らせていなかった。

カレル・ファブリティウスはレンブラントの弟子だった。しまった。

確かに、レンブラントほど有名にはならなかったけれども。とはいえ、ウィレム・デ・クーニングが自分がその子孫だと知っても嫌がらない程度に有名だったことは間違いない。

実を言うと、カレル・ファブリティウスには、何かの関係で既に少なくとも一度、言及したはずだ。

ウィレム・デ・クーニングのために私が今できるのは、とりあえず、カレル・ファブリティウスが意地悪ないたずらを仕掛けた弟子の一人でないのを祈ることだけだ。

おそらく、そんなふうに無駄に時間を過ごしていたなら、レンブラントの最良の弟子にはなれなかっただろう。

とはいえ、最良の弟子だったからこそ、ただ一人、いたずらをする暇があったという可能性も高い。

例えば、レンブラントが課題を出したときはいつも、カレル・ファブリティウスが最初にそれを仕上げ、必死に追いつこうとしている他の弟子たちを尻目に、いたずらに精を出したのかもしれない。

残念ながら、美術の歴史にはこんなふうに不明な点が多い。

実を言うと、カレル・ファブリティウスにはヤン・フェルメールという名の弟子がいたかもしれないのだが、確かな証拠は見つかっていない。

しかし、カレル・ファブリティウスはデルフトで亡くなった。そのことが、フェルメールとの師弟関係を推測する要因の一つだ。

フェルメールとデルフトとの関係については、既にどこかで触れたと思う。

しかし、これもまた既に指摘したことだが、フェルメールに対して誰かが興味を抱き、そのような事情を調べるまでにおよそ二百年が経過しているのだから、多くの情報がもう失われているはずだ。

いかに容易に情報が失われるかについては、既に一度ならず述べた通りだ。

しかし、現在分かっているもう一つの事実は、フェルメールもまた、破産した画家の一人だということだ。

ただし、実際に破産したのは彼の妻で、それもフェルメールが亡くなった少し後のことだった。

実を言うと、彼女は地元のパン屋にかなりの負債があった。

このパン屋も当然、デルフトにあったので、かつてレンブラントの弟子だったのと同じパン屋ではないと考えても大丈夫そうだ。

しかしよく考えると、そう考えても大丈夫とは言えそうもない。

カレル・ファブリティウスだってその少し前に別の町に引っ越したのだから、彼の以前の級友も同じように引っ越した可能性を誰が否定できるだろうか。

それに加え、実際、フェルメールの描いた二枚の絵が一種の担保としてそのパン屋に与えられた。

普通のパン屋なら、そんな取り引きを喜ぶことはないだろう。とりわけその客が、生涯に一枚の絵も売れたことのない画家という場合には。

もちろん、パン屋自身が多少芸術をかじった人間なら話は別だけれども。

あるいはいずれにせよ、いまだに美術に携わっている知人に助言を求めることができるなら話は別だ。

ファブリティウス、十一人の子供を抱え、うちでパンを買っている君の弟子のことで意見を聞かせてほしい。彼の絵に値打ちが付くのはいつのことになるだろうか？

残念なことに、カレル・ファブリティウスがどんな返事をしたかは記録が残っていないようだ。実際、レンブラントとスピノザの関わりについても記録はまったく残っていない。その話題はこれほど長く宙ぶらりんにしておくつもりはなかったのだが。

レンブラントとスピノザの間に何の関わりもなかったのだとしても。

レンブラントとスピノザを結ぶ唯一のつながりは、二人ともアムステルダムと関係があったということだけだ。

とはいえ、レンブラントがスピノザの肖像画を描いた可能性はある。

いずれにせよ、彼がそんな肖像画を描いたという推理は、今までに何度もなされている。

そもそも、レンブラントが描いた肖像画はモデルが誰か分からないものが多いからだ。当然のことながら。

だから、今までに人々が推理してきたのは、肖像画のモデルの一人がスピノザだったかもしれないということだ。

しかしながら結局は、これもまた、美術の歴史における決して解けない謎の一つだ。

他方で、レンブラントとスピノザが少なくとも時々通りですれ違ったと考えることに、特に無理はないだろう。

あるいは、近所の店などで頻繁に出くわしたかもしれない。

きっとしばらくすると、挨拶も交わすようになっただろう。

おはよう、レンブラント。やあ、おはよう、スピノザ。

破産したんだってね、レンブラント、とても残念だ。破門されたんだってね、スピノザ、とても残念だ。

では、レンブラント、よい一日を。君こそよい一日を、スピノザ。

ちなみに、今の会話はすべてオランダ語で交わされたはずだ。

わざわざそう言い足したのは単に、レンブラントはオランダ語以外の言語を話せなかったことが知られているからだ。

たとえスピノザがラテン語を好んだとしても。あるいはイディッシュ語を。

考えたら、あの日の午後、ウィレム・デ・クーニングが私の猫に話し掛けたのはオランダ語だったかもしれない。

ただし、あの猫が膝に乗ったのはデ・クーニングの横にいた人だったことを、私は今、ふと思い出したのだが。

実を言うと、ルシアンがウィリアム・ギャディスを私のロフトに招いた折、猫はウィリアム・ギャディスの膝に乗った。

いずれにせよ、タッデオ・ガッディを思い起こさせる誰かをかつて彼が家に連れてきたのはほぼ間違いないと思う。

タッデオ・ガッディは比較的マイナーな画家なので、そういうことでもない限りめったに頭に思い浮かばない。

例えば、何かでタッデオ・ガッディが思い浮かぶより、カレル・ファブリティウスが思い浮かぶことの方が多い。

たとえ、その二人のどちらもめったに頭に思い浮かばないとしても。

ただし例えば、ナショナルギャラリーにある後者の絵に少し傷を付けた場合を除いて。

実際、それはデルフトの風景だった。

しかしいずれにせよ、当然のことながら、名声とは基本的に相対的なものだ。

トリジアーノという名の芸術家はかつて、他の多くの芸術家よりもずっと有名だった。ミケランジェロの鼻を折った人物という、まさにそれだけの理由で。

あるいはフェルメールに尋ねてみるといい。

そして本当のことを言うと、ウィリアム・ギャディス自身も、誰もが絶賛する『認識』という小説を書いたにもかかわらず、格別有名とは言えなかった。

私もきっと、読んでいれば、その本を絶賛しただろう。首から目覚まし時計をぶら下げている男についての小説のようだから。

ただ、私が今思い出そうとしているのは、かつてタッデオ・ガッディという画家がいたのを知っているかとウィリアム・ギャディスに尋ねたかどうかだ。

既に言ったように、タッデオ・ガッディの存在を知らない人が多いことは間違いない。とはいえ、自分の名前がウィリアム・ギャディスなら、これまでずっとタッデオ・ガッディを知らずに過ごしてきたということはきっとないだろう。

本当のことを言うと、ウィリアム・ギャディスは何年も前から、タッデオ・ガッディという画家を知っていますかという面倒な質問に悩まされていた可能性がある。

ひょっとすると、だから、私は質問を差し控えたかもしれない。

実際、タッデオ・ガッディがジョットの弟子だったのを知っているかと彼に尋ねなくてよかったと思う。

私がその質問をしなかったことは間違いない。先ほどの文章をタイプし始める瞬間まで、そんなことを覚えていたのを知らなかったのだから。

いずれにせよ、結局、猫はウィリアム・ギャディスの膝に乗らなかったかもしれない。

考えれば考えるほど、レンブラントが見知らぬ人に近寄ることはなかった気がする。

たとえ、彼とウィリアム・ギャディスが常に互いから等距離にいたとしても。当然のことながら。

他の猫と他の人間の場合でも同じことだが。

あるいは、コロッセオで見た猫と私が置いた缶との場合でも同じこと。

たとえ実質、キリスト教徒を眺めたローマ人と同じ数だけ缶が並べられていたとしても。

実際、一人一人のキリスト教徒と一頭一頭のライオンも常に、互いから等距離にいたはずだ。

ただし当然、ライオンが前者を食べた場合は話が違うけれども。

とはいえ、この法則のもう一つの例外を私は今、思い付いた。

割れた窓を今また引っ掻いている猫と私自身とは、普通に考えれば互いから等距離にいるはずだ。

ただし、テープが引っ掻く音を出さなくなったら、猫はいなくなる。

すると、私は間違いなく、存在しないものから等距離にいることはできなくなる。存在しないものは、等距離に存在すると考えられているものから等距離に存在できないから。

あるいは、込み入った説明は不要だろうか。

ちなみに、フィンセントが存在しないと考えるより、猫が存在しないと考える方が容易だ。

ところで、私はなぜか、タッデオ・ガッディとジョットとの関係を思い出せたことが異常にうれしい。

これで、チマブーエとジョットとタッデオ・ガッディを結ぶ興味深いつながりも浮き彫りになった。

ペルジーノとラファエロとジュリオ・ロマーノを結ぶつながりと同様に。

たとえ私がまだ、ラファエロがペルジーノの弟子だったことにまだ触れていなかったとしても。

あるいはまた、ペルジーノがテーブルの下に隠れたのでない方のピエロの弟子だったと記していなかったとしても。これによって、またさらなるつながりが生まれるのだけれども。

実際、ウィレム・デ・クーニングは誰の子孫かという疑問が今突然、解けた。

ウィレム・デ・クーニングは誰の子孫でもない。彼の師が誰の子孫かが問題だ。

やれやれ。あるいは、こんな無意味な言い換えはやめて、言葉の赴くままに語るに任せようか。

実際、ウィレム・デ・クーニングは誰の子孫でもないという、意図したのと明らかに異なる文章を記す前、私はたまたま、またしても『トロイアの人々』について考えていた。

もしもそのときいったん手を止めて、『トロイアの人々』について書いていたなら、劇と同様にオペラでも誰一人としてカッサンドラの話に耳を傾けないと記しただろう。

ただし、本当に誰もカッサンドラの言葉にまったく耳を傾けなかったとしたら、誰も彼女の話を聞かなかったことがそもそもどうして分かるのか。

今の言い方はまたしてもまずかった。

しかしながら、表現するのがほとんど不可能な事柄も時にはある。

私が第七学年にいたとき、アキレスと亀に関するアルキメデスのパラドクスを先生が話してくれたことがあった。

どんなパラドクスかと言うと、アキレスが亀に追いつこうとするのだけれども、亀が先にスタートしたために、アキレスはいつまで経っても追いつけないというものだ。

なぜなら、先にスタートした亀がいた場所までアキレスが来たときには当然、亀がさらに先に進んでいるからだ。そして、新たに亀が進む距離は小さくなり続けるけれども、アキレスは常にその新たな距離の分だけ後ろに居続けることになる。

でも私には、間違いなくアキレスが亀に追いつくことが分かった。

しかしながら、たとえアキレスのいる位置がほんのわずかしか後ろでないとしても、そして亀がそのほんのわずか先までしか進めないとしても、常にそれより小さな距離が両者の間に残ることを先生は黒板に描いて示した。

私はしまいに、ほとんど泣きたい気持ちになった。

だから、オペラではカッサンドラの言葉に誰も耳を傾けなかったことになっているのは知っているけれども、同時に私は、それが分かるためには誰かが聞いていたはずだということも知っている。

私は哲学が得意ではない。

実際、例のパラドクスを示したのはアルキメデスでなく、ゼノンだ。

アルキメデスは、シラクサで戦争が繰り広げられていたとき、砂に幾何図形を描いているところを兵士に殺された。棒切れで。

あるいは、私はまたやらかしてしまったのか。

でも、アルキメデスが使っていたのと同じ棒切れで兵士が彼を殺害した可能性はゼロではない。

私はウィレム・デ・クーニングの師匠を覚えている。

しかし、ウィレム・デ・クーニングの師匠について私が書きたかったのは、彼が誰の子孫かに突然気付いたということではなく、彼が誰とつながっているかに気付いたということだ。

つまり、レンブラントとカレル・ファブリティウスとフェルメールを結ぶつながりと同じように。

ただし、今私の頭にあるのは、同じ連鎖の先に連なる人物、フェルメールの弟子のことだ。そしてその次に、フェルメールの弟子の弟子。

そしてその後ずっと連鎖が続き、最後から二人目の弟子が、ウィレム・デ・クーニングという名の弟子を取る。

明らかにこの方が、クロード・ロランにパンの焼き方を教えた男がウィレム・デ・クーニングの祖先である可能性よりも高いのではないか。

ラルフ・ホジソンはルパート・ブルックより十五年先に生まれ、アキレスが一人の女を妊娠させたのと同じ島でブルックが亡くなった後、約五十年生きた。

バートランド・ラッセルは、九十歳を過ぎた頃、祖父がかつてジョージ・ワシントンの訃報を語って聞かせたのを覚えていた。

実際、ウィレム・デ・クーニングが弟子だった頃、師匠が彼に何かを語って聞かせたとしよう。

仮にそれが、ごく簡単な話だったとする。例えば、朽葉（ラセット）というのは色の名ではないというような。

しかし、ウィレム・デ・クーニングの師匠がそう言ったとき、彼は実際には、かつて自身が弟子だったときに師匠に聞かされた話を繰り返していたのだとする。

そして、ウィレム・デ・クーニングの師匠にそれを聞かせた師匠も、かつて自身が弟子だったときに同じ話を聞かされたのだとする。

以下、その繰り返し。

だからある日、カレル・ファブリティウスの画架の脇にレンブラントが立ったとき、カレル・ファブリティウスが何かを朽葉（ラセット）に描くのだと言って、レンブラントが朽葉（ラセット）というのはベッドカバーの色を表現するときの言葉だと言い返した可能性だってあるのではないか。

だからある意味で、ウィレム・デ・クーニングは実際、レンブラントの弟子だったとも言える。

これは、レンブラントのアトリエの床に金貨を描いたのはウィレム・デ・クーニングだったと示唆しているわけではない。当然のことながら。

とはいえ、ウィレム・デ・クーニングの方がカレル・ファブリティウスよりも早く課題を終えられた可能性はある。

しかしながら、よく考えてみると、それよりもっと先まで系譜をさかのぼることができるのではないか。

例えば、ジョットにベッドカバーの話を聞かせたのはチマブーエだということもあり得るだろう。

ギルバート・スチュワートが何気なしにその話をジョージ・ワシントンに聞かせるずっと以前に。

これは、ジョットがフリーハンドで完璧な円を描いたそばにウィレム・デ・クーニングがいたことを示唆するわけではない。当然のことながら。

ただし他方で、私は今、そんな場面を頭に思い描くことにした。

明らかに、こうした空想は芸術家の特権だ。

というか、それが芸術家の仕事だ。

ペネロペが機(はた)を織っている有名な絵がナショナルギャラリーにある。そして、誰も止める人間がいなかったために画家は、およそ三千年後のルネサンス時代にならなければ人がまとうことのなかった服装をイターキ島の人々全員に着せている。

実際、『最後の晩餐』において、食事をしているはずのユダヤ人たちの人数に合わない、あまりにも小さなテーブルを描いているレオナルドも、同じことをしている。

あるいは、ダビデ像から余計な部分は取り除いたけれども、手足を大きく残しすぎたミケランジエロも。

私は今、ジョットのアトリエにいるウィレム・デ・クーニングの姿を思い描くことにした。

実際、ジョットはルネサンス時代の服装を身に着けているが、ウィレム・デ・クーニングはスウエットシャツみたいなものを着ている。

本当は今、スウエットをサッカーシャツに変更した。胸の部分にはサボーナという文字が書いてある。

ジョットとウィレム・デ・クーニングは当然、互いから等距離にいる。

そして円からも。

実際、ゼノンが証明したように、円周上の点はすべて、円の中心から等距離にある。

そして今度は、チマブーエとレンブラントとカレル・ファブリティウスとヤン・フェルメールもアトリエにいる。

この顔ぶれを揃えるにあたって、私の能力に驚くべきところは何もない。ただし、ある意味で興味深い顔ぶれかもしれないけれども。

特に興味深いのは、ジョットもチマブーエもヤン・フェルメールも、私はまったくその容姿を知らないというところだ。

レンブラントとカレル・ファブリティウスの場合は自画像を見たことがある。レンブラントの方については数ある中のいずれかを、現時点で思い浮かべる必要はないけれども。

ウィレム・デ・クーニングも、私のロフトを一度訪れたことがあるという意味で、特別なケースだ。

実を言うと今、私の朽葉の猫もジョットのアトリエに入れた。

朽葉というのは本来、色の名でないとしても。

割れた窓を引っ掻いている猫もそこに入れることにしよう。

猫は今、二匹ともジョットのアトリエにいる。

しかしながら、最初の猫に名前が付いていることは、レンブラントに知られたくないと思う。

ウィレム・デ・クーニングは実は、その名前を知っているのだけれども。

ウィレム・デ・クーニングがレンブラントに猫の名を教えるかどうか、私には分からない。

同じアトリエにいるウィレム・デ・クーニングとレンブラントを思い浮かべているのは私自身だけれども、それに関して私のコントロールは効かないようだ。

とはいえ、どのみちウィレム・デ・クーニングは猫の名を覚えていないかもしれない。猫が彼かウィリアム・ギャディスの膝に乗ったか乗らなかったかしたのは何年も前のことだから。

今度は、フィンセント・ファン・ゴッホがジョットのアトリエに現れる。

今言ったのはもちろん、画家のフィンセント・ファン・ゴッホの方だ。猫のフィンセント・ファン・ゴッホは先ほどからもう、そこにいるのだから。

新しく来た方のフィンセントは耳に包帯を当てている。

私はエル＝グレコもアトリエに入れることにした。

ひょっとすると、そのせいですべてが少し細長く、さらにはゆがんで見えているのかもしれない。

しかし、ウィレム・デ・クーニングが着ているサッカーシャツの背中に書かれた数字は11に見える。

もしも17でなければだが。

実を言うと、ウィレム・デ・クーニングは今、ジャクソン・ポロックによく似て見える。

私はまた今、床から何かを拾う格好でレンブラントにしゃがませ、カレル・ファブリティウスにそれを面白がらせようかと考えたが、それが実際にあったことだという確信があるわけではない。

本当のことを言うと、室内がかなりごちゃごちゃし始めた。

特に、今度は羊が加わったから。

しかし、これらの人物は皆、互いから等距離にいる。

私自身も彼らから等距離にいる。

しかし改めて考えると、ひょっとすると私は彼ら一人一人から等距離にいるとは言えないかもしれない。彼らは皆、私の頭の中の存在だから。

これはまた、ライオンに食われたキリスト教徒の場合と同様だ。間違いなく。

他方で、今度はその風景に代わって、この家を描いた画家が頭の中に現れた。こちらの場合は、彼女の容姿を知らないだけでなく、名前さえ知らない。

ついでに言うと、彼女の絵そのものも今、私の頭の中にある。この一週間かそこら、絵について考えたことは一度もなかったけれども。

一週間かそこら、絵について考えたことがなかったのは、絵は今、ブラームスの伝記と地図帳があるのと同じ部屋に置いてあって、その部屋への扉が閉じられているからだ。

しかし、そのせいでブラームスの伝記と地図帳が今、同じように私の頭に入ってきた。

ただし、次に私が考えざるをえないのは、私の頭に存在しているのがブラームス本人なのかどうかをはっきりさせなければならなくなったらどうなるかという問題なのだけれども。

それは本物のブラームスか、あるいはブラームスの伝記に描かれたブラームスか。

そして、『アルト・ラプソディ』を作曲したのはどちらなのか。

あるいは、その区別に何の意味があるか、私に分かっているのだろうか。

少なくとも、亀に追いつけない第七学年のアキレスは私がこれまでに書いてきたアキレスと同じ人物だと、今突然、頭に思い浮かんだ。

今まではそんなふうに考えたことがなかったというだけのことだが。

だとすると、亀はヘクトールよりも足が速かったということになる。ヘクトールが逃げに逃げたにもかかわらず結局、アキレスはヘクトールに追いついたのだから。

とはいえ、問題の亀は、鷲（わし）がアイスキュロスの禿頭の上に落とし、アイスキュロスの死の原因となったと言われている亀と同じものではないと思う。

ちなみに、鷲がどうしてそんなことをしたのかについて、一つの説明が可能だ。

鷲はおそらく亀の甲羅を割ろうとしていて、アイスキュロスの禿頭を岩だと思い込んだのではないかというのがその説明だ。

誓って言うが、アイスキュロスはそんなふうにして死んだ。

ところで、アイスキュロスは入浴中のアガメムノンとクリュタイムネストラを網で捕らえて殺す血なまぐさい場面を描く一方で、カッサンドラが自らの死を待つところではとても悲痛な場面を描いている。

そこでカッサンドラが考えるのは、幼い頃にトロイアで遊んだ日々のことだ。

スカマンデル川の岸辺で。

それもまた、芸術家の仕事の一つだ。

しかしよく考えると、カッサンドラは『トロイアの人々』において、ギリシアへ連れて行かれることはない。

ベルリオーズの筋書きでは、トロイアが陥落した後、彼女は自殺をする。

改めて考えると、エクトル（Hector）・ベルリオーズはかのヘクトール（Hector）にちなんで名付けられたのかもしれない。

他方、ベルリオーズのオペラの中で、窓辺に誰かが潜んでいた記憶はない。

とはいえ、何日か前に必死に思い出そうとした件については記憶がよみがえった。あの戦争そのものがたった一人のスパルタの女をめぐっての出来事だったという言葉を記したのはヘロドトスだ。

ちなみに、ラファエロとジュリオ・ロマーノも誘拐されるヘレネの姿を描いた。ルーベンスとファン・ダイクが、女たちの中に隠れるアキレスの姿を描いたように。

師匠と弟子が同じ場面を描くというのは興味深い。

ただし実際には、ファン・ダイクに対するルーベンスの態度は、ティントレットに対するティティアンの態度に比べるとあまり喜ばしいものでなかったけれども。

とはいえ、ファン・ダイクを破門にしたりはしなかった。ルーベンスは彼に顔ばかりを担当させ、自分は別のいちばんいい部分を担当し続けた。描かれた人が皆、必ず他の人と触れ合っている、その部分を。

ルーベンスはまた、五か国語をしゃべった。こんな話をするのは単に、先ほどレンブラントが一つの言語しかしゃべれなかったことに触れたからだ。

今朝、赤い薔薇を両手いっぱいに持ち帰ったという話はもうしただろうか。

あるいは、ユトリロが実際に、絵はがきで見つけた風景をキャンバスに模写したという話は。

ところで、本当のことを言うと、事物が人の頭の中だけに存在しているという問題はいまだに少し、私を悩ませているかもしれない。

それは基本的には、割れた瓶が輝くのを見るために私がゴミ処理場でおこそうと思っている火もまた、頭の中の存在にすぎないということに改めて気付いたからだ。

ただしこの場合は、まだおこしていない火が頭に存在しているのだけれども。

その火は実際、たとえ結局おこさなかったとしても、頭の中には存在する。

それだけではない。今、実際に私の頭にあるのはその火ではなく、ファン・ゴッホが描いた炎の絵だ。

つまり、少し目を細めて見たときのファン・ゴッホの絵。『星月夜』に見られるような、独特の渦巻き模様の火。

そしてそこに込められた不安も。

当然のことながら、たとえその不安の一部が単に、絵が売れない可能性をめぐるものだったとしても。

しかし本当のことを言うと今、急に状況が変わった。私が今見ているのは絵そのものでなく、絵の複製だ。

それに加え、複製には、絵のタイトルが『割れた瓶』だというキャプションまで添えられている。

そして、ウフィツィ美術館所蔵と。

しかし明らかに、ウフィツィ美術館に『割れた瓶』という題のファン・ゴッホの絵はない。

実際、『割れた瓶』という題のファン・ゴッホの絵は、私の頭の中を含め、どこにも存在しない。

なぜなら、私の頭にあるのは絵の複製にすぎないから。

私は頭が混乱し始めている気がする。

先ほど言いかけていたのは確か、私が見ているのはファン・ゴッホが描いたのでない絵で、それが今度は複製に代わったのだが、それはそもそも私がまだおこしていない火の絵だったということだ。

とはいえ、私がすっかり言い落としていたのは、その絵が実際に描いているのは火ではなく、火の反映だ。

だから要するに、結局私が見ているのは、本物ではない複製の絵であるだけでなく、本物の火でなくその反映を描いたものだということだ。

それに加え、その複製は、私の頭の中にしかないのだから本物の複製とも言えない。同じ理由でその反映が本当の反映と言えないのと同様に。

セザンヌがかつて、ファン・ゴッホの絵は狂人が描いたもののようだと言ったのも無理はない。

この調子でいくと、私が次に尋ねるのは、薔薇は暗くなった後も赤いのかという疑問だろう。

あるいは、セザンヌがそういう発言をする前に、ファン・ゴッホについて個人的に誰かと話したことがあったのかという疑問。

そうだとすると、彼の洞察はやや値打ちが下がる。

例えば、ゴーギャンがセザンヌを物陰に連れ込んで、一言二言何かをつぶやいたというような場合。

あるいはドストエフスキーが。

ちなみに、エミリー・ブロンテのベッドに上がり続けた犬の名はキーパーだった。

エウリピデスは実際、犬に襲われて死んだと伝えられている。こんな話をするのは単に、先ほどアイスキュロスと鷲の話をしたからだ。

しかし、それで思い出したのはヘレネの死だ。ある古い言い伝えによると、彼女は嫉妬深い女たちの手によって木に吊され、死んだ。

とはいえ、別の言い伝えによると、彼女とアキレスは恋仲になり、魔法の島で永遠に暮らしたらしい。

同じような話は時に、メデイアとアキレスについても語られるのだけれども。

これらの物語が生まれたのはきっと、アキレスが冥界（ハデス）にいるというイメージを人々が嫌ったからだろう。例えば、オデュッセウスが『オデュッセイア』で、アキレスを冥界に訪ねる場面などを。

そうなるのは、当然のことながら、アキレスがパリスに踵を矢で射られ、殺された後のことだ。『イリアス』にはそこまで詳しいことは書かれていないから、そのような事実を知るには、ディクテュス・クレテンシスやダレス・プリュギウスやクインツス・スミュルナエウスというような人の書いた本を読まなければならないが。

記憶によると、私はそれらの本を一ページ表裏読み終わるごとに火にくべた。

それはきっとルーブルでの出来事だ。ルーブルは確か、ポンヌフから橋三つを隔てた場所にある。

同じ冬、私は鏡に署名をした。女性用トイレで。口紅を使って。

私が署名を添えたのは、私の鏡像だ。当然のことながら。

しかし、誰か別の人が鏡を覗いたら、私の署名は別人の鏡像の下に添えられることになる。

晩春でもまだ、ヒッサルリクの遺跡からはパリスの山に積もった雪が見える。

ところでルーブルにある、ジャック＝ルイ・ダヴィッドの描いたヘレネとパリスの絵は、私が見たヘレネの絵の中で唯一説得力を持つものだ。

実際、その絵自体はばかげている。ヘレネは衣服を完全にまとっているのに、パリスはサンダルと帽子しかまとっていないのだから。

とはいえヘレネの顔には、いろいろなことに思いを巡らせていそうな、物言いたげな表情が浮かんでいる。

他方で、誰か別の人が覗いていたなら、私は絶対に署名を添えることはしなかったはずだ。

実は、私が記した名前はジャンヌ・エビュテルヌだったけれども。

ところで、下り物はいまだに続いている。

たぶんもう、九日か十日になると思う。

偶然だが、私はここのところずっと、日にちを示さずにいるようだ。

それは下り物とは何の関係もないけれども。下り物の方は、以前も言ったように、珍しいことではない。

何か月も来ていない生理を待つことが珍しくないのと同様に。

ただし先ほどは、新しいパンティーを洗うためにまた、泉まで行かなければならなかった。

またやった。

当然、新しいパンティーを洗うはずがない。パンティーが、洗って初めて新しくなるのは当然だ。

いずれにせよ、私はもう一度すべてのものを外に出した。太陽の温もりが残る衣服に着替えるのは、いつだって気持ちがいいから。

逆に、本当のことを言うと、最近これほど頻繁に日にちを飛ばしてしまいがちなのは、自分でも理由がよく分からないものの、居心地悪く感じる。

ひょっとすると、昨日の話を書いていたという問題と関係しているのかもしれないけれども。

それはつまり、昨日の一日か二日前のことだが。

それに、何の問題だったかはあまりはっきりと覚えていない。

あるいは、そもそも問題をそれほどはっきり定義していなかったのかも。

ただし、今私の頭にあるのは、これほど多くのものが頭の中だけに存在するように感じられるなら、いったんこの場所に腰を下ろせば、この紙の上にも存在するようになるのではないかということだ。

おそらくこの紙の上にも、それらは存在する。

ロシア語しか理解できない人がこの紙を見たら、紙の上に何が存在することになるのか私にはまったく分からない。

しかしながら、ロシア語の単語一つさえ話せない私でも、私の頭の中にしか存在しなかったものが今ではこの紙の上にも存在すると明言することができる。

少なくともその一部が。

頭にあるすべてのものを書き記すのはほとんど不可能だ。

あるいは、頭にあるすべてのことに意識を巡らすのさえ。明らかに。

実際、書き記すまで自分が覚えていたことさえ思い出さなかった事柄があるという話を、私は間違いなく、一度ならず書いた。

少なくともそれについてコメントをした。

ただし本当のことを言うと、書いている最中に、覚えていたのを忘れていたことを思い出し、それでも結局書き留めないということもある。

例えば、レンブラントとスピノザが同じ時期にアムステルダムに暮らしていたという、ある脚注で知った事実を書いていたとき、私はまったく違う脚注で知った別の事実を突然思い出した。つまり、エル＝グレコがトレドに暮らしていたとき、アビラの聖テレサや十字架の聖ヨハネも同じ町にいたということを。

しかし思い出したものの、書き留めることはしなかった。

そうしなかったのは基本的には、聖テレサについても十字架の聖ヨハネについても何一つ知らないからだったかもしれない。

ただし明らかに、エル＝グレコがトレドにいた時期に二人ともトレドにいたという事実を除いては。

私が言っていることにはそれ以上の問題があるのだけれども。

エル＝グレコがトレドに暮らしていたとき、同じくトレドにいたもう一人の人物はセルバンテスだ。ただし、聖テレサと十字架のヨハネの話を出したときにセルバンテスの名を挙げなかったのには別の理由がある。

聖テレサと十字架の聖ヨハネの話を出したのは、先ほども言ったように、スピノザに関連してレンブラントのことを考えていたときにエル＝グレコに関連して思い出したからだった。

しかし、これもまた先ほど言ったように、エル＝グレコが聖テレサや十字架の聖ヨハネと知り合いだったかもしれないという事実は、レンブラントとスピノザについて文章を書く瞬間まで、覚えていることを思い出さなかった。

しかし他方で、エル＝グレコがセルバンテスとも知り合いだったかもしれないという事実は、以前エル＝グレコについて覚えているけれども書き留めなかったことをここに書くまで、思い出すことがなかった。

これは実際にはそれほど込み入った事態ではない。ひょっとするとそう見えるかもしれないけれども。

要するに、覚えていることを思い出さなかったことを思い出しても、覚えているのを思い出さないことの表面を引っ掻く程度の意味しかないということだ。

実を言うと、前のときにセルバンテスのことも思い出していたけれども。たとえ、城との関連で思い出したのだとしても。

とはいえ、思い出したのはドン・キホーテだったかもしれない。その城というのはラ・マンチャの城のことだったから。

ドン・キホーテを扱った本のタイトルはもちろん、『ドン・キホーテ・デ・ラ・マンチャ』だ。

エル＝グレコとセルバンテスがトレドで交わしたかもしれない言葉も、おそらくタイトルと同じ言語だろう。

エル＝グレコがギリシア語の方を好んだ可能性もあるけれども。あるいは、クレタ島で話されていた言語。彼の出身は実は、そこだったから。

これはもちろん、エル＝グレコとセルバンテスが互いをよく知らなかったとしても、通りすがりに顔を合わせていれば、しばらくして少なくとも会釈くらいは交わすようになっただろうと仮定しての話だ。

そして当然、次の段階は挨拶。

「おはよう(ブエノス・ディアス)、セルバンテス」

「こちらこそ、おはよう(ブエノス・ディアス・ア・ウステッド)、テオトコプーロス」［スペイン語の会話。］

そう。そして二人はきっと最終的には、聖テレサと十字架の聖ヨハネとも同じような挨拶を交わすようになっただろう。

ひょっとすると、そうしたことはどこかの小さな店で起きたかもしれない。例えば、近所の薬局で。

後の二人はもちろん、どちらもまだ〝聖人〟とは呼ばれていなかっただろうけれども。

そう。あるいは十字架の聖ヨハネは当時まだ、〝十字架の〟とも呼ばれていなかっただろうけれども。

「ブエノス・ディアス、聖テレサ」、あるいは、「ブエノス・ディアス、十字架のヨハネ」、という挨拶は、いずれにせよ、ドラッグストアでの会話としてややぎこちないことは間違いない。

あるいは、たばこ屋の列に並んでいる間の会話としては。

とはいえ、こうした人全員は常に互いから等距離にいただろう。タッデオ・ガッディのアトリエにいた人々が互いから等距離だったのと同様に。当然のことながら。

ただし、彼らは今、間違いなく私からも等距離にいるのだけれども。今は単に私の頭の中にいるのではなく、このページの上にいるのだから。

たぶん。

だから、たとえ私がいきなり誰か別の、長い間頭に思い浮かべたことのない人、例えばそう、アルテミジア・ジェンティレスキのことを考えたとしても、同じ法則が当てはまるだろう。

今偶然に気付いたのだが、私は少し前におそらく勘違いをしていた。もう一つの、円の斜辺に関する法則を証明したのはゼノンだったと言ったときのことだ。

それを証明したのはアルキメデスだったかもしれない。あるいはガリレオ。

とはいえ、私が今本当に驚いているのは、そもそもアルテミジア・ジェンティレスキに触れずにこれだけたくさんの文章を書いてこられたということだ。

あるいは、女性の芸術家に。

実際、たばこ屋のカウンターなどで少しも戸惑いを覚えずに〝聖人〟と呼べるのは彼女くらいかもしれない。

だから、彼女も陵辱(レイプ)されたのだ。当然のことながら。

わずか十五歳で。

しかし、ああ、何という画家だろう。何年も前に、世界のひどい部分を見せられながらも。

しかも、陵辱(レイプ)事件が裁判になったとき、言葉の信頼性を問うために拷問まで受けながらも。

もちろん、教皇の一人はガリレオに、これまでに口にしたすべての言葉を撤回させることまでしたのだが。

他方で、私と生理との間にある互いからの距離は、やはりゼロのままだ。たぶん。

加えて、左肩の痛みと私との間にある距離も同様に。

ひょっとすると左肩の痛みに触れるのはこれが初めてかもしれない。

初めてではない。

しかし、前に触れたときには、覚えていることの一つとして言及しただけだ。実際、最近しばらくは痛みを感じていなかったから。

それはつまり、私の頭の中だけ、あるいはそれについて書き付けた紙の上にだけ存在するものの、また新たな一例だったということ。

今となっては、その二箇所のみならず、再び私の肩にも存在しているようだけれども。

たとえ、痛みがいかにして、実際に痛む部分のみならず他の二箇所にも存在しうるのか、私は少し頭が整理できていないとしても。

とはいえ、その可能性を厳密に確かめようとして相当な努力を費やしたようにも思える。

いずれにせよ、今朝起きたときには痛みがあった。

それは起こりうる。頻繁には起きないが、起きうる。

基本的にその痛みは、関節炎だと思う。

とはいえ、私は時々その痛みを、絵はがきをたくさん積んだランドローバーを運転して地中海に突っ込んだ午後と結び付けたくなる。たとえ当時は、大したけがではないと思ったとしても。

ところで、ランドローバーにあった絵はがきの多くには、見覚えのある絵画の複製が印刷されていた。

大半はモーリス・ユトリロの絵。

なぜかそれについてコメントをしたい気がするが、コメント自体は思い浮かばない。

よくよく考えてみると、もう一つの疑問の方は、やはり、サボーナ近郊での出来事や関節炎とはまったく関係がないかもしれないのだけれども。

あるいは、少なくとも現在の例については。

そんなことをここで言うのは、昨日、筋肉を痛めた可能性があるからだ。

どうしてそうなったかというと、地下室にいたときに錆びた芝刈り機をどかしたからだ。

地下室に行った話はしていなかったかもしれない。

私は階段を下りて地下室に行った。昨日。

当然、錆びた芝刈り機をどかす以外のこともした。錆びた芝刈り機をどかすだけのために、用事がなければめったに行かない地下室に下りることはないだろう。

とはいえ、芝刈り機をどかす作業は今でも、地下ですることの中でいちばん大変だ。

自転車も手押し車も、どれもどかさなかった。

地下室には自転車が数台と手押し車が一台あることは既に話したと思う。

野球のボールもいくつかあった。棚の上に。

私はボールもどかさなかった。ほぼ間違いなく、どかしたからといって肩を痛める結果にはならなかっただろうけれども。

実際、野球のボールをどかさなかった話を持ち出したのは愚かだった。

とはいえ、ひょっとすると芝刈り機をどかしたことも、特に何とも関係がなかったかもしれない。

ひょっとするとこのことにも既に言及したかもしれないが、この家の地下室はこの季節でもひどく湿度が高い。

実際、湿気の臭いがする。

そして実を言うと、私はかなり長い間地下室にいた。

だからひょっとすると、痛みは関節炎にすぎないのかもしれない。そして地下室の湿気のせいでひどくなっただけなのかも。

しかし他方で、実はことの始まりは泉だったのかもしれないけれども。地下室のことを考えるようになった前の日、パンティーを洗っていたときのことだ。

とにかく、痛みに関する限り、そんなあらゆる可能性に思いを巡らせるとき、人は最高に頭が冴えていると感じるものだ。

ところで、地下室へは、家の裏手の盛り土に囲まれたところを下りていく。既にこの話をしたかどうかは覚えていない。

今それに言及したのは、泉から戻るときに家のそちら側を見たに違いないからだ。そもそも地下室のことが頭に思い浮かんだのは、間違いなくそれが原因だ。

たとえ、地下室へ下りようとはまったく思わないままに家のそちら側を見たことが何度あろうとも。

だから実は、よく考えてみると、昨日もなぜ地下に下りたのかよく分からない。

実際に下りて何をしたかというと、八箱か九箱の段ボールに詰められた本を眺めた。

しかしながら、たまたま行った場所ですることは、そこに行った本来の目的とはほとんど関係がないことが多い。

だからひょっとすると、昨日地下に行ったのは特に何の理由もなかったのかもしれない。

八箱か九箱の段ボールに詰められた本の話はしたと思うけれども。

それは、家でなく地下にあることによって一度ならず私を困惑させた八箱か九箱の本だ。家の方にも、それを置く充分なスペースがあることを考えればなおさら。

実は、部屋の棚は多くが半分は空いている。

半分は空いていると言うとき、本当なら当然、半分は埋まっていると言うべきだけれども。なぜなら、誰かが半分埋めるまではおそらく完全に空だったのだから。

とはいえ、本棚がかつて完全に埋まっていた可能性だってなくはない。後から誰かが来て、本の半分を地下に移し、半分空になったのかも。

二番目の方が一番目よりも可能性が低そうだ。まったく考えられないとまでは言わないけれども。

いずれにせよ、この家にある本の多くがひどく傷んでいるのは、そんな棚の現状が原因だ。

例えば、ルバート・ブルックの伝記。あるいはアンナ・アフマートヴァの詩集。あるいはマリーナ・ツヴェターエワの。

ひょっとして、棚にもっとたくさん本があって、斜めになっている本が少なければ、これほど多くの本が潮風で傷む可能性は低かったかもしれない。

しかしながら、追加の本を地下に置いた人物は、この点を考えなかったようだ。

とはいえ、ひょっとすると、追加の本が地下に残されているのには同様に何か重要な理由があったのかもしれない。

ひょっとすると、実は結局のところ、まさにその理由に関する好奇心から、八箱か九箱の本を見るために地下室に下りたのかもしれない。

たとえ、実際には八箱か九箱の本を見なかったのだとしても。

私が見たのは、八箱か九箱のうちの一つだった。

実を言うと、なぜ自分が八箱か九箱と言い続けているのかもよく分からないのだけれども。

地下室には十一箱の本がある。

もちろん、このような状況においてはしばしば、同様の不正確な見積もりをしがちだ。

そして実際、間違いに気付いた後もしばらく、それが頭に残ることがある。

私が先ほどその実例を見せたように。

ちなみに、地下室の本はすべて、湿気独特の変な臭いがする。

どんなふうに描写すべきなのかは分からないが、本独特の湿気の臭いだ。

あるいはいずれにせよ、私が以前開けた一つの箱に入っていた本については間違いなくそうだった。

昨日また開けたのも同じ箱だ。

ひょっとすると、以前一つの箱を開けたことはまだ話していなかったかもしれない。

しかしながら、海辺にある家の地下室に、本の入った十一個の箱があると言うのなら、中身を知るために当然少なくとも一つの箱を開けているはずだ。

実を言うと、そんなふうに十一個の箱について語る前には、間違いなく十一個の箱すべてを開けているはずだ。

だから、私の推論は実際には、非常に限られた証拠に基づいている。

本当のことを言うと、私はこの問題自体にあまり深い関心がないのだけれども。

実際、昨日、錆びた芝刈り機をどかしてその同じ一箱をまた開けたのは、ほとんど時間つぶし程度のことだったかもしれない。

既にほのめかしたように、そこにいる理由が何一つないのに地下室にいることに気付いた段階で。

結局のところ、精神状態が違っていれば、野球のボールを動かしていたかもしれない。

そしてその場合にも、私の肩は今の感触のようにはなっていないだろう。

しかしながら実際、今回はちゃんと本をチェックした。箱を開けたときにはしなかったことだ。

いずれにせよ前回は、その前に芝刈り機をどかしていなかったので、その気になったとしても本を詳しく見るのは難しかっただろう。

とはいえ、あのときは、箱に何が入っているかを知りたかっただけだった。

昨日は箱から本を出した。

一冊を除き、すべての本が外国語で書かれていた。

実は大半がドイツ語。全部ではないけれども。

ドイツ語でなかった、そして他の外国語でもなかった唯一の本は、ギリシア語から英語に翻訳されたエウリピデスの『トロイアの女』だった。

ギルバート・マレー訳。

翻訳したのはギルバート・マレーだと思う。

実を言うと、確認はしなかった気がする。

しかし、ギリシアの劇は多くがギルバート・マレーによって翻訳されたのは確かだ。

実際、この話は既にしたように思う。

とはいえ、ひょっとすると結局のところ、私がその翻訳書にもっと注意を向けなかったのは驚くべきことかもしれない。私が一言でも読めたであろうのは箱の中で、ただその一冊だったのだから。

実はスペイン語も読めるのだけれども。

あるいはひょっとして、かつてはスペイン語が読めたと言うべきかもしれない。何年も前から使おうとしたことがないので。

そして実を言うと、昔もそれほど上手にスペイン語が読めたわけではない。

箱の中にあったうちの二冊はスペイン語で書かれていた。

その一冊は、『万人の道（*The Way of All Flesh*）』［Fleshには「人間、肉体」の意味がある。］の翻訳だった。

実際、考えてみると、そのことを認識するのにはかなりの困難があった。

その理由は基本的に、〃カルネ（carne）〃という語がタイトルに使われていて、少しの間、〃カルネ〃は〃肉〃の意味だと考え続けていたからだ。

『万肉の道』というのは間違いなく、あまり人が本のタイトルに使いそうな言い回しではない。

しかしながら、本の著者がサミュエル・バトラーだと気付いた途端に、困難は消えた。

『万人の道』という本を既に書いているはずの人物が、その後『万肉の道』という別の本を書くことはなさそうだ、と考えるのは当然のことだ。

あるいは、その言明の逆も。

しかし、少しの間とはいえ、混乱したことは認めざるをえない。

スペイン語で書かれたもう一冊は翻訳ではなく、同言語で書かれたものだった。それはソル・フアナ・イネス・デ・ラ・クルスの詩集だった。

ソル・フアナ・イネス・デ・ラ・クルスという人物についても、既に言及した気がする。

そう思う理由は、ソル・フアナ・イネス・デ・ラ・クルスはメキシコ人で、かつて私がメキシコに暮らしていたことについては既に話したというかなりの自信があるからだ。

メキシコに暮らしていると、メキシコ詩人たちの名前を自然に覚えるものだ。たとえ、彼らが詩を書いた言語が読めなくても。

実際、ある言語が上手に読めない場合、一般的に、その言語で書かれた詩はもっと読めない。

とはいえ、マルコ・アントニオ・モンテス・デ・オカの詩を読もうとかつて努力したことがあるのは本当だ。たとえその主な理由が、詩人の名前に魅了されていたというだけのことだったとしても。

口に出して発音すると、記憶に残る響きがあるのは確かだ。

マルコ・アントニオ・モンテス・デ・オカ。

他方で、名前の後半が意味するところは、〝鵞鳥(がちょう)の山〟ということのようだ。

ソル・フアナ・イネス・デ・ラ・クルスにも間違いなく独特な響きがあるけれども。ソル・フアナ・イネス・デ・ラ・クルス。明らかに、〝十字架のシスター・フアナ・イネス〟というのが翻訳だ。

もちろん、〝シスター〟という部分からも尼僧であることが分かる。たとえ今この瞬間まで、もう一つの結び付きについて考えたことがなかったとしても。

というのはつまり、十字架のソル・フアナ・イネスと十字架の聖ヨハネとの結び付きのことだ。

ひょっとすると結び付きがあるのかもしれない。とはいえ、カトリック教会と何らかの関係を持つ人物は皆、〝十字架の〟と呼ばれていて、二人の間にあるただの偶然の一致について、突然私が考えを巡らせているだけなのかも。

もしもそのような問題にもっと興味があれば、〝十字架の〟と付く何人もの人物について思いを巡らせるであろうことは確かだ。

ついでに言うと、再び今、アルテミジア・ジェンティレスキのことを思い出したのは何の話をしたのが原因なのかということもまったく分からない。

たとえ、数ページ前で触れたように、ずっと彼女に言及することなくそこまでたくさんの文章を書いてこられたことに驚いたのだったとしても。

もしも死後の世界というものを信じるなら、アルテミジアはおそらく、あらゆる女性芸術家が自ら命を絶ってでも会いたいと思うただ一人の人物だろう。

たとえ、彼女が読み書きを学んだことがなかったとしても。

あるいは、ひょっとしてアルテミジアなら、絵画があればそれで充分だっただろうか。

今のは馬鹿げた質問だった。

とはいえ、アルテミジア・ジェンティレスキに対して人が抱く気持ちをよく表しているかもしれない。

女性芸術家連合。

盲目になったもう一人の人物、ガリレオのことを今思い出したのはなぜかということも、さっぱり見当が付かないのだけれども。

ガリレオの場合、あまりにも頻繁に望遠鏡で太陽を見すぎたのが原因だろう。あるいは一般にそう言われている。

しかし、今度はその話で、大昔にソーホーでパレットとして使っていた、ひびの入った細長い板ガラスのことを思い出したのは一体全体どうしてだろう。その前にはエスターおばさんがコーヒーテーブルの天板に使っていたあのガラス。

あるいは、ある野球選手にちなんで名付けられた病気のことを。

人間の思考はどうしてこんなふうにあちこちに飛ぶのかを理解するためなら、私はほとんど何でもするだろう。

実はエスターは父方のおばだった。

私は今、小種紅茶（スーチョン）を淹れた。

再びタイプライターに向かう前に二階に上がり、ベッド横のテーブルの引き出しから額入りのスナップ写真を出した。ほんの少しの間だけ。

しかし、そのテーブルの上には戻さなかった。

箱の中には、マルコ・アントニオ・モンテス・デ・オカの本もなかった。そんな印象を与えてしまったかもしれないが。

他方、マルティン・ハイデッガーの書いた本は七冊もあった。

もちろん、タイトルをここに記すことはできない。もう一度地下室に行ってドイツ語を書き写さない限りは。私がそんなことをするのは間違いなく無意味だが。

私が〝無意味だ〟と言うのは、いずれにせよドイツ語は一語も理解できないという意味だ。

しかしながら、現存在（ダーザイン）という単語は私の目に留まった。ほとんどどのページを開いても、その単語が使われていたようだったから。

他方で、マルティン・ハイデッガー自身について知っていることは、ソル・ファナ・イネス・デ・ラ・クルスと同じ程度でしかない。

ただし明らかに、現存在（ダーザイン）という単語にこだわりを持つ人物であることは分かったけれども。

とはいえ、マルティン・ハイデッガーのような人自身の著作はほとんど読む機会がないのに、読書をしているときにマルティン・ハイデッガーの名前には頻繁に出くわすものだ、ということは既に言ったと思う。

少なくとも、もしも人に読書の習慣があれば、おそらく今でも事情は変わらないだろう。既に言ったように、私は読書をしなくなったけれども。

私は実際、最後に読んだ本のことを思い出せない。たとえそれが時に、ブラームスの伝記だったように思えたとしても。

しかしながらやはり、さまざまなことを考え合わせると、ブラームスの伝記を読んだという確証はない。

実際、今この瞬間に思い浮かんだのだが、ブラームスに関する私の知識はすべて、レコードジャケットの裏面から得たのかもしれない。

ひょっとすると、レコードジャケットの裏に書いてあることを読むという話は今回が初めてかもしれない。

しかし、私には実際、そんな習慣がある。

あるいはいずれにせよ、〝あった〟と言うべきかもしれない。というのも基本的に、本と同じだけ長い間、レコードジャケットの裏を読んでいないということはかなり確かに断言できるからだ。

実際、この家にはレコードがない。

ついでに言うと、レコードプレーヤーもない。

実際、初めてこの家に来たとき、私はそのことに驚いたかもしれない。最初にそう思ったとしても、それ以来、何も考えたことがなかったけれども。

これもまた既に言ったように、いずれにせよ、荷物を捨てて以来、音楽をかけたことはない。〝荷物〟と呼んだ中には、レコードプレーヤーのようなものを動かす発電機のようなものも入っていたから。

とはいえ、私が頭の中で聞いている音楽はすべてその例外だ。

あるいは、イグニションキーを回したときにたまたまテープデッキがオンになっていた車の場合も。

そうした状況でヴィンチェンツォ・ベッリーニを歌うキャスリーン・フェリアの声を聞くのが、意識的な決断によって、ヴィンチェンツォ・ベッリーニを歌うキャスリーン・フェリアの声を聞くのと大きく異なるのは明らかだ。

とはいえ、急に今、ブラームスについて自分が知っているいくつかの事柄がやはりレコードジャケットの裏に書かれていなかったのではないかと思わざるをえない気がしてきたけれども。

例えば、ジャンヌ・アヴリルやキャサリン・ヘップバーンとの情事の話とか。

あるいはついでに言うなら、すぐに五線紙が手に入らないときベートーベンが家の壁に楽譜を記すことがあった話も、どうして私が知っているのか。

あるいはジョージ・フレデリック・ヘンデルが、アリアを楽譜通りに歌おうとしなかったソプラノを窓から放り出そうとした話を。

あるいは、チャイコフスキーが初めてオーケストラを指揮したとき、頭が転げ落ちそうな気がしたため、演奏中ずっと片手で頭を押さえ続けた話を。

あるいはまったく違うレベルの話で、ブラームスが子供のいる家庭を訪れるときにはいつも、子供に与えるためにポケットにキャンディーを忍ばせていたということを、わざわざレコードジャケットに書く人がいるだろうか。

レコードジャケットに、ブラームスが何度もキャンディーを与えていた子供の一人はルートヴィヒ・ウィトゲンシュタインだった可能性が高いなどと書く人はいないだろう。

ブラームスが何度もキャンディーを与えていた子供の一人はルートヴィヒ・ウィトゲンシュタインだった可能性が高いという話をするのは、ひょっとするとこれが初めてだったかもしれない。

しかしながら、誓って言うが、ルートヴィヒ・ウィトゲンシュタインが幼かった頃に、ブラームスがウィーンのウィトゲンシュタイン家を頻繁に訪れていた。

だから、ブラームスが子供のいる家庭を訪れるときにはいつも、子供に与えるためにポケットにキャンディーを忍ばせていたことが知られているというのが事実なら、彼がキャンディーを与えていた子供の一人がルートヴィヒ・ウィトゲンシュタインだった可能性が高いことは間違いない。

実際、ずっと後年になって、素敵な贈り物をするのにたくさんのお金は要らないが、時間はたくさんかかるとウィトゲンシュタインが言ったとき、彼の頭にあったのはそのことだったかもしれない。

私が言いたいのはつまり、ウィトゲンシュタインが贈り物をしたい相手が子供だったなら当然、ブラームスが普段していたのと同じ方法でその問題に対処しただろうということだ。

しかし普通なら、バートランド・ラッセルやアルフレッド・ノース・ホワイトヘッドに与えるためのキャンディーをポケットに入れてケンブリッジ周辺を歩くことはない。

ウィトゲンシュタインが昨日、地下室で私と一緒にいて、現存在（ダーザイン）の説明をしてくれたらよかったのに、とは思うけれども。

あるいはあの日の朝、目が覚めたときに私の頭にあったブリコラージュという言葉を説明してくれたらよかったのに。

あるいは同様に、そのすぐ後に百回くらいつぶやいたはずの、〝世界はそこで起きることのすべてだ〟という文についてでも。

その言葉の意味がウィトゲンシュタインには分かるはずだと一般には信じられているが、実際の彼にそれだけの知性が備わっていたのなら、ぜひ。

とはいえ、ウィトゲンシュタインについて書かれた別の文章によると、彼がものを考えるときは非常に熱がこもっていたので、その様子が実際に目に見えたらしい。

それに私なら、彼にそこまでの負担を掛けないだろう。

この話をしている間になぜか、やはり、マルティン・ハイデッガーについて知っていることが一つあるのを思い出したけれども。

実を言うと、なぜそれを知っているのかは分からない。どこかの注釈で見かけたというのは間違いないのだけれども。私が知っているのは、フィンセント・ファン・ゴッホが実際に履いていたブーツをマルティン・ハイデッガーがかつて所有していたということだ。そして森に散歩に行くときに、それを履いていたということ。

ちなみに、これは事実だと私は確信を持っている。不安は存在の根本的様態だという言葉にずいぶん前に言及したが、あれはマルティン・ハイデッガーの言葉だったかもしれないことを考えると、なおさらだ。

たとえファン・ゴッホがいつも履いていたブーツと彼がかつて絵に描いたブーツが同じである可能性がわずかであるのは明らかだったとしても。

もちろんその日、靴下だけを履いた状態で絵を描いたのでなければ。

あるいは、もう一足別のブーツを借りていなければ。

さらにもう一度考え直してみると、私の頭にあったのはキルケゴールのブーツだったかもしれない。そしてそれを所有していたのがファン・ゴッホだったかも。

私は実は、めったに脚注を読まない。

一つにはそれが年のせいであることは間違いないけれども。年を取るとある種の事柄が区別できなくなることがあるから。

それに今では、ホルモンの問題もあるかもしれない。人生の転換期という問題も。

実際、この話の全体が、パスカルの椅子に誰かが座るという話と結び付いているのかもしれない。

実は今言いたかったのは、箱にあった別の本に記されていたいくつかの著者名になじみがあったということだ。マルティン・ハイデッガーが書いた七冊以外に。

例えば、ヨハネス・キーツ。

『アンナ・カレーニナ』の翻訳もあったけれども。だとすると、私が認識できたのはタイトルそのものだ。

というのも、ドイツ語のタイトルがたまたま英語のタイトルと実質的に同じだったからだ。

しかし、これに関連して興味深いのは、もしもその本が原著で、翻訳されたものでなかったなら、私にはタイトルの意味がまったく分からなかっただろうということだ。

ロシア語が一単語も読めないと人が言うときには、明らかに、ドイツ語が一単語も読めないというときよりももっと本当のことを言っている。

ドイツ語の場合、実質的に二語に一語はブロンテ(Brontë)みたいに見えるけれども。あるいはデューラー(Dürer)。

しかし、どう頑張っても正体を確かめられない本も箱の中にはあった。

というのはつまり、タイトルの意味が分からず、作者の名前にも見覚えがない本もあったということだ。

しかしながら、そのいずれもが、英語から翻訳された本でなかったことは間違いない。英語圏の作家ならいちばんなじみがあるはずだから。だからきっと、最初からドイツ語で書かれた本だろう。

とは言っても、ドイツの作家になじみがないというわけではない。

例えば、フリードリッヒ・ニーチェには間違いなくなじみがある。

あるいはゲーテ。

私がこれらの作家になじみがあると言うとき、それは必ずしも、ことさらよく知っているという意味ではないのだけれども。

実を言うと、彼らになじみがあると私が言うとき、それは必ずしも、彼らが書いた言葉を一つでも読んだことがあるという意味でさえない。

なじみがあるというのは実はせいぜい、レコードジャケットの裏面の文章を読んだことがあるという程度のことだ。

例えば、リヒャルト・シュトラウス作曲『ツァラトゥストラはかく語りき』の裏のように。

あるいは、『アルト・ラプソディ』のジャケットの裏。

ひょっとすると、『アルト・ラプソディ』のジャケットの裏の話をするのは、『ツァラトゥストラはかく語りき』のジャケットの裏の話をするのに比べて、関連が薄いように見えるかもしれない。

しかしながら、もしも『アルト・ラプソディ』のジャケットの裏を読んだことがなければ、私は『アルト・ラプソディ』がゲーテの詩を下敷きにしているという事実を知らずにいただろう。

とはいえ、私はベルリオーズの『ファウストの劫罰』のことも忘れたわけではない。

あるいはグノーの『ファウスト』。

あるいはリストの『ファウスト交響曲』。

たとえ今、私がまた知識をひけらかしているように見えたとしても。

いずれにせよ、ドイツの作家の名前が分からなかったと言ったことには、決して彼らをおとしめる意図はなかった。

ひょっとすると、そうした作家の中にはドイツで非常に有名な人が何人も含まれていて、私が読書をやめた頃までにその潮流が私のところに届いていなかったというだけのことかもしれない。

あと二、三年読書していればきっと、私はその名前の多くを聞き知っていただろう。

とはいえ結局のところ、私が箱から取り出した本を書いた人の一部はドイツ人ではなかったかもしれない。私が知らないフランス人作家の名前も、ドイツ人作家に劣らず多いから。あるいはイタリア人作家も。

実際、スペイン語で書いた作家についても同じことが当てはまるかもしれない。

実を言うと、ソル・フアナ・イネス・デ・ラ・クルスの名を耳にしたのも、間違いなくただの偶然だ。あるいは、マルコ・アントニオ・モンテス・デ・オカの名も。

その上、私は二人の名前を聞いた後も、その名前に独特な響きがなければ、きっと再びすっかり彼らのことを忘れていただろう。

だから結局のところ、ドイツ人作家に謝る必要はなかったのかもしれない。

ところでフランツ・リストは、バッハとクララ・シューマンとともに、『愛の調べ』という映画に出ていたもう一人の人物だ。

今の話はことのついでに触れただけだ。

あるいは、リストの話が出たから。

いまだに私の頭に引っ掛かっているのは、ウィトゲンシュタインがものを考える様子が実際どんなふうに目に見えたのかという問題なのだけれども。

他方で、思考というのは明らかに哲学者がすることなのだとしても。

だから、多くの哲学者がそんなふうだった可能性が高い。ひょっとすると、ゼノンに至る歴史上すべての哲学者が散歩するたびに、周囲の人間に彼らが思考しているのが見えたという可能性もある。

実際、ひょっとすると、この上なく無意味な問題しか彼らの頭にないときでも、そんなことが生じたかもしれない。

もちろん、この上なく些細な問題が時に存在の根本的様態になりえないとは言えないけれども。

とはいえ、私が言いたいのは、ウィトゲンシュタインが非常に熱を込めて思考していると周囲が思っていたときに、実は彼の頭にあったのは単にカモメのことだったかもしれないということだ。

私が言っているのは、彼の家の窓辺に毎朝、餌をもらいに来たカモメのことだ。彼がアイルランドのゴールウェイ湾（ベイ）の近くに暮らしていた時期に。

ひょっとすると、ウィトゲンシュタインが家の窓辺に毎朝、餌をもらいに来るカモメをペットにしていた話をするのはこれが初めてだったかもしれない。

あるいは、彼がアイルランドに暮らしていた時期があるという話も。

あるいはむしろ、誰か別の人がカモメをペットにしていたという話をしたような気がする。まったく別の場所で。

誓って言うが、カモメをペットにしていたのはウィトゲンシュタインだ。場所はゴールウェイ湾（ベイ）。

ちなみに、ウィトゲンシュタインは楽器も演奏した。

そして時には彫刻もした。

私は自分がウィトゲンシュタインについてこの二つの事実を知っているのがうれしい。

実際、彼がかつてある修道院で庭師として働いたことがあるということを知っているのもうれしい。

そしてかなりの額のお金を相続したが、それをすべて手放したことも。

実際、私はきっとウィトゲンシュタインに会っていれば、きっと彼のことが好きになっていただろう。

そのお金を手放そうと決意したとき、お金を持っていない他の作家を援助するように手配したことを考えると、とりわけそう思う。

例えば、レイナー・マリア・リルケを。

実を言うと、今度、町に出掛けて本屋に入ったら、やはり、ウィトゲンシュタインの書いた本を探してみようと思っている。

ところで、ゴールウェイ湾(ベイ)という言葉は、単にページの上で見るよりも、口に出して発音した方がずっと素敵に感じられる。

単にページの上で見るとき、その単語が音を持たないことは間違いない。

考えてみたら、マリア・カラスというような語も、単にページの上で見るだけでは音を持たない。

あるいは、『ランメルモールのルチア』も。

うむ。では、赤い薔薇とタイプしたとき、薔薇は一体何色だったのか。

いずれにせよ以前は、実際、カモメに名前を付けるなどという考えは思い浮かんだことがなかった。

ゴールウェイ湾(ベイ)。カディス。コモ湖(レイク)。パンプローナ。レスボス。ボルドー。

ショスタコーヴィチ。

ああ。私は今、砂丘に行ってきた。

小便の間、アラビアのロレンスのことを考えた。

しかしながらこれは、小便とアラビアのロレンスとの間に何らかの関係があることを意味するわけではない。

実を言うと、アラビアのロレンスのことを考えた理由は、箱から出した本の中にもう一冊だけ私に認識できるものがあって、それがアラビアのロレンスの伝記だったということだ。

その本が認識できたのは、たまたま、アラビアのロレンスの名前が引用符にくる形で英語のまま記されていたからだ。

実を言うと、いずれにせよ、アラビアのロレンスの伝記だと認識できていたかもしれない。というのも、その本にはアラビアのロレンスの写真も載っていたからだ。とはいえ、アラビアのロレンスの伝記だと推定した後で、初めて写真に気付いたのだが。

しかしながら、いったん写真に気付くと、それを推測が正しかった証拠として受け止めて喜んだのだけれども。

ちなみに、アラビアのロレンスはピーター・オトゥールにあまり似ていなかった。何枚かの写真には、ピーター・オトゥールと同じ格好で写っているけれども。

当然のことながら今の話は、アラビアのロレンスを描いた映画に登場するピーター・オトゥールのことだ。

アラビアのロレンスを描いた映画に登場するピーター・オトゥールを見たことがあるという話は既にしたと思う。

他方で、アラビアのロレンスはピーター・オトゥールにあまり似ていなかったと私が言うとき、アラビアのロレンスが実際にどんな風貌をしていたかまったく知らないということも言っておくべきかもしれない。

先ほど言ったように、昨日初めて、アラビアのロレンスの写真を何枚か見たのも確かだけれども。

とはいえ、昨日見た写真がアラビアのロレンスのものだったと私が言うとき、それ自体がまた、新たな推測の一つにすぎないのかもしれない。

写真に添えてあったキャプションは当然、意味が分からなかった。

それゆえ、私の推測は基本的に、写真の人物が、アラビアのロレンスを描いた映画に登場するピーター・オトゥールと同じ格好をしていたという事実に基づいている。

にもかかわらず、結局のところ、写真の人物がアラビアのロレンスでない可能性もやはり考えざるをえない。

あるいは、その本自体がアラビアのロレンスの伝記でなかったという可能性も。

そのいずれかの可能性が非常に高いとは考えにくいが、にもかかわらず、どちらの可能性も残る。

タイトルの残りの部分と実際の本の言葉はすべてドイツ語だったのだから、誤解の余地がいくらか存在していることは確かに否定できない。

よく考えてみると、本の中の言葉すべてが実際にドイツ語だったわけではないのだけれども。

アラビアのロレンスの名前以外にも、いくつかの名前が同様に英語で記されていた。

いくつかの名前が英語で記されていたと人が言うとき、それが実際には単に言い方の問題であることは間違いないのだけれども。

ドイツ語で書かれた本を読んでいる人が、例えばウィンストン・チャーチル、あるいはT・E・ショーという名前に出くわしたときに手を止め、〃私は今、ドイツ語を読んでいるけれども、ウィンストン・チャーチルとT・E・ショーは英語だ〃と思ったりするわけではない。ウィンストン・チャーチルが英語の名前ではないと考えるのはひょっとすると愉快かもしれないけれども。

しかし基本的に、人はそんなふうに思ったりはしない。

私がギリシア劇の翻訳を読んでいたときに、例えばクリュタイムネストラ、あるいはエレクトラという名前に出くわすたびに手を止め、〃私はギルバート・マレーの翻訳した劇を読んでいるが、クリュタイムネストラとエレクトラの名前はギリシア語だ〃と思わなかったのと同じことだ。

まったく違うレベルの話として、当然のことながら、もう一つの方の名前がまた私の心を騒がせ始めたけれども。

あるいは少なくとも、T・E・ショーと呼ばれる人について考えた後で、彼には、単に『オデュッセイア』を翻訳したギルバート・マレー以上のことをしていてほしいとしばしば思う程度には。

今となってはもちろん、彼も何らかの形でアラビアのロレンスと結び付いていると推測しても間違いないのだろうけれども。

彼の名前がいずれかのキャプションに登場していれば、少なくとも彼の姿を確認することもできていたかもしれない。それで問題が解決するわけではないけれども。

しかしながら、写真はいずれもアラビアのロレンスのものばかりだった。

とはいえ、ほとんど知らない人についてずっと考え続け、しばらく後に本でその名前を見つけるというのが興味深い偶然であることは否定しがたい。たとえ、名前を見つけた本の意味がまったく分からないとしても。

そして少なくとも今は、彼が野球選手でなかったことはかなり確かに思える。私はかつてそう思っていたかもしれないけれども。

少なくとも映画の中では、アラビアのロレンスと野球との間に何の関係もなかったことは確かだ。あらゆることを考え合わせると、T・E・ショーというのはかつてアラビアでアラビアのロレンスと戦った一人だという可能性が高い。映画の中にアラビアの場面がたくさんあったのを私は覚えている。

ついでながら、〝と戦った〟と私が言うとき、〝と一緒に戦った〟という意味だとはっきり言うべきなのかもしれない。〝誰かが誰かと戦った〟と言うとき、その人物はその人物を相手にして戦ったという意味であることも多いのだから。

だから、例えば別の映画で私が観たように、マーロン・ブランドとベニート・フアレスがメキシコにいたとき、〝一方が他方と戦った〟と言って、しかもその意味は、〝T・E・ショーはアラビアでアラビアのロレンスと戦った〟というのと正反対ということがありえる。

しかしながら、なぜか奇妙なことにこのような場合、言いたい意味は大体伝わるようだ。

ちなみに、アラビアのロレンスはアラビアに行ってしばらく時間が経つまでは当然、〝アラビアの〟とは呼ばれなかっただろう。

そして今突然頭に浮かんだのだが、他方で、ロジオン・ロマーヌイチのような名前が頻出するある種の翻訳を読んでいるとき、ふと手を止めて、〝これはやはり英語の名前ではない〟と考えることもありえる。

あるいは、翻訳する人が奇妙な綴りを使うときも。例えば、クリュタイムネーストラー。

あるいは、エーレクトラー。

しかしその一方で、箱にあった本の中で唯一認識できた本がアラビアのロレンスの伝記だったと書いたときに書かなかったのは、それが本から出した最後の本だったということだ。

なぜそんなことを指摘する価値があると私が考えるかというと、ある本が箱から出した最後の本だったと言うときはほとんど必ず、それが最初に箱に入れた本でもあったと言っているのと同じことになるからだ。

そして一般的に、ある特定の本が最初に箱に入れられるのは、入れられる本の中でたまたまそれがいちばん大きいからだ。

実を言うと、これは実質的に一般的な法則だと考えられる。いちばん大きな本の前に他の本を箱に入れると、最終的にどうしても、いちばん大きな本が入れられなくなるのだから、ほとんど絶対的な法則と言ってもいい。

だから、私が実際に指摘する価値があると言うべきだったのは、私は昔からこのことがさっぱり理解できないということだ。

本をどんなやり方で詰めようとも、箱の中には同じスペースしか存在しないのは確かだ。

しかしながら、試しに、いちばん大きな本を最初に入れずに、本を箱詰めしてみるといい。

実際、考えてみると、これに関してはアルキメデスかガリレオが非常に驚くべきことを証明していたかもしれない。証明した方法は、どうしたわけか、本を箱にでなく、バスタブに入れるというやり方だったけれども。

彼らが本をバスタブに入れたのは、彼らが持っていたアラビアのロレンスの伝記もまた、箱の隅に入らなかったからだ。そもそもそれが原因で、アルキメデスかガリレオは実験をしようと考えたのだ。

他方で、同じ実験を自分でしようと思ったとき、バスタブの中にどれだけの水が必要なのか、もはやまったく見当が付かない。

残念なことに、科学は一般に、年を取ると忘れやすい科目だから。

逆に、ようやく今になって思い浮かんだのは、その八箱か九箱の本が最終的に地下室に置かれた理由だ。それもまた一度ならず頭を悩ませた問題の一つだと既に言ったことがあると思う。

ほぼ間違いなく、この家に暮らしていた人は全員、今の私と同様に、大半の外国語の意味が分からなかったに違いない。

やれやれ。あの現存在（ダーザイン）という単語を目にするのはうんざりだ、しかも意味がさっぱり分からないし、と、そうした人の一人が最終的にさじを投げる姿が容易に目に浮かぶ。

あるいは、やれやれ、『万肉の道』というタイトルに見えるくだらない本を目にするのはうんざりだ、と。

本は階下に運ばれる。厄介な物は一つ残らず。

ただしこの考え方では、なぜ『トロイアの女』の翻訳がそこに含まれていたのかが説明できない。確かに、単なる見落としとして無視することも可能だけれども。

考えてみると、八つか九つの箱を本でいっぱいにするのは意外に難しそうだ。

実際、十一個の箱を本でいっぱいにするのはもっと難しいだろうけれども。

しかし他方で、同じ想定によってもう一つの疑問が解けるような気がする。それはつまり、この家の棚が半分空いているのか、それとも半分埋まっているのかという問題だ。それについて、もう頭を悩ませる必要がないとなるとうれしいことは確かだ。

たとえその次に頭に浮かぶのが、地図帳の問題だとしても。その件についてはまだまったく頭が整理できていない。

実を言うと、ここしばらく地図帳のことに触れていなかったのは間違いない。

しかしながらそれは、私が地図帳のことをずっと考えていなかったという意味ではない。

私が地図帳のことをずっと考えていたのは基本的には、地図帳が常に寝かす形で置かれていたことが原因だ。棚よりも背が高いのがその原因だと私は既に指摘したと思う。

当然、本棚を作るときに背の高い本のことを考えなかった人は、昔からずっと存在していただろう。

しかし私が今言おうとしているのは、それとまったく同じ理由で、この家の中に美術の本が一冊もないのではないかということだ。これもまた、私が頭を悩ませている問題の一つだと既に述べたことがある。

明らかに、美術の本は普通、かなり背が高い。

だからといって実際、かつて棚の上に外国語の本と同じ数だけ美術の本があった可能性は皆無だと誰が断言できるだろうか。そして結局、読めない本だらけの家にうんざりするばかりか、寝かす形で置かざるをえない本だらけの家に飽いたのではないか。

本は階下に運ばれる。厄介な物は一つ残らず。

それはつまり、箱の中にはドイツ語で書かれた本と同じくらいたくさん美術の本がある可能性が高いということだ。そして私が開けたのは、それに気付くのに適さない箱だっただけ。

実を言うと、地下室の本は残り全部が美術の本ということさえありえなくはない。

私がたまたま開けた箱にそんな本がなかったというだけでは、決してその可能性が排除されないことは確かだ。

実際、今この瞬間、階下に行って確かめることもできる。

しかも、考えてみるとあの芝刈り機をどかす必要もない。どかした後に元に戻さなかったから。

私は階下に行って確かめてくる気はない。

今この瞬間も、他のどの瞬間も。

とりわけ、そもそも昨日、なぜ地下室に行ったのかという疑問を解く手掛かりが得られない限りは。

たとえ昨日、私が地下室には行かなかったとしても。

実を言うと、今は明後日だ。

あるいは、その次の日という可能性が高い。

しかも雨が降っている。

実は、赤い薔薇を捨てた日の朝からずっと雨が降っている。そのことも私は書かなかった。

〝も〟というのはもちろん、日にちの経過について書かなかったという意味だ。

についても。

日にちの経過を明示することもしないこともあるということは、しばらく前に明示したと思う。

ひょっとすると、地下室に行った翌々日に雨が降りだしたのかもしれない。

地下室に行った翌々日の前日には、私はまだタイプを打っていた。

と思う。

いずれにせよ、私が書かなかったもう一つのことは、初日の雨で窓が割れたということだ。

あるいは、その原因は風だったかもしれない。その日の夜の。

そんなことは起こる。

ああ、何てこと、階下の窓が一つ、風のせいで割れたわ、と私は思ったに違いない。

それは当然、ガラスの音を聞いた直後だっただろう。

そして二階にいたときだっただろう。

実際、雨がまだいくらか入ってきている。もはやたくさんではないが、いくらか。

実は結局、風はすぐにほとんどやんだ。

だから今、温かな雨がしとしとと降っていると思うと少し心地よくさえ感じられる。

結局のところ、肩の痛みはやはり関節炎だったと納得したけれども。

おそらく足首の痛みも同じだろう。

ここしばらく、足首のことには触れていなかったかもしれない。

私が今言っているのは、九フィートのキャンバスを持ってエルミタージュの中央階段を上がっている途中で思いがけず生理になって骨を折った足首のことだ。

とはいえ、骨を折ったのではなく、くじいただけだったかもしれない。

にもかかわらず、翌朝にはいつもの二倍に腫れ上がっていた。

階段の途中まで上った次の瞬間、私はイカロスになりきっていた。

ひょっとするとその原因は風だったのかもしれない。その頃には、美術館の窓の多くが自然に割れていたから。

私は当然立ったまま太ももを閉じようとして、その直前に体勢を変えていたけれども。

同じ瞬間、四十五平方フィートのキャンバスを持って石の階段を上がっていることを忘れて。

そして当然、前触れと思われるものは何もなしにそうした事態が生じた。

数日前から体調がおかしくなっていたのは間違いないけれども。私はいつものようにそれを他のことのせいにしていたのだろう。

いずれにせよ、私が言いたいのは足首のことだ。

そしてそれ以外の点では、先ほど言いかけたように、雨のことはまったく気にならない。

ただしひょっとすると、夕日が見られないのは残念かもしれない。

実を言うと、私は基本的に雨を無視するという態度を取っているけれども。

雨の中を歩くことで、私はそれを実践している。

ところで、先の二文がおそらく矛盾しているように見えることは、私も気付いている。

実際には矛盾していないけれども。

人は、その中を歩くことによって心地よく雨を無視できる。

逆に、雨が降っているから外を歩けないというときは、雨を無視し損なっている。

例えば、何てことかしら、この雨の中を歩いたらびしょ濡れになってしまうわ、などと言えば、間違いなく、雨を無視していることにはならない。

とはいえ、外に出るときに着る服を持っていなければ、奇妙な形ではあるが、雨を無視することが容易になるのは確かだ。

あるいはパンティーだけという場合。

実を言うと、散歩に行くことを決断するたびに正面のデッキでパンティーも脱いでいるけれども。

いずれにせよ、散歩に行くか行かないかをデッキで考えている間に、既にずぶ濡れになったことは間違いない。

だから、そのときにはもう、パンティーを着けていようが脱いでいようがほとんど同じことだった。

ついでながら、これによって私がおそらく認めているのは、入浴の必要性も感じていたということなのだけれども。あるいは少なくとも、そうした機会の初回には。

普段はもちろん、泉で水浴びをする。いずれにせよ、今のような夏には。

ああ。ちなみに、永遠に続くように感じられ始めていた生理がやっと終わった。

そしていずれにせよ、体中に石鹸を付け、完全にそれが流れるまで雨の中を歩くというのは、実際、なかなか楽しい気晴らしだった。

その最中、少しの間、棒切れをなくした気がしたとしても。

しかし、後ろを振り向くと、棒は真っ直ぐに立っていた。

それはつまり、なくした心配をし始める前から既に、棒はなくなっていなかったということだ。言わば。

他方、そもそも雨の中で棒を使って何かを書こうとしても、それに何らかの意義があったとは思えないけれども。

いずれにせよ、同じ場所に戻ったとしても、私が今までに書いた言葉が一つでも残っているとは思えないが。

とはいえ、ひょっとすると結局のところ、伝言は書き終える前から消え始めていたと思うと興味深いかもしれない。

レオナルド・ダ・ヴィンチが『最後の晩餐』を描いていたときのように、と感じるのも的外れではない。

だが、私がレオナルドと似た気分を味わっていたとは思わない。

左手で書いていたとしても。

あるいは右から左へ。読み取るために鏡が必要になるような形で。

それはつまり、人が書いている文字よりも鏡に映った像の方が現実味があるということだ。

言わば。

ところで私は、ミケランジェロは生涯一度も風呂に入らなかったという話を既にしただろうか。

そしてベッドに入るときもブーツを履いたままだったという話を。

誓って言うが、ミケランジェロはあまり人が近くに座りたいと思うような人物でなかったというのは、美術史においてよく知られた事実だ。

よく考えてみると、実際この事実によって、メディチ家の人々が彼に立ち上がらなくていいと言い続けた理由に関して、今までの私たちの見方が変わってしまうかもしれない。

ついでに言うと、ウィリアム・シェイクスピア自身もひどく小柄だったけれども。このことについては既に一度述べた。

つまり、その種の事柄に立ち入るならということだ。

ついでに言うなら、細菌を発見した後のガリレオは、決して他人と握手をしようとしなかった。

もちろん、誰一人として細菌の存在を信じようとはしなかったけれども。たとえ、本当に見たのだとガリレオが言い張ろうとも。

彼が細菌を見たのは水の中だったと思う。

そして細菌は動くのだとガリレオは人々に言い続けた。

実際、それは科学の歴史において重要な瞬間となった。ミケランジェロが水に近寄ろうとしなかったことが美術の歴史において重要な瞬間になったのと同じように。

他方で、ガリレオが細菌を見つけた水が、アラビアのロレンスの伝記を最初に中に入れなければならないと証明した水と同じだったかどうか、もはや私には思い出せない。

そして、ずっと後になって考えてみると、決して誰とも握手をしようとしなかったのはルイ・パスツールだったかもしれない。

あるいはレーウェンフック。

実は、それがレーウェンフックだったという可能性について興味深いのは、彼がデルフト出身だということだ。

だから、彼が握手をしようとしなかった人物の一人はほぼ間違いなくヤン・フェルメールだったはずだ。

しかし残念ながら、レーウエンフックとデルフトを結び付けていた注釈には、フェルメールがそれを侮辱と受け止めたというような記述はなかった。

あるいは、カレル・ファブリティウスがどう感じていたかについての記述も。

ついでながら、エミリー・ブロンテはかつて非常に見事にキーパーの水彩画を描いていて、私はその複製を目にしたことがある。何の話をしたのが原因でこのことを思い出したのかさっぱり分からないけれども。

最初の加算機を発明したのがパスカルだと今思い出した理由も、同じくさっぱり分からない。あるいは、そんなことを知っている理由も。

私の頭は時々おかしくなるが今もまたそうなったのだ、というのが間違いなく唯一の説明だ。いつもと同じく。

実を言うと、雨が降りだす直前の夕日はようやく再び、ジョゼフ・マロード・ウィリアム・ターナーだったけれども。

ただしその次に思い出すのは、既に言及した、ジョン・ラスキンを有名にした逸話以外に、彼がよく夕日を見ていたという逸話も有名だということだ。

私がジョン・ラスキンに関するこの話を覚えているのは、夕日を見るべき時間になったら知らせてくれと実際に彼が執事に指示をしていたということが本当の原因だ。

誓って言うが、ジョン・ラスキンはかつて、日没を知らせるように執事に指示していた。

ラスキン様、日没でございます、と執事はきっと言っただろう。

たった今、頭に浮かんだそれとまったく別の問題は、ここのところ私は〝誓って言うが〟という言い回しをかなり頻繁に使っている気がするということだ。

しかしながら、私が何度もそう言ったのは、直前に言った内容がことごとく絶対的真実だと考えたからだ。

例えば、フィディアスのような人が省いていたある種の余計な物をラスキン夫人が持っていたという話。

他方で、あの巨大なキャンバスを持って階段を上がろうとしていた理由はいまだに、どうしても思い出せないけれども。

あるいは実を言うと、拳銃をどうしたのかもまったく。

拳銃というのは明らかに、煙突から出た煙が外に流れるよう、美術館の天窓に穴を開けるのに使ったもののことだ。

その話はさっきした。あるいはひょっとすると、私が話したのは別の割れた窓のことだったかもしれない。

にもかかわらずなぜか、最後に拳銃を持ち歩いていたのはローマだった気がする。

実を言うとそれは、袋小路になっていたあの細い街路に駆け込んだ午後のことだ。ボルゲーゼ美術館下の、酒場が並ぶ通り。カルプルニア通りとヘロドトス通りの交わる場所で。

通りすがりに、芸術家向けの品々を売る店の窓から、下地（ゲッソー）を塗って画架に張った小さなキャンバスと、それを背景にした自分の鏡像を見た後のこと。

しかし、そうして見ている間に、ある気分になりかけた。

以前も言ったように、絶望的な探索。

しかしそうは言っても、誰に会うか決して予想できないのも確かだ。

実を言うと、あの四十五平方フィートにはカッサンドラを描こうと思っていた可能性が高いけれども。

あるいはカッサンドラーと綴るべきだったか。

オレステスがようやく久しぶりの帰還を果たしたのに、エレクトラがそれが自分の弟だと気付かない場面が、昔から私の好きな一節だったとしても。

見知らぬお方、何の用事ですか。確かこれが、エレクトラがオレステスに掛ける言葉だ。

ただし、今私の頭にあるのはオペラをレコード化したもののジャケット裏に書かれていた情報ではないかという気がするけれども。

あるいは、ひょっとして私が考えているのは、誰かが自分の名前を呼んだ気がしたからということか。

あなたなの？　まさか、本当にあなた？　よりによって、こんな場所で！

心の琴線に触れたのは間違いなく、午後の日差しに美しく映えるナボーナ広場だった。

しかし私は、日が暮れるまで袋小路から姿を現さなかった。

それもあらゆる絵画の故郷、イタリアでの話。

だから、他でもないダビッド・アルファロ・シケイロスのことを急に今思い出したのは一体どういうわけだろう。

そして実を言うと、私がずっと繰り返し聞いた三十台の音のしないラジオが実際どうなったかについても、私にはさっぱり見当が付かない。

哀れなエレクトラ。実の母を殺したいと思うなんて。

ああした物語に登場する人々は皆そうだ。手が血に染まっている。大半が。

実を言うと、ラジオはまだ間違いなく、ソーホーの古いロフトにある。

とはいえ。では、十七個あった腕時計は今どこにあるのか。

しばらく続いた。あの狂気は。

ちなみに雨の中での散歩は、灯油ランプをひっくり返した家の、二階のパイプにつながるトイレが見える場所まででしか行かなかった。

もはや二階は存在しないけれども。

今足首に関連して本当に思い出しているのは、かつて車椅子を見つけたとき、いかに驚くほど巧みに乗りこなしていたかということだけれども。

実際、気分次第でメインフロアの端から端まで快走することもあった。

仏教とヒンドゥー教の古代美術品からビザンティン様式の美術品まで。あるいは、ビューンと、アンドレイ・ルブリョフの聖像巡り。

しかし、そんなことを考えていると今度は、今間違いなくそうであるように二箇所が同時に痛むのであれば、実際には四箇所が痛いことを意味するのではないかということだ。

ただし残念ながら、私が言おうとしていた他の二箇所がどこだったのか、完全に忘れてしまったのだけれども。

ちなみに、アンドレイ・ルブリョフはフェオファン・グレクの弟子だった。実際、彼はある意味、ロシアのジョットだった。

ひょっとすると、彼はジョットではなかったかもしれない。ただ、ロシアで最初の偉大な画家だったと言いたかっただけなのかも。

そしてちなみに、ヘロドトスはほとんど常に、本当の歴史を記した最初の人物と言われる。私は自分が歴史を記す最後の人物であることを特に喜んだりはしないけれども。

実を言うと、今そう言ったことをかなり後悔している。

そのような考えも当然、他の荷物と一緒に捨てたと思いたかった。

ああ、しかし。少なくとも、たまにしかそんなことを考えなくなったのはありがたい。

ターナーはかつて実際に、後で嵐を描くため、船のマストにわが身を縛り付けたことがあるという話は、既にしただろうか。

この話をすると私はいつも、オデュッセウスが同じことをした場面を思い出す。セイレーンの歌声を聞いて、しかも海に引き込まれないために。

しかし、やれやれだ。

ここに座っている私は今ようやく、地下室について何かを言いかけたときに自分が言おうとしていたいちばん大事なことを思い出した。

結局のところ、野球に関するあの本を書いた人はタイトルにおいて馬鹿げた間違いをしていたわけではなかったことが判明した。

誓って言うが、地下室には別の箱があって、そこには本物でない芝以外は何も入っていない。

私は本当に、人工芝というものの存在をずっと聞いたことがなかった。だからきっと、箱にラベルが貼ってなければ、そこにあるものが何かほとんど分からなかっただろう。

とはいえ、箱にラベルが貼ってなくても、中のものが間違いなく芝に似ていることに驚いたであろうことに疑いの余地はない。

人の頭は時に回転が遅い。

実は、タイトルの意味が分かった今、私は悲しい気持ちになっているけれども。

芝は芝であるべきだ、というだけのことだが。

あるいは本自体も悲しい内容なのかもしれない。そしてもちろん同じ理由でそうなのかも。私は今まで、その要点をまったく見逃していたけれども。

実際、ひょっとして、もしも誰かに〝今後、本物の芝の上で試合をすることはなくなる〟と言われたのなら、キャンピーとかスタン・ユージュアルとかいう人たちも悲しかったかもしれない。

野球をしていた人たちにはそれよりも心配すべき大事な問題がきっとあっただろうけれども。あるいは、選手にはもっと他のことを心配してほしいと誰もが思っただろうが。

病気に名前が転用された選手はきっと、心配すべき大事な問題を抱えていたはずだ。

ところで、ルートヴィヒ・ウィトゲンシュタインが演奏していた楽器はクラリネットだ。

彼はなぜかそれを、ケースでなく古い靴下に入れて持ち歩いた。

だから、町で彼がそれを持ち歩いている姿を見かけた人は、あの男はいつも古い靴下を持ち歩いていると思ったかもしれない。

モーツァルトのどんな調べがそこから流れ出しうるか、まったく考えもせずに。

実際、ウィトゲンシュタインが下痢を起こし、トイレを使わせてほしいとA・E・ハウスマンの家を尋ねて〝駄目だ〟と断られたあの日の午後、A・E・ハウスマンはきっと彼のことを、古い靴下を持ち歩いている男と思ったに違いない。

誓って言うが、ウィトゲンシュタインはかつてケンブリッジのハウスマン宅の近くで、かなり切迫した状況でトイレを必要としていたのに、ハウスマンに断られたことがある。

実際、靴下から最も頻繁に流れ出した作曲家はおそらく、ウィトゲンシュタインのお気に入りだったフランツ・シューベルトだろう。

その話をしたら、売春婦たちが通りすがりにブラームスに声を掛けるので彼の友人たちがしばしば恥ずかしい思いをしたという逸話を思い出した。なぜ思い出したのかはさっぱり見当が付かないけれども。

あるいは、ゴーギャンが一度立ち小便で逮捕されたという逸話を。

あるいは南北戦争の時代、エイブラハム・リンカーンとウォルト・ホイットマンが首都ワシントンの街角で散歩をしているとき、互いにしばしば会釈をしたという逸話。

いずれにせよ、おそらく最後の例によって、エル＝グレコとスピノザのような人たちがそれとまったく同じことをしていた可能性は高くなるように思われる。

場所がワシントンでなかったとしても。

ちなみに、クララ・シューマンは実際、ブラームスと一緒にウィーンのウィトゲンシュタイン宅を訪ねたことがある。私はまだ明確にそう述べていなかったかもしれないが。

そしてひょっとするとそれが、ブラームスが子供たちを追い払いたかったもう一つの理由なのかもしれない。

残念ながら、シューベルトも梅毒にかかった一人だけれども。実際、『未完成交響曲』を仕上げられなかったのはそれが原因だ。三十一歳で亡くなったのだから。

そしてヘンデルは、盲目になった人物のリストに付け加えてもよいと思う。

しかし、カレン・シルクウッドという名前の人物は誰だっただろう。今ではドナウ川、あるいはポトマック川、あるいはアレゲーニー川のほとりにひざまずいて水を飲むことができると、急に彼女に教えてやりたい気分になったのだけれども。

そしてどうして今になって、ショスタコーヴィチが生まれたときにはレニングラードがまだサンクトペテルブルクと呼ばれていたことに気付いたのだろう。

私は今、頭にタオルを巻いた。

新鮮なサラダを作るために野菜を取りに外に出たのがその理由だ。

そして他方で、考えれば考えるほど、先ほど言ったことを後悔している。

つまり、ミケランジェロの話だ。ヘロドトスのことではなく。

ローマ法王やルイ・パスツールがどう感じようと、私は間違いなく、ミケランジェロと喜んで握手をしただろう。

実際、ミケランジェロのやり方で余計な部分を取り除いた手を見るだけでも、きっと興奮しただろう。

事実、かつて下線を引いたミケランジェロの文章を私がどれだけ気に入っているか本人に伝えられたら、それもまたうれしかっただろう。

ひょっとすると、ミケランジェロの文章に下線を引いたことがあると言うのは初めてだったかもしれない。

私はかつて、ミケランジェロの書いた文章に下線を引いたことがある。

それはミケランジェロが七十五歳の頃に、手紙の中に書いた文だった。

あなたは私が年老いて、頭がおかしいのだと言うだろう、とミケランジェロは書いていた。しかし、正気を保ちながら不安を断ち切るには頭がおかしくなるのがいちばんだ、と私は答える、と。

誓って言うが、ミケランジェロはかつてそう書いた。

実を言うと、私はほぼ間違いなく、ミケランジェロを好きになっただろうと思う。

私は当然、今でもタイプライターを感じている。そしてキーの音を聞いている。

ふむ。先ほど、何かを言い忘れた気がする。

ああ。私が書きたかったのは単に今、目をつぶったというだけのことだ。明らかに。

そうしようと思ったのには理由がある。

理由というのは、本物でない芝の入った箱について、自覚していた以上に私が動揺しているらしいということだ。

というのはおそらく、本物でない芝が本物なら、本物でない芝が本物である場合と本物の芝が本物である場合との違いがどうなるかということだ。というのも、本物でない芝は間違いなく本物なのだから。

ついでに言うと、ドミトリ・ショスタコーヴィチはどこの都市で生まれたのか。

実を言うと、この種の問題がある程度溜まってくると実際、時々不安な気持ちになりそうになる。他方で、ウィトゲンシュタインが例のカモメにどんな名前をつけたかについては、記録が残っていないようだけれども。

またこの話題を取り上げたのは、私がこの海岸に来ることになったのもたまたまカモメが原因だからだ。

雲を背景に高く、高く飛び、ただの点にしか見えないが、そこから海の方へすっと消えていく。ただしそのカモメも当然、本物のカモメではなかった。灰だったのだから。

私はニューヨーク州サボーナを探索したという話を既にしただろうか。あるいは、マサチューセッツ州ケンブリッジを。

そしてフィレンツェではすぐにウフィッツィ美術館に入るのではなく、しばらくの間はその代わりにフラ・フィリッポ・リッピにちなんで名付けられたホテルに暮らしたという話はしただろうか。

ところで、私が棒切れで書くのは必ずしも、伝言ばかりではない。

私はかつて、ギリシア語でトロイアのヘレネと書いた。

あるいは、ギリシア語に見える字で。実際には私がでっち上げた文字だけれども。

考えてみると、トロイアのヘレネも単に本物のギリシア語ででっち上げられた名前にすぎないのだが。というのも、当時その名前で彼女を呼んだ人が存在しないことはまず間違いないだろうから。

トロイアのヘレネをめぐる争いに巻き込まれないよう、女どもの間に隠れることにしよう。例えばアキレスは、そんなふうに考えたりしなかっただろう。

あるいは、トロイアのヘレネをめぐる争いに巻き込まれないよう、頭がおかしくなったふりをして、地面を耕しながらそこに塩を植えることにしよう。オデュッセウスもまた、きっとそんなふうに考えたりしなかっただろう。

その上、いずれにせよ、誰もがきっと彼女のことを〝スパルタの〟と呼び慣れていたので、わざわざ呼び方を変えたとは思えない。

彼らが千百八十六艘の船団でトロイアに向かった後でさえも。

ついでながらそれが、トロイアに向かったギリシア軍の大きさとしてホメロスが記している数字だ。

どう考えても、ギリシア軍が千百八十六艘の船団で旅をするなんてありえないと個人的にはほとんど断定したい気がするけれども。

ギリシア軍が二十か三十の船を持っていたことは間違いない。

既に触れたと思うが、トロイアは全体でも、広さが普通の町の一街区（ブロック）と変わらず、高さも実質、二、三階建て程度だ。

若い男たちが大昔、そこで戦死し、三千年後に同じ場所でまた戦死したというのがいかにすごいことに思われようとも。

もちろん、さらに本気で疑わしく感じられるのは、そもそもヘレネがその戦争の原因になったということだけれども。

たかがスパルタの娘。かつてウォルト・ホイットマンは彼女をそう呼んだ。

『トロイアの女』の中では、誰もがヘレネに腹を立てたとエウリピデスは書いたけれども。輝くような壮麗な威厳が備わった存在として彼女を描いている『オデュッセイア』には、その種のことをにおわせるような記述はまったくない。

そして戦争がまだ続いている『イリアス』でも、彼女はおおむね、敬意をもって扱われている。だから、ヘレネが悪かったと人々が結論を出すのは当然、後の世になってからのことだった。

例えばエウリピデスはもちろん、ホメロスよりもずっと後の人間だ。

どのくらい後かは覚えていないが、ずっと後であることは間違いない。

実際、それはおおよそ、バートランド・ラッセルの祖父がジョージ・ワシントンに会ったのと今とを隔てる時間の二倍よりも長い時間だ。

それだけの歳月の間には確実に、さまざまな出来事の痕跡が失われる。

だからエウリピデスは、戦争に関する芝居を書くという着想を得た後、戦争の原因となる面白い理由を考える必要があった。

本当の理由は既に記したように、誰が海上輸送ルートを握り、誰が誰に関税を払うかという問題であったということは知らずに。

他方で、エウリピデスが単に嘘をついただけという可能性もあるけれども。

エウリピデスは、戦争の本当の理由を完璧に知っていながら、芝居の中ではヘレネを原因にした方が面白いと考えた可能性が高い。

作家たちは昔から時折この種のことをしてきたに違いない、と思われる。

だから考えてみると、ホメロスも単に嘘をついただけという可能性も、同様にある。ホメロスは、本当の船の数を完璧に知っていながら、詩の中では千百八十六の方が数字として面白いと考えた可能性が高い。

実際にその方が面白い。私がそれを覚えているというまさにその事実によって実証されているように。

もしも『イリアス』のページを破り取って火にくべるときに、二十か三十の船に下線を引いていたなら、記憶にはまったく残らなかっただろう。

実際、二十か三十の船があったとホメロスが言っていたなら、きっと私はそもそも、数字に下線を引いたりしなかっただろう。

それはつまり、ひょっとすると一部の作家は時に、人が思うよりも頭がいいということだ。

とはいえ、レイナー・マリア・リルケはかつて『認識』というタイトルの小説を書いた。それは首から目覚まし時計をぶら下げている男の物語で、嘘みたいというよりは、本のテーマとしてはまったく馬鹿げているように思われる。

今の例については、私は『認識』を読んだことさえないけれども、そのことを覚えている。

それでさらに気付いたのだが、もしも戦争の原因はヘレネだとエウリピデスが書いていなかったら、おそらくヘレネは私の記憶に残らなかっただろう。

だから、レイナー・マリア・リルケやエウリピデスのことを批判したのは、間違いなく私の早とちりだった。

今になってよくよく考えてみると、『イリアス』中の間違った船の数に関してはまったく別の理由があるかもしれないと疑わざるをえないけれども。

それはつまり、ホメロスは文字の書き方を知らなかったのだから、足し算の仕方も知らなかったのかもしれないということだ。

特に、パスカルはまだ生まれてもいなかったのだから。

しかしたとえそうだとしても、実を言うと、ここで言っておくべきこととして私の頭にもう一つ浮かんだのは、ヘレネが悪者にされているのがいら立たしいのと同様に、クリュタイムネストラが悪者にされていることもやはり私をしばしばいらつかせるということだ。

というのはもちろん、同じ戦争から戻ってきたアガメムノンを入浴中に刺したという部分に関してだ。

助太刀が必要だったけれど。それでもなお。

本当に私が言いたいのは、彼女がそうするのは当然ではないかということだけれども。

私が言っているのは当然、アガメムノンはその同じ船団のために風を起こそうとして娘を生贄に捧げたのだからという意味だ。

まったく。昔の男どものすることときたら。

特に王や将軍。地位は何の言い訳にもならないけれども。

しかし、実はこれまた偶然にも、私もギリシアからトロイアへと船で渡った。

あるいはその逆向きに。しかし大事なのは、まともな海図を持たず、地図帳から破いた一枚のページだけが手掛かりであったが、急がなくても旅はたった二日しかかからなかったということだ。レスボス島のそばで、三角帆に風を受けて耳障りな音を立てている例の帆船に驚いて、危うく死にかけたけれども。

しかし、いずれにせよそれは明らかに、誰かを生贄にする必要性を感じさせる距離ではなかった。ましてや自分の子供を。

そしてそれはついでながら、くだらない戦争が丸十年も続こうとしているのなら、船の旅程が余計に一日や二日かかっても何の違いもないのではないかという疑問を持ち出さないとしてもの話だ。しかも挙げ句の果てに、男はようやく帰還するとき、内縁の妻を連れている。

とはいえ、芝居に書かれた物語によれば、エレクトラとオレステスはなぜか、憎悪を募らせるクリュタイムネストラに腹を立てる。

またぞろ有名な作家を批判するのは無謀かもしれないが、誰かがどこかで明確に線を引くべきだと思われるのは間違いない。

パパはくだらない船のために風を起こそうとしてお姉ちゃんを殺した。まともな頭を持った人間なら、エレクトラとオレステスはきっとそう思っただろうと考えるはずだ。

ところが、ママがパパを殺したというのが芝居の中で皆が考えることだ。

その上、この場合、エウリピデス以前にアイスキュロスとソフォクレスの芝居もある。

にもかかわらずやはり、エレクトラとオレステスは決してそんなふうには思わなかっただろうと、私は信じざるをえない。

実際、私が一度ならず感じたのは、二人がクリュタイムネストラに対して復讐を企てたという話自体がまったくの嘘ではないかという疑念だ。おそらく三人とも、いい厄介払いができたとしか思わなかったはずだ。

あるいはきっと、バスルームの掃除が終わった後ではそう思ったはず。

そして、その後は皆、幸せに暮らしさえしただろう。

だから実際、さらに私が推測するところでは、クリュタイムネストラは結局、内縁の妻の出現にそれほど動揺しなかったのではないか。あるいは少なくとも、もっと根底にある気持ちを吐き出した後では。

あるいはきっと、その内縁の妻が哀れなカッサンドラだと知った後では。

ある芝居の中では、クリュタイムネストラは、アガメムノンを殺すのと同じときにカッサンドラを殺す。

しかし、それが現実ならきっと、彼女はカッサンドラの頭がおかしいことにすぐに気付き、間違いなくそれだけの理由で思いとどまっただろう。

すぐに気付いただろうというのはもちろん、カッサンドラが家に入って窓辺に身を潜めた途端にという意味だ。

先ほど〝家〟と言ったとき、もちろん実際には〝宮殿〟と言うべきだったけれども。

やれやれ。あの哀れな子は宮殿の窓辺にいつも身を潜めてばかり。きっとクリュタイムネストラはそう思わずにいられなかっただろう。

だから葬儀の後、彼女がおそらく一種の居候としてカッサンドラのさらなる滞在を許した可能性は高い。

あの哀れな子は破壊されたトロイアに戻っても、身を潜める宮殿の窓辺がないのだ。彼女は明らかに、そんなふうに思わざるをえなかったはずだ。

それを言うなら、クリュタイムネストラはほぼ間違いなく、カッサンドラが陵辱されたことを知っていただろう。そうであるなら今述べた可能性がさらに高まることは確かだ。

実を言うと今となっては、クリュタイムネストラとエレクトラとオレステスがその後一緒に幸福に暮らしただけでなく、カッサンドラも家族の一員と考えられるようにまでなったという可能性に賭けてもいい気がする。

それどころか、いったん事が落ち着くと、時折四人がうれしそうにヘレネのもとを訪れる姿さえ想像できる。

いずれにせよ、クリュタイムネストラは同じ十年の歳月の後、自分の妹に会いたいと思ったはずだ。しかし、ようやく今思い出したのだが、カッサンドラ自身も昔からヘレネの友人だ。

カッサンドラは当然、パリスの妹だから。

それはつまり、ヘレネがトロイアを訪れれば、二人は実質的に義理の姉妹になったということだ。

〝実質的に〟と言ったのはもちろん、ヘレネが公式にはまだメネラオスの妻だったからだ。とはいえこの場合、十年はやはり十年でもある。だからカッサンドラが喜んで旧交を温めたであろうことは否定できない。

おはよう、子供たち、そしてカッサンドラ。いいことを考えたわ。みんなでスパルタまでちょっと出掛けて、ヘレネおばさんに会うっていうのはどうかしら。

まあ、ぜひそうしましょう。素晴らしいアイデアだわ、クリュタイムネストラ。

メネラオスおじさんにも会えるの、ママ？

しまった。

明らかに、そこのところを忘れていた。

それはつまり、妻を取り戻すために一つの戦争まで戦ったメネラオスは、妻を連れ去った男の妹が客人として家に来れば、あまり愉快な気持ちにはならないだろうということだ。

私が家と言うとき、ここでも本当はもちろん、宮殿と言うべきだ。

とはいえ、次に思い浮かぶのは、必要とあればヘレネがきっと少し小言を言っただろうということだ。

あら、ねえ、ダーリン、彼女がここの窓辺に身を潜めたからといって何の問題があるのかしら。

カッサンドラはおそらく、気持ちをなだめるためのものを何か持参しただろう。

いずれにせよ、トロイアの人々はどこへ行くときも、贈り物を持参することが知られていたから。

実際、猫は気の利いた贈り物となっただろう。ひょっとすると猫は、メネラオスよりもヘレネにふさわしかったかもしれないけれども。

しかしながら『オデュッセイア』に、ヘレネが猫を飼っていたという記述があったかどうかは思い出せない。

私が『イリアス』でなく『オデュッセイア』と言うのは当然、『イリアス』はカッサンドラが猫を持参する前に終わっているからだ。

しかしついでながら、これもまた、あの本を書いたのは女だと言ったギュスターヴ・フローベールが間違っていたことを確証している。というのも、あれを書いたのが女なら、きっとヘレネの猫を書き込んだだろうから。

事実、何が書き込まれているのかと言えば、オデュッセウスの飼う犬だ。

実際、犬に関するくだりは悲しい。最初にオデュッセウスに気付いたのは犬だったからだ。彼はトロイア以後さらに十年経ってからイターキ島に戻る。そして死ぬ。

またやった。前回やらかしてから、少なくとも数ページは経った気がするけれども。

あるいは少なくとも、やらかしたことを自覚してからは。

私が言いたかったのは明らかに、オデュッセウスがイターキ島に戻った後に死ぬということではない。明らかに、犬が主人に気付いた後に死ぬということだ。

ちなみに他方で、ペネロペはオデュッセウスにまったく気付かない。

そしてこれもまた確実に、その場面を書いたのが女性ではないという証拠だ。

夫の帰還を義理堅く待って丸二十年間も言い寄る男たちをはねつけていた妻なら、ようやく現れた夫に気が付かないはずがない。

実際には、その言明の逆の方がもっとありそうなことだけれども。

それはつまり、もしも女性がその場面を書いたのなら、妻はそもそも二十年間、言い寄る男たちをはねつけ続けなかったのではないかということだ。

実を言うと、私はペネロペについて既に、そのような疑念を口にした気がする。

結局のところ。

考えてみると、いずれにせよペネロペは、イターキ島で丸二十年を過ごしたわけではなかったかもしれないけれども。

あるいはきっと、少なくとも彼女自身、スパルタのヘレネを訪ねたのは確かだ。従姉なのだから。

とはいえ、それは当然、皆が帰国してからだろう。

だから実際、彼女の訪問は基本的に、情報を得るのが目的だったはずだ。

ええ、ええ、また会えてとてもうれしいわ、従妹のヘレネ。でも正直言うと、私が知りたいのは夫の消息なの。

考えてみると、彼女の息子のテレマコスは実際、『オデュッセイア』でスパルタのヘレネを訪ね、父の消息を尋ねている。

さらに言うとそれは、ヘレネが例の輝くような壮麗な威厳を見せる場面でもある。

しかしそうだとしても、そしてオデュッセウスの消息については何も知らないとしても、ヘレネは間違いなく、他の興味深い事実をいろいろと教えてくれたはずだ。

とりわけイターキは島なので、島の者はさまざまな情報に疎いことが多かっただろう。

あらまあ、ペネロペ。私の義理の兄とバスタブのことを本当にまだ何も知らないと言うのですか。

とはいえ、ペネロペの来訪はクリュタイムネストラの訪問とタイミングが重なった可能性もある。

あるいは、ヘレネが例えば祝日か何かを機に一族を同時に招いていた場合、そうなる可能性は間違いなく高い。

そしてその場合、ペネロペにそうした話をするのはおそらくクリュタイムネストラだっただろう。

エレクトラとオレステスが席を離れるまでは、きっと賢明に話の一部を伏せただろうけれども。

まさかそれ本当なの？　まず網をかぶせた？　それはあっぱれだわ、従姉のクリュちゃん。

やれやれ。

明らかに、また何かを忘れていた。

それはつまり、メネラオスも同様に席を離れるまで、クリュタイムネストラは口を開かなかっただろうということ。

それを言うなら、これはそもそもメネラオスが彼女をその席に座らせたならという話だ。

メネラオスはもちろん、アガメムノンの弟だから。

残念ながら、こうした人間関係の一部はとても複雑なので、時々うっかり忘れてしまう。

しかし、二人の兄弟が二人の姉妹と結婚したという事実は変わらない。

それはつまり、哀れなエレクトラとオレステスはやはり、それほど頻繁に叔母のもとを訪れなかったことを意味しているだろう。

いいか、ヘレネ。冬至であろうがなかろうが、あの女がこの宮殿に足を踏み入れることを私が許すと思っているのなら、それは思い違いだ。

まあ、でもダーリン、メネラオス。

〃ダーリン〃なんて呼んでも無駄だ。少なくともこの件に関しては。

他方で、だからといってペネロペの訪問が何らかの意味で妨げられるわけではない。

だから当然、ヘレネに猫を贈ったのはカッサンドラではなく、ペネロペだった可能性が高いと推測せざるをえない。

いずれにせよ、ペットを贈ることが思い浮かぶというのは間違いなく、いかにもペネロペらしい。彼女は自宅で犬を飼っていたのだから。

実は猫も飼っていたのだけれども。ピントリッキオという名の誰かがそんな場面を描いていることを、私は次に忘れかけていたのだが。

ピントリッキオの絵がペネロペの猫を描いているという話は既にしたというかなりの確信が私にはある。

絵の中の猫が朽葉（ラセット）だと言った確信さえ、かなりある。

ずっと前に明示したように、朽葉（ラセット）というのは普通、色の名前ではないけれども。

実際、この規則を最初に確立したのはレンブラントだったかもしれない。近年、最もそれにこだわったのはウィレム・デ・クーニングだったけれども。

とはいえよく考えてみると、それにもかかわらず私も自分の猫を朽葉（ラセット）だと言ったかもしれない。

しかしながら、それは単なる不注意にすぎない。

それにいずれにせよ、今述べたような猫はどれも、レンブラントの猫と混同してはならない。今その話を持ち出したのは、レンブラントの猫もまた朽葉（ラセット）だと思われがちだからだ。その理由が単に、朽葉（ラセット）が自動的にレンブラントと結び付いているというだけだとしても。

レンブラントの猫は実際には灰色だった。そして隻眼（せきがん）だ。

実を言うと、私は今までそんなふうに考えたことがなかったけれども、猫がいつも床の金貨に一瞥もくれずに通り過ぎたのはそれが原因なのかもしれない。

それはつまり、猫はきっといつも目が悪い側を金貨に向けて歩いていたせいで見えなかったに違いないということだ。

ちなみに、アルゴスというその猫の名前については、異議を唱える人も多かった。

もちろん、それにも理由がある。

元のアルゴスが犬だったというのがその理由だ。

実は、元のアルゴスというのは私が先ほどまで話していた犬のことだ。だからよく考えてみると、これは少し不思議な偶然の一致だ。

結局のところ、長年留守にした後、イターキ島に戻ったオデュッセウスに気付いて死んだ犬の話を私は何回しているのだろう。

あるいは、他人の家を訪れるときはいつも、何か別の動物を贈り物として持参しようと思わせるほどペネロペになついていた犬の話を。

とはいえ、レンブラントが猫にその名を付けたことに関して、人々は実際に不満を口にした。

犬にちなんだ名前を猫に付けるなんて大馬鹿者のすることだ。不満は基本的にこんな形で口にされた。

これによってまた、カレル・ファブリティウスのことが問題となる。たとえそれが、カレル・ファブリティウスがその件に関わっていたか否かという記録が残されていないというだけのことだとしても。

しかしながら、当時はまだ弟子の身分だったから、意見を口に出さなかった可能性が高い。

近くに住む多くの商人も同じ形で事態に対処したことは間違いないだろうけれども。

いずれにせよ商売人は一般に、得意客を失わないよう、人の意見に逆らうようなことを言わない傾向がある。

聞いたかい？　レンブラントは、犬にちなんで名付けられた猫を飼ってるんだってさ。例えば、近所の薬屋はおそらく、おおよそそんな言い方をしただろう。実際、これほど単純な言明ならば、不満を表していると解釈される必然性がないから。

薬屋は実際おそらく、次にスピノザが処方箋を持ってきたとき、そんなふうなことを彼に言っただろう。

あるいはたばこを買いに来たときに。

とはいえ、スピノザが猫の名前をレンブラント本人から聞いた可能性もそれと同じくらいある。

例えば、その店の行列に並んでいるときに。二人とも頻繁に、その店の行列に並んだことが知られているから。二人は単なる顔見知りとして、猫の話題は時間をつぶすのに最適で、当たり障りがないと思ったことは間違いないだろう。

それでどうなんだ。新しい猫の名前は思い付いたか、レンブラント。

実を言うと、アルゴスという名にしようかと考えているんだ、スピノザ。

へえ、じゃあ、『オデュッセイア』に出てくる犬にちなんで猫を名付けるわけか。

スピノザはおよそこんなふうに答えただろう。これもまた単なる社交辞令として。しかししばらく経つと、きっと違う見方をしたはずだ。

犬にちなんだ名前を猫に付けるなんて大馬鹿者のすることだ。彼は後で、およそこんなふうな見方をしただろう。

しかし他方で、同じくらい可能性が高いのは、レンブラントはまったくそれどころではなかったということだ。

いずれにせよ、破産に瀕した男には、猫のことを考えている時間はなかっただろう。

だからきっと、猫に名前を付けるとすぐに、頭の中は再び全然別の問題でいっぱいになったに違いない。

例えば、『夜警』の仕上げのこととか。

ちなみに興味深いことに、私はずっと『夜警』の良さがまったく分からずにいた。複製しか見たことがなかったけれども。

しかし、ついにロンドンのテートギャラリーに入って原画を見たときには、背筋に震えが走った。

まるで本当に顔料の内側から光が出ているかのようだった。

だからその絵については、取り外した額縁を利用した他の絵画と比べても、より慎重に扱った。

おそらく特に、元の場所に釘で打ち付けるときには。

私の記憶では、作業が完了する前にはもう焚き火が消えかけていたけれども。

今日に至っても、レンブラントがどうやって絵に光を放たせていたのかという謎は解けないままだ。

だからこそ、レンブラントはレンブラントだったのだろう。おそらく。

ところで、私のピックアップトラックは右ハンドルで、イギリスのナンバープレートが付いているという話はもうしただろうか。

実は、レンブラントの猫の問題については、もう一つ言い残したことがあるのだけれども。

それはつまり当時は、後の時代に比べて、ホメロスの書いたものに親しんでいる人が多かったということだ。

かくしてカレル・ファブリティウスと薬屋とスピノザの三人は直ちに犬の名前を認識する。もちろん、その名前を選んだレンブラントは言うまでもない。

しかしそれを言うなら、ヤン・フェルメールも同じく直ちに名前を認識したに違いない。彼が後にカレル・ファブリティウスの弟子となり、カレル・ファブリティウスが朽葉（ラセット）とベッドカバーのことを説明していたときに。

レーウェンフックとガリレオもきっと同様だ。この二人もデルフトにいたから。

逆に、私が自分の飼っていた朽葉（ラセット）の猫をアルゴスと名付けたとしても、知り合いの誰一人としてオデュッセウスの犬と結び付けて考えたりしなかったであろうことはほぼ間違いない。

実を言うと、その結び付きを考えた人物として唯一私が個人的に記憶しているのはマルティン・

ハイデッガーだ。

今のは言い方がまずかったかもしれない。

その結び付きを考えた人物としてマルティン・ハイデッガーを個人的に記憶していると言ったとき、私はおそらく自分がかつてマルティン・ハイデッガーと話したことがあるみたいに思わせたかもしれない。

私はマルティン・ハイデッガーと話をしたことはない。

実を言うと、同じ文の中で、仮にそんな会話があった場合に私がそれを理解できたみたいにも思わせたかもしれない。

明らかにそれは無理だ。私はドイツ語を一言も話せないから。

マルティン・ハイデッガーの方が英語を話した可能性はもちろん、皆無ではない。私からそう頼むことはしなかったけれども。

ああ、まただ。

最初からやり直した方がいいかもしれない。

私は最初からやり直す。

実際に何があったかというと、私はかつてマルティン・ハイデッガーに手紙を書いたのだ。

マルティン・ハイデッガーが『オデュッセイア』に親しんでいることが感じられたのは、その手紙への返事の中においてだった。

私自身の手紙はその話と何の関係もなかったのだけれども。

実は今、やはりもう一度最初からやり直した方がいいと感じている。

私はやはりもう一度、最初からやり直す。

本当は何があったのかというと、私はかなりの数の有名人に手紙を書いたのだ。

だから実を言うと、マルティン・ハイデッガーは手紙を書いた相手の中でいちばん有名な人物でさえなかった。

きっとウィンストン・チャーチルの方がマルティン・ハイデッガーよりも有名だと考えられていただろう。

実際、ピカソの方がマルティン・ハイデッガーよりも有名だと考えられていただろうと私は思う。

そしてきっと、イギリスの女王についても同じことが言える。

いずれにせよ、知名度は一般に、何に関心を持っているか次第なので、音楽好きな人々の間ではイーゴル・ストラビンスキーとマリア・カラスの方がもっと有名ということになっただろう。

映画好きな人々の間では、キャサリン・ヘップバーンやマーロン・ブランドやピーター・オトゥールがきっとそうであったのと同様に。

あるいは野球好きな人々の間で、スタン・ユージュアルがそうだったかもしれないのと同様に。

しかし仮にそうだとしても、私はその全員に手紙を書いた。

そして実を言うと、今言ったよりもたくさんの人に私は手紙を書いた。

それ以外に手紙を書いた相手の中には、バートランド・ラッセル、ドミトリ・ショスタコーヴィチ、ラルフ・ホジソン、アンナ・アフマートヴァ、モーリス・ユトリロ、イレーネ・パパスがいたかもしれない。

さらにギルバート・マレーとT・E・ショーにも書いたかもしれない。

これらの手紙について〝かもしれない〟と言ったのは、その大半に関してもはや記憶が定かでないからだけれども。

記憶が定かでない主な理由は単に、手紙を書いたのが大昔だということだ。

しかしもう一つの理由は、先ほど言及した人々の一部は実際、手紙を書いた時点で既に死亡していたかもしれないということだ。

そしてその場合、当然、私は彼らに手紙を書いたことにはならない。

例えば、ジャクソン・ポロック、ガートルード・スタイン、ディラン・トマスなどの人々についてはまさにそのような状況だ。だから当然、彼らには手紙を書かなかった。

だから私が実際に言いたいのは単に、それがあまりにも昔のことなので、私はそうした人々の生没年月日の多くを忘れてしまったということだ。

それはつまり、当時手紙を書くことを考えたかもしれない相手として今思い出している人々は、結局のところ明らかに、当時手紙を書くことを考えた相手ではないかもしれないということだ。

これは実際にはそれほど込み入った事態ではない。ひょっとするとそう見えるかもしれないけれども。

そして実を言うと、いずれにせよ私は、ここの相手に特別伝えたいことがあったわけではない。

手紙はすべてまったく同じ文面だったから。

実際、どれも同じ一通の手紙をコピーしたものだった。

どの手紙にも、私が最近猫を手に入れたということが書かれていた。

当然、手紙にはそれ以上のことが書かれていた。

単に猫を手に入れたと言うだけのために、ピカソやイギリス女王に宛てた手紙をコピーする人間はいない。

つまり、猫の名前を付けるのに大変苦労しているので、何かいいアイデアはないか、というのが〝それ以上のこと〟の内容だ。

それはもちろん、そうすれば面白いだろうと思ってやったことだ。

手紙にまったく嘘がなかったという事実は変わらないけれども。

ひょっとすると、その猫は実は猫というより、まだ子猫だったという事実は別かもしれない。

しかし、ある期間飼った後だと、まだ成猫になる前の話をしているときにもそれを猫と呼びがちだ。

たとえそれが明らかに取るに足りない問題だとしても。

哀れなそれが呼び名を持たないまま私のアトリエをうろついていたということには変わりがない。

実際、それがほぼ子猫でなくなり、本当の猫になるまで。

私はそれを〝ほぼ猫〟と見なすようにさえなった。

間違いなく、この難問については誰かの助けを借りた方がいい、と私は結局考えざるをえなかった。

ジョーン・バエズならほぼ猫を何と名付けるだろう。あるいはジャーメイン・グリアなら。私はきっとそんなふうにも考えた。

私がそんなふうにも考え始めていたことは間違いない。そうでなければ、そんな手紙を書くことを思い付いたはずがない。

ひょっとするとジョーン・バエズとジャーメイン・グリアにも手紙を書いたことを言い忘れていたかもしれないけれども。そして実は、そもそも何らかの手紙を書くというのは私が考えたことではなかったけれども。

実際に何があったかというと、ある晩、たまたま私のアトリエを訪れていた人の一人がたまたま、ほぼ猫の名前は何かと尋ねたのだった。

誰かのアトリエを訪れたとき膝にほぼ猫が乗ってきたら、そんなことを訊きたくなるのは当然だ。

実は、ほぼ猫が誰の膝に乗ったかというと、マルコ・アントニオ・モンテス・デ・オカの膝だった。

マルコ・アントニオ・モンテス・デ・オカが私のアトリエで一体何をしていたのか、今となってはまったく見当が付かないけれども。ひょっとすると、彼を連れてきたのはウィリアム・ギャディスだったかもしれない。

私はウィリアム・ギャディス本人がアトリエに来たことがあるという話もまだしていなかったことは間違いないけれども。

ウィリアム・ギャディスは時々私のアトリエを訪れていた。

そしてそのような機会に、他の作家を連れてくることがあった。

基本的に、人はそういうことをする傾向がある。

私が言いたいのはつまり、もしもウィリアム・ギャディスが薬屋なら、きっと連れてくる人は別の薬屋だっただろうということだ。

そもそも誰かを連れてきたならば、ということも明らかに含意の一つだ。

だから今回彼が連れてきたのはマルコ・アントニオ・モンテス・デ・オカだった。いずれにせよ、私のほぼ猫の名は何かと訊いたのは彼だ。

そしてその結果次に起こったのは、名前に関してさまざまな興味深い提案が出されたということ。

有名人に手紙を書いてアイデアを募集するというのもそうした提案の一つだった。

そしてそれが直ちに、その場にいる全員の頭の中でチリンと音を鳴らしたようだった。

だから私は一枚の紙を用意して、あっという間に、数え切れないほどの有名人の名前でそれを埋め尽くした。

先ほども言ったが、これはすべて、そうすれば面白いだろうと思ってやったことだ。

結局、悲しい気持ちになったけれども。

実を言うと、名前の挙がったうちの半分は聞いたことのない人だったから。

よく考えてみると、人生の中でそんな経験は決して初めてではなかったが。

実は、ふと気が付くとそうなっているということが間々あった。

だから、ジャック・レヴィ＝ストロースみたいな名前にやっと慣れたかと思うとすぐに、皆がジャック・バルトの話を始めていた。

そしてその三日後には、また別のジャックなにがしの話。

その一方で何をしていたかを正直に言うなら、私はスーザン・ソンタグを理解しようと努力していた。

そしてもちろん、日刊新聞で普通のアート評論を書いていた人々が自らをアート評論家と呼ぶのをやめて、アート批評家と名乗るようになったのも、それと同じ頃だった。

だから当然、E・H・ゴンブリッチやマイアー・シャピロを何と呼べばよいのかが分からなくなった。

あるいはエルヴィン・パノフスキー、ミラード・マイス、ハインリヒ・ヴェルフリン、ルドルフ・アルンハイム、ハロルド・ローゼンバーグ、アルノルト・ハウザー、アンドレ・マルロー、ルネ・ユイグ、ウィリアム・ゴーント、ヴァルター・フリートレンダー、マックス・J・フリートレンダー、エリー・フォール、エミール・マール、ケネス・クラーク、ワイリー・サイファー、クレメント・グリーンバーグ、ハーバート・リードを。

あるいはそれを言うなら、ウィルヘルム・ヴォリンガー、ロジャー・フライ、バーナード・ベレンソン、クライブ・ベル、ウォルター・ペイター、ヤーコプ・ブルクハルト、ウジェーヌ・フロマンタン、ボードレール、ゴンクール兄弟、ヴィンケルマン、シュレーゲル、レッシング、チェンニーニ、アレンティーノ、アルベルティ、ヴァザーリ、ジョン・ラスキンも。

私がまた、知識をひけらかしているのは確かだけれども。

しかし先ほどは、そうしたい衝動を感じた。

それに、仮にそうだとしても、今名前を挙げた人々全員に手紙を書くよう、本当に皆が言ったのだった。

結局、追加で名前が出た芸術家の中には、私が手紙を書かなかった人もいたけれども。

例えば、ジョージア・オキーフとルイーズ・ネヴェルソンとヘレン・フランケンサーラー。

理由は単に、私と同じグループ展に出品していた人々にそんな手紙を書くのは馬鹿らしく感じられたというだけのことだ。

キャンピー・ステンゲルの名前を挙げたのも明らかに私ではないけれども。

ああ、何てこと。

マグリット。

実際、私は彼の名をリストに付け加えることを忘れなかった。

しかし、今突然気付いたのだが、マグリットはアルテミジア・ジェンティレスキとまったく同じことになりかけていた。

それはつまり、同様に、マグリットに少しも触れずにこれだけたくさんの文章を書いてこられたというのはほとんど不可能に思われるということだ。

他方で、マグリットに触れたことがあろうとなかろうと、彼のことを何度か考えたのは間違いない。正直に言うと、アルテミジアについてはそうではなかったかもしれない。

私は実際、ある種の疑問を抱くとき、ほとんどいつもマグリットのことを考えている。

二階の存在しない家の二階にあるトイレは何階にあるのかという疑問。

あるいは、だるまストーブから出る煙だけを見て、あれが私の家だと考えていたときに、私の家はどこにあったのか。

これらの疑問がどちらもマグリットを思い起こさせることは確かだ。

そして実を言うと、この家の裏にある森の中の家につながる道路をずっと見つけられないでいた後で、この家の裏にある森の中の家につながる道をようやく見つけたとき、ほぼ最初に頭に思い浮かんだのは、〝ここが倒木通りとマグリット通りの交差点だ〟という言葉だったことさえ覚えている。

よく考えてみると、私はやはり、あのリストにマグリットを挙げなかったかもしれないけれども。

それはつまり、当時手紙を書く相手として考えた可能性のある人物として今マグリットのことを考えているけれども、当時手紙を書く相手として考えた人物ではなかったかもしれないということだ。

ところで、私のアトリエということで最近話しているのはすべて、私のロフトの話でもある。

はっきりと言っていなかったかもしれないが、生活している部屋で仕事もしていたからだ。

あるいは逆に、仕事をしている部屋で生活もしていたから。

ところで今この瞬間に、非常に興味深いことを思い付いたけれども。

実際、桁外れに興味深い。

私は今から六十秒もさかのぼらない時点で、水を飲むためキッチンに行った。

そして戻ってくるときに頭の中で、ヴィラ＝ロボス作曲の『ブラジル風バッハ（バキアーナス・ブラジレイラス）』の一部が聞こえた。

ソプラノの声が皆によく知られている曲。

しかし、ヴィラ＝ロボスの『ブラジル風バッハ』もまた、私が今までに触れていないものの一つのような気がする。

触れたことがあろうとなかろうと、その曲を何度も繰り返し聞いたことがある。同時にそう気が付いたけれども。

実際、マグリットについて考えたのと同じくらい頻繁に聞いたことがある。

それを聞くたびにいつも、聞こえているのは『アルト・ラプソディ』だと考えていたけれども。

だから明らかに、私がこれまで『アルト・ラプソディ』と言ったときはいつも、『ブラジル風バッハ』と言うべきだったということだ。

しかもその上、ブラームスを歌うキャスリーン・フェリアと言ったときはいつも、ヴィラ＝ロボスを歌うビドゥ・サヤンと言うべきだった。

歌っているのはキルステン・フラグスタートだったかもしれないけれども。

そしてある意味、そもそもその三人のうち誰の声も本当は聞いていなかった。

うむ。

かつて誰かがロベルト・シューマンに、今あなたが弾いていた曲の意味を説明してくださいと言ったことがある。

するとロベルト・シューマンはもう一度ピアノの前に座り、同じ曲を弾いた。

先ほど話していた問題がこれで解けたと考えることができたらとてもうれしく思う。

先ほどまで正確には何を話していたにせよ。

実際、完全に話の流れを見失ってはいなかったという結論になっても私は充分に満足だ。

私は話の流れをまったく見失っていなかった。

私の話は、隣の人がもう一枚紙を借りて、私の代わりに手紙の文章を書き取り始めたところだった。

実際、それをしたのはウィリアム・ギャディス本人だったかもしれない。

あるいは薬屋の一人。

今回彼らが提案していたのは、手紙の中に、私に宛てた絵はがきも入れたらどうかということだったけれども。そうすれば受け取った人が返事を出さない言い訳がしにくくなるから。

それはもちろん、この種の手紙は容易に無視されるからだ。

しかし、送り主の住所が書かれたはがきが同封されていれば、きっと無視しづらくなるはずだ。

すると今度は、適切な切手という問題が生じたけれども。返送元となる国ではアメリカ合衆国の切手がほとんど役に立たないことは明らかだったから。

実際、その点に気が付いたのはスーザン・ソンタグだったと思う。

あるいは別の薬屋。

とはいえ、はがきについては私は提案に従った。

切手については、貼り忘れたふうを装った。

結局、それで不都合はなかった。あるいは費用の節約になったことは確かだ。

いずれにせよ、手紙を送った相手の中ではがきを返送する労をとったのはたった一人だけだったのだが。

それがマルティン・ハイデッガーだ。

結局のところ実際、彼の話した英語は立派なものだった。

仮定法さえ用いていた。

私が〝話した〟と言うとき、もちろん〝書いた〟と言うべきだったけれども。

おたくの犬の名を提案することが仮に許されるなら、ホメロスの『オデュッセイア』に出てくるアルゴスという由緒正しき名前はいかがでしょうか、というのが、マルティン・ハイデッガーからのはがきに英語で書かれていた内容だった。

しばらくの間、マルティン・ハイデッガーが私の頭を悩ませた。

うむ。

哲学者は他人のペットの名前より大事な問題を抱えているはずだとようやく私は気付いたけれども。

ああ（アッハ）、私は現存在（ダーザイン）のような大事な問題を抱えているのに、くだらないペットの名前を付けてほしいなんて手紙をアメリカ人が送ってきたぞ。マルティン・ハイデッガーはそう思ったに違いない。

だから結論として、返事を書く手間をとってくれただけマルティン・ハイデッガーは親切だった。

たとえ返事の中で間違いを一つ犯していたとしても。

加えて、はがきが戻ってくるのに七か月近くかかったけれども。

しかし、よく考えてみると、そのせいでマルティン・ハイデッガーが間違いを犯したのかもしれない。

それはつまり、彼はその間ずっと新たな本の執筆で忙しかった可能性が高いということだ。

実際おそらく、彼が執筆で忙しかったのはこの家の地下室の段ボール箱にある本の一つだろう。

そしてこのことは、世界がいかに驚くほど小さいかを示している。

しかしいずれにせよ、マルティン・ハイデッガーは本を書き上げてから、再び私の手紙を見つけたのだろう。

あるいは、見つけたのははがきだけの可能性が高い。手紙の方はきっと読んですぐに捨てただろうから。

はがきに何を書けばよいかは間違いなく覚えていたはずだ。

そして有名な哲学者なのだから、猫と犬の違いについて疑問を持つことは一般人よりも少なかったに違いない。

しかしよく考えると、マルティン・ハイデッガーが間違いを犯さなかった可能性も微妙に残されているのではないか。

ようやくその考えが頭に浮かんだのだけれども。とはいえ、マルティン・ハイデッガーはレンブラントと彼の飼い猫の話を知っていた可能性はないのだろうか。

そしてスーザン・ソンタグが手紙の文章を書き留めているときに、私が画家であることを暗示した可能性はないだろうか。

いずれにせよ、他人に手紙を書くときには必ず、自分が何者かを名乗るものだ。

だから、実際マルティン・ハイデッガーの頭をよぎったのは、次のようなことではないか。ああ(アッハ)、では、ソーホーに暮らすこの画家に私が提案するペットの名前は、レンブラントがペットに与えたのと同じ名前にしよう、と。

そうなると今度は明らかに、マルティン・ハイデッガーが猫ではなく犬と書いた理由について別の説明が必要になるけれども。

別の説明というのはつまり、明らかに、マルティン・ハイデッガーの英語は思ったほど立派ではなかったということだ。

とはいえやはり、ほとんど残念に思われるのは、マルティン・ハイデッガーに礼を述べるための二度目の手紙を書かなかったことだ。

ついでに、些細な問題が時に存在の根本的様態になるという彼の文章を私がいかに気に入っているかを伝えられれば、きっととても幸せだっただろう。

ただし、既に言ったように、その文章を書いたのはフリードリッヒ・ニーチェだったかもしれない。

あるいはセーレン・キルケゴール。

そしてもちろん、その昔、猫には全然違う名前を付けたのだけれども。

うむ。

ところが、これだけ長話をした挙げ句に、私は急にどんな名前を付けたかが思い出せなくなったようだ。

しかしそれはきっと、別のたくさんの猫について話をしていたからにすぎない。

レンブラントの猫は除外するとしても、例えば、メデイアがヘレネに与えた猫、そして私がコロッセオで見かけた猫、そしてここの窓を外から引っ掻いている猫がいる。

そしてさらに、たくさんのカモメがゴミあさりをしているので、怖がってゴミ処理場に行きたがらない猫たち、タッデオ・ガッディがかつて絵に描いて、むしろ代赭色（たいしゃ）だとジョットに指摘されるまで朽葉（ラセット）だと言っていた猫がいる。

その前に、フェオファン・グレクがジョットにそう教えたのだが。

ソル・フアナ・イネス・デ・ラ・クルス、ルートヴィヒ・ウィトゲンシュタイン、アンナ・アフマートヴァなどといった人々との関連でも猫の話が出たと思う。

とはいえ、女子修道院で猫を飼うことが許されているかどうか確かではないので、私はソル・フアナ・イネス・デ・ラ・クルスについては勘違いしていたかもしれない。

私は十字架のシスター・ジョウン・イネスが女子修道院に暮らしていたと想定している。

しかしそうなると、聖テレサも猫を飼っていたはずがないことになる。

そして今気付いたのだが、ルートヴィヒ・ウィトゲンシュタインについても私は勘違いしていた。

というのも、ウィトゲンシュタインの猫も、別の猫たちがゴミ処理場のカモメを怖がるのと同様に、彼のペットのカモメを恐れたはずだ。

あるいは少なくとも、ウィトゲンシュタインのゴールウェイ湾（ベイ）時代はきっとそうだっただろう。

ゴールウェイ湾（ベイ）。

アンドレア・センザ・エローリ。

他方でこれは、ウィトゲンシュタインがそれ以前、修道院の芝刈りをしていた時代に猫を飼っていた可能性を否定するものではない。

男子修道院にも、女子修道院と同じ規則があるのでない限りは。

だから、十字架の聖ヨハネもやはり猫を飼っていた可能性がない人物なのだろう。

しかしヤン・ステーンは醸造所を持っていたので、そこで猫を飼っていたかもしれない。

修道院について書いているときにどうしてそのことを思い出したのかは分からない。にもかかわらず、思い出したこと自体はうれしい。ヤン・ステーンのことは何も知らないとずっと思っていたから。

今私が一緒に思い出したのは、フラ・フィリッポ・リッピがかつて一人の尼僧と駆け落ちをしたということだけれども。これは何かと関係がある話だろうか。

関係があるとすればこういうことかもしれない。もしも以前は尼僧が猫を飼うことを許されていたなら、彼女は飼っていた可能性があるということ。

私の記憶が正しければ、アンナ・カレーニナの猫は列車にひかれた。

ところで、実際に聞こえているのは『ブラジル風バッハ』第五曲なのにシュトラウスの『四つの最後の歌』を聞いていると何度も勘違いした謎について、私はいまだに少し混乱している。同様に『愛の調べ』の中で、ロベールとクララ・シューマンのピアノのそばに猫がいたかどうかは忘れてしまった。

ようやく今この瞬間に気付いたのは、実際、この家にはジャック・レヴィ＝ストロースとジャック・バルトの本があるということだけれども。

ただし、私が今気掛かりなのは、どうしてあれほどたくさんの人がテーブルマナーやエッフェル塔案内に夢中だったのかということだ。

ひょっとすると私は、コネチカット州南部とロングアイランド海峡に棲む鳥類のガイドブックと混同しているのかもしれないけれども。

ところで、私が最近水差しに言及したときには、いずれもより正確には広口瓶のことを言っていた。

そう呼んだ理由はただ、水差しと言った方が泉まで持って行きそうな物に感じられるというだけのことだ。

誓って言うが、今の話からどうしてまたマリーナ・ツヴェターエワのことを思い出したのかまったく見当が付かないけれども。

特に、それは私が知る中で最も悲しい物語の一つなのだから。

何があったかと言えば、ロシア人はかくも素晴らしい詩人を実質的に飢え死にさせてしまったということだ。一人きり、そして流浪の身で。

家族を殺した後で。

だから彼女は最後に首を吊った。

ということは、私は実際、ロシアを横断するとき、彼女の墓の横を車で通り過ぎていたのかもしれない。墓がどこにあるのかも知らないままに。

それを言うなら、彼女の墓がどこにあるかは誰も知らないのだけれども。

まったく。男どものすることときたら。

モーツァルトが埋葬された細民墓地も二度と見つからなかった。埋葬の翌朝、雨がやんだ後でも。

ひょっとするとそれはまったく別の話かもしれない。しかし、やはり悲しい話だ。

私は故意に話題を変えようとして、ファン・ゴッホが『割れた瓶』というタイトルの有名な絵を描いたのはゴミ処理場でだったという話をしたことがあっただろうか。

絵はたぶん、アムステルダム国立美術館にある。

ところでファン・ゴッホには、時に顔料が光るように見せる才能もあった。

ファン・ゴッホの場合、鑑賞者は思わず後ろを振り返ってしまいがちだけれども。まるで太陽の光がどこから来ているのかを探るかのように。

他方で、ファン・ゴッホが古い靴下を履いて描いたのが正確にはどの絵なのかについて記録は残っていないようだ。アルフレッド・ノース・ホワイトヘッドが後にいつもその靴下を履いて、ケンブリッジ近辺の森を散歩したという話があるのだけれども。

もう一つ、ひょっとしたら言い忘れていたのは、ルートヴィヒ・ウィトゲンシュタイン自身がケンブリッジ近辺を散歩するとき、ポケットに砂糖を持ち歩いていたということだ。砂糖を持ち歩いていた理由は、散歩中に野原で馬を見かけたら与えるためだった。誓って言うが、ウィトゲンシュタインには本当にそんな習慣があった。

この話もなぜか別のことを私に思い出させる。今この瞬間は、それが何なのか分からないけれども。

しかしながら、一両日中にはきっと私の猫の名前を思い出すことができるだろう。

そしてその間に、私が今やろうと思ったのは、家の外で窓を引っ掻いている猫の名前を変えることだ。

私は今その猫をマグリットと呼んでいる。

理由は、マグリットの方がファン・ゴッホよりも、本当は猫でない猫とのつながりがあるからというだけのことだ。

私が先ほど言及したファン・ゴッホの絵は実は、本当は炎でなくて炎の反映でしかない炎を描いたものなのだけれども。

そして私はたぶん、複製でしか見たことがないのだけれども。というのも、よく考えてみると結局のところ、ウフィツィで見た記憶はないからだ。

ところで、ウィトゲンシュタインは生涯結婚しなかった。あるいは愛人がいたこともなかった。彼は同性愛者だったから。

その間に、私が先ほど〝その間に〟と言ったのは本当に〝その間に〟という意味だったけれども。

それに加え、一両日中にはきっと猫の名前を思い出すことができると言ってから、約一週間が経った。

そしてこれは、私がタイプライターの前に座ることなしに経過した最長の時間だ。

しかし、私の肩と足首にはもう以前ほどの痛みはない。

ただしそれは、肩や足首の痛みとタイプライターの前に座らなかったこととの間に何らかの関係があるという意味ではない。

あるいは、以前ほどの痛みがないこととタイプライターの前に戻ったこととの間に何らかの関係があるという意味ではない。

私はなぜかずっと、しばらく日なたに寝そべっていたい気分だった。

それはつまり、明らかに、雨はやんだということだ。

もしも雨がやんでいなければ、日なたに寝そべることはできないから。

明らかに。

私は結局のところ実際、再び薔薇色の指をした曙を味わっている。

実を言うと、この一週間、気分はほとんどずっと落ち込んでいたけれども。

実際、この文章を書いている間に、以前少なくとも一度気分が落ち込んだと言ったと思う。

ひょっとすると私が言ったのは、より正確には、ある種の不明確な不安ということだったかもしれないけれども。

あるいはホルモンのせいかも。

だから実際には不安などではなく、ただの幻だったのだろう。

幻の不安と不安そのものとの間にある違いを説明するのは間違いなく困難だけれども。

いずれにせよ、やはり自分の感じ方としては、落ち込んでいるという感覚だった。

理由はまったく見当が付かなかったが。

そしてその上、気分が落ち込み、その理由も分からないとなると、さらに気分が落ち込むものだけれども。

それが猫の名前を思い出せないことと無関係なのはほぼ間違いなかった。

雨がやんだけれども森がまだ湿っている状態のとき、すべては並外れて美しく、濡れた木の葉の一枚一枚がきらきらと輝いていた。

だからそれは雨とも無関係だ。

いずれにせよ、私はその中を歩くことで心地よく雨を無視していたけれども。

結局、気分が落ち込んでいた原因は火曜に分かった。

ちなみにそれは、手漕ぎボートを使いたくなった日に備えて、中に溜まった水を掻き出さなければならないことに気付いたのと同じ日だった。

当然のことながら、火曜日と言ったのは一種の言葉の綾だけれども。

もちろん、ここ数年はずっと曜日の感覚がない。この話もまた既にしたことは間違いない。

とはいえ、それにもかかわらず、火曜日みたいに感じられる日というのはある。

そして、前の手漕ぎボートの水を掻き出したことも何度かあるはずなのに、その記憶はなかったけれども。

もう一艘の手漕ぎボートがあった頃に雨が一度も降らなかったのでなければ。

あるいは、別の手漕ぎボートというのを持っていたことはないのかもしれない。

私がかつて別の手漕ぎボートを持っていたことは間違いない。

実際、名前を募集する手紙を有名人に書いた猫以外に、かつてまた別の猫を飼っていたように。

私の気分が落ち込んでいた原因はそれだったのだが。

これはその猫の前の猫だった。そして先週、他のたくさんの猫をリストアップしていたときにはこの猫のことをすっかり忘れていた。

実際、スパルタのヘレネの猫やカレル・ファブリティウスの猫のことは思い出せるのにその猫のことは思い出せなかったというのはどこか皮肉な気がする。

特に、この猫は本当は私のではなく、ルシアンのだったのだから。

そして当時、私にはアダムという夫がいたけれども。彼のこともあまり頻繁には思い出さない。

そしてアダムと私はルシアンに、猫の名付け親になってほしいと提案した。

そしてルシアンはそれを並外れた責任と考えた。

わずか四歳だった彼は、並外れていようといまいと、それ以前に責任というものを背負わされたことがなかったのは間違いない。

だからしばらくの間、ルシアンは猫の名前のことばかりを考えていたようだった。

そしてその間、私たちはそれを単にキャットと呼んだ。

おはよう、キャット。猫が朝食を待っているのを見て、私はいつもそう呼び掛けた。

おやすみ、キャット。夜に猫を屋外に出すとき、アダムか私のいずれかはいつもそう言った。

ちなみにこれはすべて、メキシコで起きた話だ。オアハカから遠くない、ある村であったこと。

そして当然、メキシコの村では、夜に猫を屋外に出す。

もちろん、村がメキシコになくても、そんなことはできる。

実はその後、夏にニューヨーク州ロームで絵を描いていたとき、マルティン・ハイデッガー猫に同じことをしたのを覚えている。

ただしそのときは、都会育ちの猫だったので、ひょっとすると少し心配したかもしれない。

生まれてからずっとソーホーのロフトに閉じ込められていた猫は、夜の間に外に出してもらって喜んでいたに違いないけれども。

しかしそうだとしても、ルシアンはその昔の猫に付ける名前を結局思い付かなかったようだ。

あるいはいずれにせよ、あまりに長い間考えすぎて、単にキャットと呼ぶのをやめることができなくなった可能性が高い。

実を言うと、私たちは時々スペイン語でその猫を猫と呼ぶこともあったけれども。

ブエノス・ディアス、ガト。猫が朝食を待っているのを見て、私は時々そう呼び掛けた。

ブエナス・ノーチェス、ガト。夜に猫を屋外に出すとき、アダムか私のいずれかは時々そう言った。

私たちは三年間、猫をそう呼んだ。ガトあるいはキャットと。そして私はその後、オアハカから遠くないその村を離れた。

既に言ったかもしれないが、何年も後になって、一度そこに帰ったけれども。

そして車はジープだったので、道をたどらなくても、山の斜面を真っ直ぐに墓まで上ることができた。

当時はまだ、あらゆる乗り物が利用できたから。

当時はまだ、探索を続けていた。

もちろん、頭がおかしくなっている時間がかなり多かったのも事実だけれども。

しかし頭がおかしくてもそうでなくても、メキシコは、探索を始めるのに適当な場所に思えた。

実は、他で探索を始める前に少なくともふた冬の間、ニューヨークにとどまったのは確かだけれども。

そして一人しかいない子供の墓に参るのに、頭がおかしくなっている必要はまったくないけれども。

だから、本当によく考えてみると、頭は少しおかしかっただけなのかもしれない。

あるいは、時々おかしかっただけなのかも。

そして、ルシアンは生きていればおよそ二十歳で、かなり他人行儀になる頃だと理解することは可能だったのだろう。

あるいはひょっとすると、まだ二十歳ではなかったかもしれない。

そしてひょっとすると、まだ他人行儀にはなっていなかったかも。

ある種のことは決して知ることができず、推測するのも不可能だから。

それを言うなら、例えばその翌朝、彼の古い部屋にガソリンをまいた理由も。

当然、サソリに備えて靴をひっくり返した後に。たとえもはやサソリが一匹も存在しないとしても。


そしてその後、延々と車を運転しながら、バックミラーの中で立ち上る煙の鏡像を見た。大きなミシシッピ川を渡って。

しかしそのときも、単にキャットと呼んでいた猫のことを一度も考えなかったと思う。

たくさんの思い出がなかなか消えることのなかった空っぽの家に一人でいたときも。

よく考えてみると、実際、名前を決められなかったもう一匹の猫を飼っていたときも、その猫のことは一度も考えなかったと思うけれども。

そうしたのは確かに奇妙だ。

あるいは、そうしなかったのは。

それはつまり、自分が自分の猫の名前を決められずにいたときに、幼い息子が猫の名前を決められなかったことを思い出さなかったのはということだ。

ひょっとするとそれは、さほど奇妙ではないかもしれない。

当然、思い出したいことと同じ数だけ、思い出したくないことがあるのは間違いないからだ。

例えば、アダムがその週末どれほど酔っ払っていたかということ。医者を呼ぶことを思い付いた時点では、もう手遅れだったということ。

あるいはその数日間、自分が家を留守にしていた理由。

人は若いとき、たまにひどいことをするものだ。

もちろん人生は続くけれども。

私が〝続く〟と言うとき、本当は当然、〝続いた〟と言うべきだけれども。

今ふと思ったのだが、同じような時制の間違いをこれまでに何度もしたことは間違いない。

だから、私がここまでで同じように現在形で一般化したときはどれも、過去形にするべきだった。

明らかに。

そして結局のところ、ルシアンが死んだのは誰のせいでもなかった。

おそらく、以前はこの話を省いていたけれども。つまり、私がまだアダムの妻だった時代に別の人たちと浮気をしていたことを。

そんなことがあったせいで夫が酒に酔っ払っていたのかどうかは忘れた。あるいは、夫が酔っ払っていたからそんなことをしたのか。

他方で、その両方だった可能性も間違いなくある。

一般に、多くのことが両方の原因で起こるから。

いずれにせよ、私がさっき書いたのは実際に起きたことではない。

というのも、その週末、私たちは二人ともそこにいたから。

そして何もすることができなかったというのが事実だ。

細菌は動くこともある、とパスツールは人々に言い続けた。

ただし後にはもちろん、既に抱えている罪悪感をより深刻に感じるようになった。

そして人生は続いた。

人生の大半の時間を、窓から中を覗いたり、外を眺めたりして過ごしているように見えることがあったとしても。

あるいは自分が言った言葉に対して誰も注意を向けてくれなくても。

当然、また別の人と交際をし続けたけれども。

そしてまた別れた。

風で落ち葉が吹き込んだ。あるいは、ハコヤナギのふわふわした種子か。

あるいはまた、時には単にセックスをした。誰彼構わず。

心から離れた（アウト・オブ・マインド）時間。

そして次には母が亡くなった。その次は父。

そして私は、美しい母のベッド脇から小さな手鏡を持ち去った。鏡の中では、母と母の鏡像が、前にあるものから等距離に存在していた。

ひょっとすると、もうその距離を感じてほしくないと思っていたのは父だったかもしれないけれども。

ついでに、この家にある唯一の鏡に映った自分の姿の中に、私が母の姿を見たことがあるとしても。

しかし、そんなことがあるたびに、そうした幻を見るのはきわめて普通のことだと思ってきた。

年を取るにつれて起きることだと。

それはつまり、幻でさえないということだ。遺伝はしょせん遺伝なのだから。

とはいえ、他方で、かわいそうなルシアンの肖像は一度も描いたことがない。

もちろん、二階のベッド脇の引き出しには、額に入った彼のスナップ写真があるけれども。

ペットのガトの前にひざまずく姿。

そして彼は、明らかに私の頭の中にいる。

しかしそうだとすると、私の頭の中にないものがあるのか。

だから時々、頭の中が博物館みたいに感じられる。

あるいは、自分が全世界を蒐集する学芸員に任命されたみたいに。

実際、ある意味、そうであることは否定できない。

実際、そこに収められた品はすべて、マグリットについてずっと考えなかったことに驚いたより
もさらに私を驚かせたはずだけれども。

そして、だから、アダムが墓の横に建てると約束して、私がそれを見届けなかった墓標までもが、
墓参りに戻るまでの間、何年も私の頭に存在し続けたのだ。

墓標は結局存在しなかったにもかかわらず。

まったく。男どものすることときたら。

しかしながら、私たちの誰であれ、何を本当に知っていると言えるのか。

そして私は少なくとも、先ほど言いかけたように、自分が落ち込んでいた理由をようやく理解で

きたことは確かだ。

この前の火曜日。

雨がやんだ後、私は日なたに寝そべり、猫のことを考えていた。あるいは、自分ではそう思っていた。

実を言うと、めったにそんなことはしないのだけれども。

というのは、めったに猫のことは考えないという意味ではない。

私が言っているのは明らかに、一人になる前みたいな昔のことはめったに考えないということだ。十年以上前に起きたことは頭に浮かばないようにするという形で思考を制御することは不可能だけれども。

例えば、以前、ルシアンについて考えたことがあるのは間違いない。

あるいは、私が付き合っていた恋人たちの誰かについて。例えばサイモン、あるいはフィンセント、あるいはルートヴィヒ、あるいはテリー。

あるいは第七学年の頃のこと。私はあのとき泣きそうになった。オデュッセウスの犬が亀に追いつけるのはどう考えても明らかだったからだ。

そして私は、母が眠っていて起こしたくなかったので、同じ小さな鏡に口紅で〝愛してる(アイ・ラブ・ユー)〟と書いたときのことも確かに覚えている。

最後にアルテミジアと署名するつもりだったが、結局、部屋から駆け出してしまった。

ヘレン、娘が芸術家であることが私にとってどれほど大きな意味を持っているか、あなたには決して分からないでしょうねと、その前日の午後に母は言ったのだった。

しかし実を言うと、今そんな話を繰り返すつもりはまったくなかったというのが本当のところだ。

実際、気分が落ち込んでいるのはなぜかという謎をついに解き明かしたとき、私が考えたのは、必要とあらば、そういうたぐいの話はまったく書かかないことにすればいいということだ。

まるである意味、〝遠い昔〟の話はもはや一言も口にできないかのように。

だから同様に、たとえ今ようやく、例えばジャック・レヴィ＝ストロースに手紙を書いたことを思い出したとしても、もはやそういうことを書き留めたりはしない。

独りぼっちになる前でなければ、ジャック・レヴィ＝ストロースや他の誰かに手紙を書くことができなかったのは明らかだ。

そもそもウィレム・デ・クーニングが私のアトリエに来て、私たちが言った通りに手紙に書くことも不可能だ。

あるいは、ロバート・ラウシェンバーグがそれらの間違いを訂正するのも。

あるいは、それの。というのも、手紙は実際、一通しかなかったから。

そしてそのコピー。

その他の人たちに宛てたもの。

明らかにまだどこかにいた人々。

ただし、そのような決断をすると、他に書くべき内容がほとんど残らないことに私は気付いた。

特に、ペットのように当たり障りがないものについて書く場合も、例えば最後は髄膜炎について考えてしまうことがありえる。あるいは癌。

あるいはとにかく、私が経験したような気分。

だから実際、私がほぼ同時に気付いたのは、ひょっとしたらもう一度最初に戻り、まったく違うものを書かなければならないのかもしれないということだ。

例えばそう、小説とか。

今の数センテンスの中に、意図しない含意があったかもしれないけれども。

それはつまり、小説を書く人は、書くことがないときにしか小説を書かないということだ。

実際、小説を書く人の多くは間違いなく、きわめて真剣な思いを持っている。

もちろん、私が〝書く〟とか〝持っている〟とか言うとき、本当は〝書いた〟とか〝持っていた〟と言うべきだったけれども。

つい先ほど私が説明したように。

しかしいずれにせよ、レイナー・マリア・ラスコーリニコフについて書いていたとき、ドストエフスキーがレイナー・マリア・ラスコーリニコフに対してきわめて真剣な思いを持っていたことは間違いない。

あるいは、ドン・キホーテについて書いていたとき、アラビアのロレンスが真剣だったことは否定できない。

あるいは例えば、ダマスカスの城というのは単なる決まり文句だと信じたまま死んでいった人がどれだけいるかを考えてみるといい。

とはいえ次に私は、やはり、小説を書くというのは解決にならないと直ちに気付いた。あるいは普通の小説は、基本的に人々に関するものであることが期待されている限りは、間違いなく解決にならない。明らかに。

そしてそれはつまり、ただ一人でなく、かなりの数の人を扱うものだということでもある。明らかに。

実際、私はドストエフスキーが書いたその小説を一単語も読んだことがなくても、レイナー・マリア・ラスコーリニコフが唯一の登場人物でない可能性に、喜んで賭けるだろう。

あるいは、アンナ・アフマートヴァが『アンナ・カレーニナ』の唯一の登場人物ではない可能性にも。

だから先ほど言ったように、私が小説を書く可能性は消えた。小説について考え始める前の段階で。

しかしよくよく考えてみると、小説の内容を完全に自伝的なものにすれば、事情は変わってくるかもしれない。

ふむ。

というのも、一人きりになった後から始まる、完全に自伝的な小説なら明らかに可能だと、今ふと思い付いたからだ。

だから結局のところ、明らかに複数の人間の登場が期待されることはまったくない。

しかしもちろん、それを書いている間も常に、考えないように努めなければならないけれども。

それでもなお。

実を言うと、それはそれなりに面白い小説になるかもしれない。

それはつまり、ある水曜か木曜に目を覚まして、世界には自分以外、誰一人残されていないようだと気付いた人を扱った物語だ。

あるいは一羽のカモメさえ。

さまざまな野菜や植物は別だけれども。

いずれにせよ、それは面白い始まり方になるだろう。あるいは少なくとも、ある種の小説にとっては。

とはいえ、女性主人公の身になって、不安に満ちたその気持ちを考えたらどうだろう。

しかも、さまざまな幻とは違って、この場合にはそのすべてが本物の不安だ。

例えばホルモンのせいなどではない。あるいは年のせいでも。

逆説的に、彼女が置かれた状況そのものがしばしば、間違いなく一種の幻のように思われるけれども。

だから当然、間(ま)もなく彼女は頭がすっかりおかしくなるだろう。

とはいえ、小説の次の部分は、頭がおかしかろうとそうでなかろうと、他の人を探してあらゆる場所を訪れる話になるだろう。

そして同時に、スペイン階段で何百個ものテニスボールを次々に転がしたり、十七個の腕時計をアラームが鳴るたびに一つずつアルノー川に落として十七時間を過ごしたり、コロッセオでキャットフードの缶詰を大量に開けたり、モディリアニを呼び出してもらうために、あちこちの通じない公衆電話に小銭を投入したりする。

あるいは、それを言うなら、詰め物の中にサッポーの失われた詩がないかを調べるために、さまざまな博物館でミイラをいじってみたり。

ただし、そのような小説にはほぼ終わりようがないことはすぐに察しが付く。

特に、女主人公が探索をしても仕方がないと最終的に納得し、再び頭がおかしくなくなったならば。

そして彼女は、時々家を燃やす以外に、することがほとんどなくなる。

あるいは棒を使って、偽のギリシア文字を砂に記す以外には。

それはきっと、面白い読み物とは言えないだろう。

ついでながら、遅かれ早かれその女の頭をよぎるかもしれない興味深いことは、こうしたことが起きる前から実質的には今と同じくらい孤独だったのではないかという逆説だ。

実際、これは自伝的な小説なので、私は遅かれ早かれそんなことが彼女の頭をよぎると断言できる。

ある種の孤独は別の孤独とは異なる。最後に彼女が結論するのはそれだけのことだ。

それはつまり、電話がまだ通じているときにも、通じないときと同じくらい孤独になりえるということ。

あるいは、どこかの交差点で名前を呼ぶ声がまだ聞こえるときにも、聞こえた気がするだけのときと同じくらい孤独になりえるということ。

だからその小説の要点は、通じない電話でモディリアニを呼び出してくださいと言うのは、通じる電話でそう言うのと同じくらい簡単だということだ。

あるいはひょっとすると、坂を下ってきた無人の車にひかれそうになるのは、誰かが運転している車にひかれそうになるのと同じくらい簡単かもしれないということ。

結局、女主人公が特定のことを考えないように私が仕向けることはできないのは明らかだということも明白だけれども。

だから、実を言うと、私は既に再び、気分が半分落ち込み始めている。

いずれにせよ、間違いなく私は、小説を書くのに向いていない。

レオナルド・ダ・ヴィンチも同じようなことを言った。

レオナルドは実際には、正気を保ちながら不安から自由になるいちばんの方法は狂うことだと言った。

そして私は今なぜか、私が書いている事柄の多くはしばしばそれらそれ自体から等距離にあるという奇妙な感覚を覚えている。

それが一体どういう意味なのかはさっぱり分からないけれども。

フリードリッヒ・ニーチェはかつて頭がおかしくなっていたときに、誰かが馬を殴るのを見て泣きだしたことがある。

しかしその後、家に帰ってピアノを弾いた。

誓って言うが、フリードリッヒ・ニーチェは頭がおかしかった時期、何時間もピアノを弾き続けることがあった。

しかも、自分で思い付いた曲ばかりを。

他方で、スピノザはしばしば蜘蛛（くも）を探しに出掛け、その後、互いと戦うことをさせた。

頭が完全に正常なときに。

〝と戦う〟と私が言うとき、それは当然、〝を相手にして戦う〟という意味だ。

このような場合、なぜか奇妙なことに、言いたい意味は大体伝わるようだけれども。

ところで、私の小説に登場する女が実際ある日、人のいない世界に慣れるだろうと仮に私が言った場合、その発言はいささかなりとも意味を成すだろうか。ロヒール・ファン・デル・ウェイデンの『十字架降架』のようなものが存在しない世界に慣れうる以上に。

あるいは、『イリアス』の存在しない世界に。あるいはアントニオ・ヴィヴァルディ。

今のは単なる仮定の質問だ。

本当のことを言うと、さっきの質問をしたのは少なくとも七週間か八週間前のことだ。

今はもう十一月の初めだ。たぶん。

よく考えてみよう。

間違いない。

あるいはいずれにせよ、少なくとも初雪が積もり、消えた。

実際には、大した積雪ではなかったけれども。

それでもなお、初雪が降った翌朝は、真っ白な空間に木々が奇妙な装飾文字（カリグラフィー）を記していた。

それを言うなら、空も白かった。そして砂丘は雪に覆われ、浜は水際まで一面真っ白だった。

だから、私が見ることができるものはほとんどすべて、例の九フィートのキャンバスのようだった。四層の下地（ゲッソー）が塗られた、失われた白いキャンバス。

まるで私が自分の手で世界全体を一から、そして自分の好きな形で描いたかのように。

それはつまり、この寒さの中、屋外で絵を描く気になればの話だ。

当然、そのずいぶん前から寒くはなっていたけれども。

だから私は実際、ピックアップトラックで町に何度も出掛けていた。

明らかに、この場所から出られなくなって必要なものが足りなくなると困ると思ったからだ。

それはつまり、隣の家もかなり解体してしまったということ。

その結果、私が海岸を散歩していると、もはや二階の存在しない家の二階に、パイプでつながった二つのトイレが存在しているのが見える。

ところで、次にバールで外せるのはどの板かを考えているとき、私はブルネレスキとドナテロのことを何度も思い出した。

ルネサンス初期、ローマで遺跡の測量をした頃のブルネレスキとドナテロのことだ。あまりにも几帳面なその様子を見て、二人はきっと宝探しをしているに違いないと人々が思った頃のこと。

しかしその後、ブルネレスキはフィレンツェに帰郷し、古代以来最大のドームを建てた。

そして、ジョットはその隣に美しい鐘楼を建てた。

他方でそれが、ジョットがフリーハンドで完璧な円を描いたのより前なのか後なのかについて、美術史に記録は残っていないようだけれども。

そして実を言うと、ジョットの鐘楼は四角い。

ちなみにフィレンツェには、そのいずれも見えない場所は実質的に存在しないけれども。

パリに、エッフェル塔が見えない場所が実質的に存在しないのと同様に。

だから、昼食のときにエッフェル塔を見たくない人の場合、間違いなく、昼食がまずくなる可能性がある。

例えばギ・ド・モーパッサンのように、床を這いずり、自分の排泄物を口にするようにならない限りは。

ああ。哀れなモーパッサン。

しかし実際、哀れなのはフリードリッヒ・ニーチェも同じだ。

それを言うなら、哀れなヴィヴァルディも同じ。私の記憶では、彼は救貧院で死んだから。

ついでに言うなら、同様の死に方をしたバッハの未亡人、アンナ・マグダレナも。

バッハの未亡人。たくさんの子を産んだ女。中には、バッハ自身よりも成功を収めていた者もいたのに。

しかし、ロベルト・シューマンも哀れだ。悪霊どもから逃げ、精神病院に収容された男。しかも悪霊の一人はフランツ・シューベルトの亡霊だった。

それを言うなら、フランツ・シューベルトの亡霊も哀れだ。

哀れなチャイコフスキー。アメリカを訪れた最初の夜、ホームシックのためにホテルで泣いた男。頭が転げ落ちることはなかったけれども。

哀れなジェイムズ・ジョイス。彼もまた、雷が鳴ると家具の下に隠れた男の一人だ。

哀れなベートーベン。死ぬまで、子供レベルの計算さえできなかった男。

哀れなサッポー。高い絶壁からエーゲ海に飛び込んだ女。

哀れなジョン・ラスキン。もちろん、最初からいろいろな問題を抱えていたけれども、最後に蛇まで見てしまった男。

蛇ですよ、ラスキンさん。

哀れなA・E・ハウスマン。哲学者たちにトイレを使わせなかった男。

哀れなジョヴァンニ・キーツ。わずか五フィート一インチしか身長のなかった男。

哀れなアリストテレス。話し方が舌足らずで、脚が異常に細かった男。

哀れなソル・フアナ・イネス・デ・ラ・クルス。彼女もペストで亡くなった一人であることを私は今思い出した。しかし彼女の場合、自分より重篤な他の尼僧の世話をしながら亡くなった。

哀れなカレン・シルクウッド。

そしてヘレスポントのような場所で亡くなった哀れな若者たち。ヘレスポントというのはダーダネルスのことだけれども。そしてその三千年後、また同様に死んだ若者たち。

同じ若者たちということではないけれども。

言いたいのは例えば、哀れなヘクトールと哀れなパトロクロス、そして後に、哀れなルパート・

ブルック。

ああ、またやった。哀れなアンドレア・デル・サルトと哀れなカッサンドラと哀れなマリーナ・ツヴェターエワと哀れなフィンセント・ファン・ゴッホと哀れなジャンヌ・エビュテルヌと哀れなピエロ・ディ・コジモと哀れなイフィゲネイアと哀れなスタン・ゲーリッグと哀れな甘くさえずる鳥たちと哀れなメデイアの幼い子供たちと哀れなスピノザの蜘蛛たちと哀れなアステュアナクスと哀れなエスターおばさん。

そしてブリューゲルの絵の中で雪玉を投げている哀れな若者たち。彼らは大きくなってさまざまなものを投げるようにはなったけれども、二度と雪玉を投げることはなかった。

だからそれを言うなら、ほとんど世界のすべてが、どちらかというと哀れということになるだろう。

それはつまりもちろん、あの水曜か木曜の朝のことを考えなくてもということだ。

誓って言うが、どうして今自分がそんな話をしているのか分からないけれども。そんな話の一部でさえ。

実際に言おうとしていたのは、この七週間か八週間、何も書かなかった理由はまったく説明できないということだ。

既に理由はいくつか挙げたけれども。例えば、必要なものを取りに出掛けたとか、解体に普段よりも多くの時間をかけたとか。

本当のことを言うと、最近は疲れやすくなったというのがもう一つの理由かもしれない。

実を言うと、今言うべきだったのは、この七週間か八週間、何も書かなかった理由がまったくないということではなく、その期間、疲れやすかった理由がまったくないということだった。

実際、今この瞬間も疲れを感じている。

考えてみると、最後に文章を書く前に日なたに寝そべって一週間を過ごしたときにも、ひょっとすると疲れていたのかもしれない。

だから結局のところ実は、冬に向けて必要なものを充分に蓄えられている自信はない。

あるいは、解体が充分なところまで進んでいる自信も。

特に、のこぎりで切る作業が終わっていない板がまだたくさん残されていることを考えると。

ちなみに、板をのこぎりで切る作業を、解体の一つの段階だと考えたことはないけれども。

どちらかというとそれは、解体された材木を薪に変える作業だから。

解体が終わった後で。

そのような区別は間違いなく、意味論の問題にすぎないけれども。

そしていずれにせよ、今日この後で、ひょっとしたらまた少しその作業をするかもしれない。

ひょっとすると今日この後で、なくした絵も見つけるかもしれない。

私が絵をなくしたという話は間違いなく今回が初めてだけれども。

そんなことが起こるしばらく前から私はずっと何も書いていなかったので、絵をなくした話をするのは確かに今回が初めてだ。

私が言っている絵はこの家にあったものだ。そして少なくとも八月までは、このタイプライターの横の壁、すぐ上のところに掛かっていた。

その絵はこの家を描いた絵だと私は思う。

実際、絵の中には、私の寝室の窓辺に潜む人が描かれているとさえ私は思う。その点に関しては、ずっと確信が持てずにいるけれども。

基本的に、その部分は筆遣いがかなり抽象的だから。

とはいえその絵は、あまり使っていないので普段は扉を閉めている部屋にしまってあると確信していた。

実を言うと、それは私が間違いなく既に言及した部屋だ。というのもそれは、私がかつてブラームスの伝記と地図帳を見つけたのと同じ部屋だという確信が同じようにあるからだ。

実際、前者は湿気のせいで完全に変形し、後者は横に寝かす形で置かれていた。

棚よりも背が高いのがその原因だ。

それに加えて、その棚は絵がもたせかけられていたのと同じ棚だ。

にもかかわらず、絵はその部屋にはない。

そして誓って言うが、この家にある他の部屋もすべて調べたが、ブラームスの伝記も地図帳も見つけることができなかった。同様に普段は扉を閉じている、他のいくつかの部屋も調べたけれども。

実を言うと、私はこれら三つの所在について自分が勘違いしているかもしれないと思って、家の裏にある森の中の家にも行ったが、絵もブラームスの伝記も地図帳も、向こうの家にもないみたいだ。

実際、リビングの壁に貼られたシュザンヌ・ヴァラドンの絵画の複製以外で私が目を留めた記憶があるのは、前側にサボーナという名前が記されたサッカー用のシャツだけだった。

私はそれを泉で洗濯し、今こうしてタイプするときもそれを着ている。

実を言うと、サッカー用のシャツは数日前からずっと着ている。

サッカー用のシャツをどうして着ているのか、さっぱり分からないけれども。

そして絵に関してはいまだに何も分からないけれども。

ちなみに、まだ言っていなかったかもしれないが、その絵は私が描いたのかもしれないし、違うかもしれない。

実際には、その絵を描いた記憶はまったくない。

しかし、なくなっていることが分かってから、自分が描いたのかもしれないという奇妙な印象が強まっている。

あるいは少なくとも、自分で描く可能性があったけれども描かなかった絵というふうにかつて想像したという印象が。

当然のことながら、画家がそうすることはよくある。

あるいは、そうしないことは。

しかし、この場合、明らかに失うべき絵はなかったことになる。

あるいはその場合、ブラームスの伝記も地図帳もなかったことになるのか。

ただし、いかなる地図帳も存在しなかったのなら、私がペンシルヴェニア州リティッツについて興味を抱いたときに、どうやってペンシルヴェニア州リティッツを地図帳で調べることができたのだろう。

そしてブラームスのいかなる伝記も存在していなかったのなら、どうしてその一ページ一ページを海岸で火にくべ、風に乗って飛ぶかどうかを確かめるために宙に投げることができたのか?

カモメのシミュレーションをしようとして。

実を言うと、ページの大半は私のすぐ横に落ちたけれども。

そうなったのは間違いなく、格別安物の紙に印刷されていたからだ。

しかし、そうだとするなら、この家にブラームスの伝記があったことは間違いない。

そしてその中で常々私が大好きだったのは、クララ・ヘップバーンがルートヴィヒ・ウィトゲンシュタインに砂糖を与える場面だ。

実を言うと、絵よりも先に本当に見つけたいのは、いなくなった猫だけれども。

実際にはそれは本物の猫ではないし、本当に行方不明になったわけでもないが。

それはマグリットにすぎないから。つまり元々はフィンセントだ。

それはつまり、割れた窓の外にあったテープが吹き飛んだようだということでしかない。

とはいえ、陽気にガラスを引っ掻く音にはかなり慣れ親しんでいた。

空を舞う灰をまた見るときが来れば、それだけでもきっと愉快だろうと思うけれども。

他方で、空を舞う灰にわざわざ名前を付けようとまでは思わないだろう。

ところで、サッカー用のシャツには、背中に数字が書かれていた。

ひょっとすると9だったかもしれない。あるいは19。

本当は0が二つだった。

ところで最近、日没後に、水のそばで焚き火をするようになったという話はしただろうか。

私は日没後、水のそばで焚き火をするようになった。

時々遠くから火を眺め、自分がヒッサルリクにいるみたいな気分に浸った。

私が言っているのはもちろん、ヒッサルリクがトロイアだった頃の話だ。そして遠い遠い昔のこと。

だから本当は、私が眺めている気分になっていたのは、海岸沿いにともされたギリシアのかがり火だ。

その気分に浸ることに何の害もないことは確かだ。

ああ。最近はまた、『アルト・ラプソディ』が聞こえるようになった。

それはつまり、今回は本物の『アルト・ラプソディ』ということ。ようやく区別ができるようになったから。

やはり当然、本物ではないけれども。しょせんは頭の中の音楽だから。

それでもなお。

そしていずれにせよ、その種の些細な問題に頭を悩ませるには、今朝は寒すぎる。

実際、そもそもここでタイプを打つにも寒すぎる。

タイプライターをだるまストーブのもう少し近くに動かそうと思わない限りは。

実を言うと、その前にすべきなのは、再び泉まで行くことだけれども。

他の洗濯物を灌木の上に広げたきり、すっかり忘れてしまっていたから。

だから今頃は、そこに新しいスカートの彫刻が出来上がっているかもしれない。

ミケランジェロならそんなふうには思わないだろうけれども。だが私はそんなふうに思う。

他方で私はおそらく、体の疲れが取れるまでの間、他の洗濯物をそのままにしておくだろう。

それを言うなら、わざわざタイプライターを動かすこともきっとしないだろう。

私は以前、有名になるという夢を持っていた。

その頃もほぼずっと孤独だった。

城はこちら。そう書いた標識があったに違いない。

この海岸に誰かが住んでいる。

訳者あとがき

まずはここで、日本ではほとんど知られていない、デイヴィッド・マークソンという作家について紹介しておきたい。マークソンは一九二七年にニューヨーク州オールバニーに生まれ、二〇一〇年に亡くなった。若いころには創作を教えるかたわら、娯楽的な小説を書き、中にはフランク・シナトラ主演で『大悪党／ジンギス・マギー』(一九七〇年)として映画化された作品もあったが、真に注目を集めたのは彼が六十歳の年に出版された実験的・野心的小説『ウィトゲンシュタインの愛人』(一九八八年)だった。英米の書評を眺めるとジェイムズ・ジョイスやサミュエル・ベケットの跡を継ぐ作家という見方が多い。アン・ビーティーやウォルター・アビッシュをはじめ、マークソンを高く評価する作家・批評家は多い。

『ウィトゲンシュタインの愛人』に関して、マークソンがあるインタビューで面白いことを語っている。それによると、作家が持ち込んだ原稿を出版社から突き返された回数の記録は、(作家・芸術家トリビア情報マニアの)マークソンが知る限りでは、サミュエル・ベケットの『マーフィー』が持つ四十二回というのが最多だった。ところが、自身の『ウィトゲンシュタインの愛人』はその記録を塗り替え、五十四回も出版を断られたという。最終的にはドーキー・アーカイブ社がその原稿を本にして話題を呼び、たちまちそれがアメリカ文学史に残るマークソンの代表作となった。
『ウィトゲンシュタインの愛人』は、地球上にただ一人取り残された女性ケイトの独白（手記）のみから成る独特な作品で、彼女が過去の行動や身の回りのことを描写する合間に、さまざまな芸術作品や作家に関するトリビア情報が挟まる。

ニューウェーブSFの旗手J・G・バラードの有名なエッセイ「内宇宙への道はどちらか?」にこんな一節がある。

真のSF小説の第一号は——誰も書かなければ私が書こうと思うのだが——記憶を失った男が浜辺に横たわり、錆びた自転車の車輪を見つめ、その車輪と自分との関係の中にある絶対的本質をつかもうとする、そんな物語になるはずだ。

これに少しだけ手を加えると、『ウィトゲンシュタインの愛人』を的確に描写する次のような文章を書くことができる。

究極の二十世紀小説は——誰も書かなかったのでデイヴィッド・マークソンが書いたのだが——正気を失った女が浜辺の家に暮らし、日々の出来事や思い出をタイプライターで綴りながら、そこに記された言葉と自分との関係の中にある絶対的本質をつかもうとする、そんな物語だ。

ちなみに、本書のタイトルは『ウィトゲンシュタインの愛人』で、エピグラフにも、本文にも哲学者ウィトゲンシュタインへの言及はあるが、ウィトゲンシュタインの愛人は登場しない。では、このタイトルにはどのような意味が込められているのか？

　この問題については、いろいろな答えがありうるが、最も分かりやすい考え方としては、「この小説自体が、ウィトゲンシュタイン哲学のパロディーになっているから」と答えることが可能だ。すると、なぜ「パロディー」を「愛人」にたとえているのか、という新たな難問が生まれるけれども、とりあえずは、語り手が女性であること、そしてウィトゲンシュタイン哲学とこの女の語りとの関係が「夫と妻」と称するにはそぐわないいかがわしさをはらんでいるから、というくらいの答えでやり過ごすことにしよう。

　実際、その線に沿って「空虚なる充実——デイヴィッド・マークソンの『ウィトゲンシュタインの愛人』」（一九九〇年）という本格的な論文まで書いたのは、夭折の天才デヴィッド・フォスター・ウォレスだった。ウォレス自身、『ヴィトゲンシュタインの箒』（これは邦題で、原題は『システムの箒』、原著一九八七年刊）という野心的作品でデビューし、ポストモダン小説（あるいはポスト・ポストモダン小説）の傑作『尽きせぬ道化（Infinite Jest）』（原著一九九六年刊、未訳）を発表して現代文学の最前線にいた作家だが、その彼が「おそらくアメリカにおける実験小説の最高到達点」と絶賛したのが『ウィトゲンシュタインの愛人』だ。そしてウォレスの言葉を借りるなら、この作品は「とても古い映画［引用者注　ウィトゲンシュタインの哲学］に奇妙な着色を施したもの」であり、「ウィトゲンシュタインの『論理哲学論考』の世界に人が暮らしたらどうなるか、を実践した小説」である。

　こうした説明はいささか晦渋に響くかもしれない。しかし、実際の作品がいかに遊びとユーモア、知的断片と情感に満ちたものであるかは、読んでお確かめいただくしかない。言語の豊穣をきわめたジェイムズ・ジョイスから、言語の消尽をきわめたサミュエル・ベケットへと続く系譜――言語の極北を目指す探求――が、二十世紀末のアメリカでこのような〝空虚なる充実〟の傑作を生み出そうとは、おそらく誰も思っていなかっただろう。ついでながら、本書を読了後に『論理哲学論考』(「世界はそこで起きることのすべてだ」から始まり、「語りえぬことについては沈黙するしかない」で終わる断章形式で綴られる独特な哲学書)をひもとくと、きっと少しだけウィトゲンシュタインが近づきやすくなっているだろう。

なお、この翻訳の中ではケイトの語りの流れをできるだけ妨げないため註を最小限にしたので、少し長くなるが、ここでいくつかの補足的な説明と釈明をしておきたい。

まずエピグラフにあるジョージ・ゼンメルという人物はニューヨーク在住の画家でマークソンの友人である。

次に本文冒頭に、「最初の頃、私は時々、道に伝言を残した」とある部分は、原著の英語では明らかにヨハネによる福音書冒頭の「初め(はじ)に言(ことば)があった」を踏まえた表現で、当然、その重ね合わせは重要な意味を持っているが、日本語訳聖書に近い表現で訳すとかなり不自然になるので、あくまでも手記として自然な日本語に訳した。同様に有名な言い回しをもじった表現は作中に散見されるが、やはり極力、目障りな註釈や突出した文体の借用は避け、手記としての文体を重んじた。他方で、同じパターンの文型が繰り返されている部分については、それがこの小説が持つ独自の思弁的リズムでもあるので、日本語としてやや不自然になっても、同じ文型で訳すように努めた。

作中では多数の美術館、作家、哲学者、画家、音楽家、芸術作品についての言及があり、中には割註を添えた方が読者に親切と思われるものもあるが、語り手がその人物や作品について勘違いしていることに自分で気付いてしばらく後に修正することも多く、初出の時点で註を加えるにしても、正しい情報が出てきた段階で註を入れるにしても、註自体が〝余計なお世話〟という印象は否めない。結果として、この種の項目については基本的に註を添えなかったが、人名表記は一般的なものに統一したので、語り手の持つ情報を裏付けたり、確かめたりする作業は、読者諸賢にお任せしたい。また、例えばレオナルド・ダ・ヴィンチの名は日本語ではダ・ヴィンチと略すことが多いが、英語ではレオナルドとするのが一般的で、原著でもレオナルドと記されているので、そうした部分について訳者は手を加えなかった。これも、名前の取り違え（例えば、「ジャック」・レヴィ＝ストロース、「ジャック」・バルトというのは原著や訳書の誤植ではなく、明らかに語り手の記憶違いであり、作家のお遊びだ）や名前の響きで語りと連想の流れが生まれる本書の性質に鑑みての判断なのでご容赦願いたい。

さらに、地名表記（あるいはその発音）についても微妙な問題が存在する。語り手は例えば一〇六ページで、「ニューヨーク州アムステルダム、あるいはシラキュース、あるいはオハイオ州トレドでも探索をしたという話はしたかしら」と言う。こうした部分では、同じ綴りの地名がアメリカ国内と欧州各国にあるのが時に故意に結び付けられ、時に勘違いで混同されている。具体的には、パレスチナのベツレヘムとペンシルヴェニア州ベスレヘム。オランダのアムステルダムとニューヨーク州アムステルダム。イタリアのシラクサとニューヨーク州シラキュース。ギリシアのイタキ島とニューヨーク州イサカ。フランスのバイヨンヌとニュージャージー州ベイヨーン。古代のトロイアとニューヨーク州トロイ。古代のコリントとミシシッピ州コリンス。イタリアのローマとニューヨーク州ローム。これらは原著の英語では区別されないが、日本ではそれぞれに違う発音の地名として知られているので、その紛らわしさを訳書で再現することは断念せざるをえなかった。

もう一つ、語り手がかなり詳細に取り上げる題材の一つがホメロスの『イリアス』『オデュッセイア』などで語られ、数々の名画に描かれてきたギリシア神話関係の出来事とそれに関わる人物たちのことだ。これについても、本書で言及される人物・挿話を中心にして要点だけをここでざっと整理しておこう。

トロイア戦争の契機となったのは、トロイアのパリス（第二王子だが、将来国を滅ぼすとの予言があったため、イデ山に追放されていた）が、三美神のうちで誰が最も美しいかを判定した際、一種の賄賂として、最も美しい女ヘレネを与えられたことだ。ヘレネは当時、スパルタ王メネラオスの妻となっており、ヘルミオネという娘もあったが、駆け落ちみたいな格好でパリスと一緒にトロイアへ行く。怒ったメネラオスはトロイアに戦争を仕掛けるため、ギリシア中の武将を集める。イターキ島で妻ペネロペと息子テレマコスと暮らしていたオデュッセウスは戦争に駆り出されるのを避けるため狂人のふりをするが、鋤の前に置かれた息子を助けたことで狂人でないことがばれる。アキレスの母は息子が戦争で死ぬ運命だと知っていたので、アキレスに女装をさせて女たちの中に隠すが、これもばれてしまう。アキレスは一時期、戦争から身を引くが、友人パトロクロスがヘクトールに殺されたのをきっかけに再び戦に加わり、仇を討つ。クリュタイムネストラはギリシア軍総大将アガメムノン（メネラオスの兄でもある）の妃でヘレネの姉。夫がトロイアを目指すギリシア艦隊の出帆のために娘のイフィゲネイアを犠牲にしたことをうらんだ彼女は、十年続いた戦争から戻った夫をカッサンドラもろともに殺害する。その後、アガメムノンとクリュタイムネストラの娘エレクトラは弟オレステスと結託し、母を殺害することで、父の仇を取る。カッサンドラはトロイアの王女で、ヘクトールとパリスの妹。予言の力を持つが、周囲にはそれを信じてもらえないという運命を与えられている。トロイア滅亡後、アガメムノンの女奴隷にされて、屋敷に連れ帰られたとき、アガメムノンと自分が風呂場で殺害される場面を幻視し、実際、その通りのことが起こる。オデュッセウスは戦争が終わった後、さらに十年かかって故郷に戻り、妻ペネロペ（二十年間操を守ったとされる）と息子テレマコスに再会する。

ここまでくどくどと解説めいたことを記し、註釈のような説明を加えてきたが、こうした背景をすっかり頭に入れていなければ『ウィトゲンシュタインの愛人』が楽しめないというわけではない。知っている作家や画家がところどころで言及されるのを楽しむのも一つの読書法だし、記憶の不確かな語り手の話が行ったり来たりする様を客観的に眺めるのも別の楽しみ方だ。いずれにせよ終盤では、いくつかの伏線的断片が回収されて語り手の境遇が明らかとなり、本書がただの駄弁でも、衒学的独白でもないことが分かってくることは間違いないだろう。

本書の刊行にあたっては、国書刊行会の伊藤昂大さんに大変お世話になりました。伊藤さんとはウィリアム・ギャディス『JR』邦訳以来のお付き合いですが、この作品も『JR』と並んで私がぜひとも日本語に訳したかったものです。今後もご一緒にギャディスやマークソンのような野心的作家・作品を紹介していきたいと思います。ありがとうございました。そしていつもながら、訳者の日常を支えてくれるFさん、Iさん、S君にも感謝しています。どうもありがとう。

デイヴィッド・マークソン　David Markson
1927年ニューヨーク州オールバニー生まれ。2010年没。小説家、詩人。若い頃はコロンビア大学などで創作を教えるかたわら、娯楽的な作品を執筆した。60歳の年に発表した『ウィトゲンシュタインの愛人』（1988年）が傑作として注目を浴びた。以後に出版された『読者のスランプ』（1996年）、『これは小説ではない』（2001年、邦訳は2013年、水声社）、『消失点』（2004年）、『最後の小説』（2007年）の作品群は「作者四部作」と呼ばれ、断片を積み重ねるスタイルを顕著な特徴とし、高く評価されている。

木原善彦　キハラ ヨシヒコ
1967年生まれ。京都大学大学院修了。大阪大学大学院言語文化研究科教授。著書に『UFOとポストモダン』（平凡社）、『ピンチョンの『逆光』を読む』（世界思想社）、『実験する小説たち』（彩流社）、『アイロニーはなぜ伝わるのか？』（光文社）、訳書にウィリアム・ギャディス『JR』『カーペンターズ・ゴシック』（国書刊行会）、トマス・ピンチョン『逆光』、リチャード・パワーズ『幸福の遺伝子』『オルフェオ』『オーバーストーリー』、アリ・スミス『両方になる』（いずれも新潮社）、ハリー・マシューズ『シガレット』、ハリ・クンズル『民のいない神』、ベン・ラーナー『10:04』（いずれも白水社）、デイヴィッド・マークソン『これは小説ではない』（水声社）など。

ウィトゲンシュタインの愛人（あいじん）

デイヴィッド・マークソン　著
木原善彦　訳

2020年7月20日　初版第1刷　発行
2020年9月1日　初版第2刷　発行
ISBN　978-4-336-06657-2

発行者　佐藤今朝夫
発行所　株式会社国書刊行会
〒174-0056　東京都板橋区志村1-13-15
TEL　03-5970-7421
FAX　03-5970-7427
HP　https://www.kokusho.co.jp
Mail　info@kokusho.co.jp

印刷・製本　中央精版印刷株式会社
装幀　アルビレオ
装画　ケッソクヒデキ

カーペンターズ・ゴシック

ウィリアム・ギャディス／木原善彦 訳

今は亡き大鉱山主の娘エリザベス・ブースは、ハドソン河畔にある古いカーペンター・ゴシック様式の屋敷に、夫ポールと暮らしていた。

山師気質で粗暴なポールは、メディアコンサルタントとしての成功を目論見、いくつもの胡散臭い事業の立ち上げを画策し動き回っている。

ひっきりなしに屋敷にかかってくるいくつもの電話、そして訪ねてくる怪しい男たち。

彼らが交わす錯綜した会話の断片からは、ＣＩＡ、ＦＢＩ、放送局、種子販売会社、鉱山開発会社などの影が垣間見え、やがて巨大利権をめぐる遠大な世界的陰謀へと話は広がり、エリザベス自身もそこで起こる事件へと巻き込まれていく……

全米図書賞受賞『ＪＲ』の作家ギャディスによる、一軒の屋敷を舞台に繰り広げられる、超絶技巧×超高密度文体のゴシック・サスペンス＆黙示録的狂騒会話劇。

四六変型判・３８０頁　２８００円＋税

未来の文学

愛なんてセックスの書き間違い

ハーラン・エリスン／若島正・渡辺佐智江 訳

「父さんのこと、殺す」痩せた少年の緑色の瞳は飢えたようだった……孤独な男と孤独な少年の出会いを痛切に描く「第四戒なし」、成功した作家が体験するサイケデリックな彷徨譚「パンキーとイェール大出の男たち」、閉ざされた空間に幽閉される恐怖を華麗な筆致で綴る「盲鳥よ、盲鳥よ、近寄ってくるな！」、〈ジルチ〉がある小説を書け！と命じられた新人作家の苦悩とは？　爆笑のポルノ小説「ジルチの女」、ギャング団潜入取材を元に書かれた「人殺しになった少年」、グルーヴィな筆致が炸裂するエリスン流ジャズ小説「クールに行こう」など、カリスマＳＦ作家エリスンによる犯罪小説・ポルノ小説・ジャズ小説・ハードボイルドといった非ＳＦジャンルの初期傑作を精選した日本オリジナル短篇集。

四六変型判・３６８頁　２４００円＋税

新しいマヤの文学

女であるだけで

ソル・ケー・モオ／吉田栄人 訳

ある日、夫フロレンシオを誤って殺してしまったオノリーナ。なぜ、彼女は夫を殺す運命を辿ったのか？

オノリーナの恩赦を取り付けようと奔走する弁護士デリアとの面会で、オノリーナが語った数々の回想から浮かび上がったのは、１４歳で身売りされ突然始まった夫との貧しい生活、夫からの絶え間ない暴力、先住民への差別といった、おそろしく理不尽で困難な事実の数々だった……

史上初のマヤ語先住民女性作家として国際的脚光を浴びるソル・ケー・モオによる、「社会的正義」をテーマに、ツォツィル族先住民女性の夫殺しと恩赦を、法廷劇的手法で描いた、《世界文学》志向の新しいラテンアメリカ文学×フェミニズム小説。

四六変型判・２５０頁　２４００円+税